신화 전설이 된
영웅의
이세계담 ②

타테마츠리 / 일러스트 미유키 루리아

"히로가 없어."

리즈

"……희한한 사람이 있어."

아우라

"당신이 바란다면 지금이라도 상관없다만,"

오구로 히로

로자

이세계 담 영웅의 신화 전설이 된

2

타테마츠리 지음
미유키 루리아 일러스트
송재희 옮김

INDEX

프롤로그··········7

제1장 대제도··········11

제2장 흑황자··········67

제3장 남방 이변··········113

제4장 독안룡··········167

제5장 군신의 모략··········245

에필로그··········323

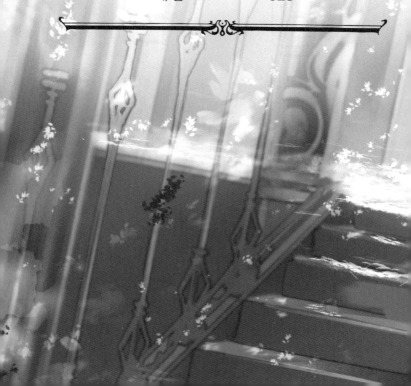

프롤로그

　이글거리는 햇볕이 내리쬐는 사막은 여러 비명이 낭자하여 혼탁했다.

　욕설, 단말마, 말발굽 소리가 쩌렁쩌렁하게 울리는 그곳은 다양한 감정이 뒤섞이는 전장이었다.

　칼이 맞부딪칠 때마다 무수한 시체가 생겨나며 원한이 퍼져 갔다.

　살아 있는 자를 원망스럽다는 듯이 노려보는 시체의 탁한 눈은 저세상으로 유혹하는 사신 같았다.

　그렇게 지옥의 양상을 보이는 전장 가운데, 주변과는 다른 공기가 흐르는 장소가 있었다.

　그곳은 마치 별개의 공간에 존재하는 것처럼 주위의 소란으로부터 동떨어져 있었다.

　그런 긴장된 분위기 속에서— 두 남자가 서로 대치하고 있었다.

　한 명은 백은빛 검을 들고 안대를 찬 소년, 그리고 그와 마주한 이는 연보라색 피부에 대검을 든 남자였다.

　"여기까지 왔는데 또 방해하는 자라니……."

　남자는 땀에 젖어 달라붙은 앞머리를 짜증스럽게 쓸어 올렸다.

　가려져 있던 이마가 드러나면서 그곳에 박힌 작은 보라색 결정이 외부에 노출되었다.

"정말이지 나란 남자는 재수가 없는 모양이군."

남자의 시선 끝에서는 소년이 방심하고 있나 싶을 만큼 빈틈투성이인 자세로 서 있었다. 그러나 남자는 감지하고 있었다. 소년이 휘감은 강대한 투기를 알아차렸다.

오랜 세월 싸움을 겪어도 도달할 수 없고, 거기서 더욱 연구를 거듭한 자만이 손에 넣을 수 있는 패기— 그것을 설마 이 젊은 소년이 뿜어내다니 경탄할 만한 일이었다.

"크큭! 하하하하! ……천부적인 재능이라는 건가!"

이 정도로 용맹한 군사가 자신보다 훨씬 어리다는 사실에 남자는 웃음을 참을 수가 없었다.

"누가 죽을지 끝까지 가 보자고— 응?『독안룡』! 최후에 서 있는 자가 승자다! 알기 쉬워서 좋지?"

남자는 메마른 입술을 초승달 형태로 휘면서 몸을 틀었다. 그러자 남자의 키만 한 대검의 끝이 모래에 묻혔다.

그것을 힐끗 본 소년은 어깨를 으쓱였다.

조로스터
"마족이란 인종에게는 진심으로 질려 버렸어. 나는 죽고 죽이는 싸움엔 관심 없어."

그러나 말과는 반대로 소년은 씨익, 미소를 짓고 있었다.

어린 소년에게는 어울리지 않는 표정— 그 모습을 보고 남자는 한기를 느꼈다.

"하지만 지금 나는 조금 짜증이 나. 어느 정도 다치는 건 각오해 줘야겠어."

무(無)가 소년을 지배해 갔다. 심연에 몸을 가라앉혀 모든 감정을 없애고…….

소년 또한 오른팔을 가슴 앞까지 들어 올려서 백은빛 검을 수평으로 만든 후 칼끝으로 남자를 겨누었다.

제1장 대제도

제국력 1023년 7월 13일.

황야에 둘러싸인 베르크 요새는 평소와 다름없이 찌는 듯한 더위 속에 있었다.

"히로~!"

그런 가운데, 옥구슬이 굴러가는 듯한 청량감 있는 소녀의 목소리가 중앙탑 3층에 울려 퍼졌다.

"어디 있어~?!"

그녀의 모습은 미아가 된 제 아이를 찾는 엄마를 연상하게 했다.

그란츠 대제국 제6황녀, 세리아 에스트레야 엘리자베스 폰 그란츠.

그녀의 섬세한 외모는 불가항력적으로 시선을 사로잡았다. 붉은 머리에서는 형형하게 타오르는 듯한 정열이 느껴졌고, 반듯한 얼굴은 누구나 감탄하며 한숨을 흘릴 만했다.

"히~로~!"

용모와는 별개로 눈길을 끄는 것이 또 있었다. 바로 그녀의 허리에 있는 붉은 검이었다.

그란츠 대제국을 건국한 초대 황제가 정제한 보검 다섯 자루 중 하나이자, 그가 가장 애용했던 『염제』라고 불리는 정령 검이었다.

"정말~. 어디 간 거야!"

사령관으로 부임한 지 얼마 안 된 그녀에게 베르크 요새는 미로 같은 곳이었다.

그래서 사람 한 명 찾는 것도 힘들었다.

그녀가 짜증 때문에 주먹을 움켜쥐는 것도 어쩔 수 없는 일이었다.

그 탓에 리즈의 손에 있는 휘황한 봉투는 뭐라 말할 수 없는 형태로 변모되고 있었지만 말이다.

"음…… 히로니까 3층에 있을 거라고 생각했는데……."

중앙탑 3층은 주로 창고로 쓰였다. 책이나 공구, 목재 등을 보관하는 층이었다.

현재는 서버러스라고 불리는 흰 늑대의 보금자리가 되어서, 병사가 아무 말 없이 3층에 왔다가 위협받는 사안이 발생하고 있기도 했다.

"히로 방으로 돌아가 볼까……?"

그렇게 리즈가 중얼거렸을 때, 어둑한 통로 끝— 안쪽 문이 열렸다.

그곳에서 3층의 주인인 흰 늑대 서버러스가 나왔고, 그 뒤를 이어 흑발흑안에 온화한 얼굴과는 어울리지 않는 투박한 안대를 찬 소년— 리즈가 찾아다니던 히로가 나타났다.

"히로!"

리즈가 손을 들어 소년의 이름을 부르자 그는 리즈를 알아차리고 다가왔다.

"그렇게 허둥지둥 무슨 일이야?"

"긴급한 용건이 있어서 찾고 있었어."

"그렇구나. 살짝 조사하고 싶은 것이 있어서 서재에 있었어."

히로가 뒤돌아 시선을 보낸 곳은 이 요새의 역사가 가득한 방이었다.

흐응~ 하고 리즈는 히로의 어깨 너머로 문을 흘낏 본 뒤, 허리에 손을 대고 말했다.

"열심히 공부하는 건 좋지만, 어디 갈 건지는 확실하게 가르쳐 줘."

히로가 눈의 이상을 호소한 뒤로 리즈는 조금 과보호 기질이 되었다. 작은 일에도 걱정하게 되었다고 할까, 그렇게나 괴로워하는 히로의 모습을 봤으니 어쩔 수 없을지도 모르지만 말이다.

"앞으로는 조심할게. 그래서, 무슨 일이야?"

"아, 맞아. 이거이거. 전에 보냈던 항의에 대한 답장이 마침내 도착했어."

히로는 리즈가 내민 편지로 의아한 시선을 보냈다.

"마구 구겨지고 너덜너덜한데…… 이거 편지 맞지?"

"아바마마가 보낸 편지야. 봐, 여기에 황제의 사인이 있잖아."

길게 찌그러진 편지를 건네받은 히로는 불길한 소리를 내며 그것을 펼쳤다.

"왜 이렇게— 쓰레기 같이 된 거야?"

"히로를 찾다 보니까 이렇게 돼 버렸어…… 나쁜 뜻은 없었어. 미안!"

양손을 마주한 그녀는 시선만 위로 올리며 그렇게 사과했다. 이렇게 사랑스러운 사과를 들으니 아무 말도 할 수 없었다. 여성은 미인이라는 것만으로도 이득을 보는 생물이라는 말을 들은 적 있는데, 그 말이 맞다고 히로는 실감했다.

"……뭐, 못 읽는 건 아니니까 딱히 상관없어."

히로는 그렇게 말한 후 편지로 시선을 떨어뜨렸다.

내 사랑하는 딸의 편지로 대강의 사정을 알았다. 리히타인 공국과의 전투도 전해 들었다.

그 공적을 칭찬하고 싶지만, 그보다 신경 쓰이는 것이 있다.

제2대 황제 폐하의 후손이라는 말이 사실인지 확인하고 싶다.

사실임이 확인되면 제1황자에게 마땅한 처벌을 내리도록 하겠다.

그러니 당사자인 그대가 대제도로 와 주었으면 한다.

제48대 황제 글라이하이트

"대제도로 오라는 건가……."

앞으로의 일을 생각하면 황제를 포함한 제후 귀족들과 안면을 익혀 둬야 할 것이다.

그러나 무엇이 기다리고 있을지…… 단단히 각오하고 가야 했다.

"그럼 바로 대제도로 갈 준비를 할까!"

어째선지 리즈가 기뻐하며 히로의 팔을 잡아당겼다.

"아니, 이 편지에는 리즈도 오라는 말이 적혀 있지 않으니까 너는 못 가."

무엇보다 그녀도 가게 된다면 일행의 규모가 커져 버린다. 지난번과는 달리 이번에는 황제가 있으니 적대 파벌이 과격한 행동에 나서지는 않겠지만, 그래도 리즈는 베르크 요새에 남아 주는 편이 히로도 안심할 수 있었다.

"에이…… 안 돼?"

뺨을 부풀리고 항의하는 그녀의 동작을 보자 마음이 약간 흔들리고 말았다.

그래도 히로는 마음을 독하게 먹고 내치기로 했다.

"아직 베르크 요새 주변은 안전하다고 할 수 없어. 무슨 문제가 생겼을 때 사령관인 네가 없으면 곤란하잖아? 서류도 잔뜩 쌓여 있고. 네 사인이 필요한 것도 있으니까…… 응?"

"우우, 트리스가 해 줄 거야."

"트리스 씨는…… 그 왜, 뇌가 근육이니까— 이런 말은 별로 하고 싶지 않지만 사무 업무와는 안 맞아."

"나도 안 맞는걸?"

"그러네…… 그렇지만 힘내자. 트리스 씨보다는 훨씬 나으니까."

서류 방면은 히로도 그다지 잘한다고 할 수 없었다. 베르크 요새에는 우수한 문관이 필요했다.

이런 변경에 오고 싶어 하는 사람은 드물겠지만, 만약 기회가 있다면 황제에게 부탁해 보자.

“그럼 만약에 말이야, 만약에, 일을 전부 끝내 버리면 같이 가도 돼?”

리즈가 글썽거리는 눈으로 올려다보았다.

“무, 물론이야. 일이 끝나면 할 것도 없을 테니까.”

히로는 무심코 고개를 끄덕이고 말았다. 리즈는 방긋 웃으며 기뻐했다.

“알겠어! 약속이야! 서류 작업 따위 순식간에 끝내고 올게!”

“앗, 응. 하지만 하루 만에 끝날 양이―.”

히로의 말은 닿지 않았다. 리즈가 경이적인 속도로 떠났기 때문이다.

“뭐, 나중에 사과하고, 선물 같은 걸 사 오면 기분이 풀리려나…….”

리즈에게 들키면 성가시니 심야에 출발하는 편이 좋을 것이다.

일단 출발 준비를 하자며 히로는 자신의 방으로 걸음을 옮겼다.

석양이 지평선 너머로 완만하게 사라진 후, 야간 경비병을 제외하고 모두 잠든 시각.

히로는 행동을 개시했다. 우선은 중앙탑 1층― 숨죽이고 복도를 나아가 집무실 앞에 멈춰 섰다. 문틈으로 안을 엿보니 리즈가 잔뜩 쌓인 서류에 파묻혀 자고 있음을 확인할 수 있었다.

히로의 입이 미소 형태를 만들었을 때—.

"어이, 거기! 뭐 하는 거지?"

등 뒤에서 누군가가 말을 걸어와서 히로는 황급히 거리를 뒀다.

"네놈…… 공주님을 덮치려 한 건가?!"

한 손에 램프를 든 노병의 얼굴은 의아함에서 분노로 물들었다.

"아, 아니에요! 아니니까 조용히! 리즈가 깨 버려요!"

램프로 허둥대는 히로의 얼굴을 비춘 노병이 어리둥절한 표정을 지었다.

"……음, 뭐야, 애송인가? 이런 야심한 시간에 뭐 하는 거지?"

그는 리즈를 섬기는 측근— 트리스 폰 타미에 3급 무관이었다.

"그게 말이죠……."

여기서 망설이면 리즈를 덮치려고 숨어들었다는 말을 할지도 몰랐기에 히로는 재빨리 트리스에게 설명했다.

"흠. 공주님께서 주무시는 걸 확인한 뒤에 출발하려고 했다?"

"예, 맞아요. 리즈를 데려갈 수는 없잖아요."

"확실히……. 나도 공주님은 여기 남아 계셨으면 해. 그건 그렇다 치고, 애송이도 제2대 황제 폐하의 후손이니 다소의 호위는 허락될 걸세. 데려가지 않는 건가?"

"황제 폐하를 포함해 제후 귀족들은 반신반의인 사람이 많을 거예요. 호위는 괜한 자극을 줄 수도 있으니 데려가지 않는 편이 좋겠다고 판단했어요."

황제에게 인정받을 때까지는 평민 이하의 존재. 최대한 얌전히 있어야 할 것이다. 리즈의 꿈을 이루려면 적보다도 많은 아군이 필요했다. 앞으로의 일을 생각하면 심증을 악화시키는 일은 피하고 싶었다.

"너무 신경 쓰는 것 아닌가? 그리고 흑발흑안은 애송이밖에 없네. 그것만으로도 증거가 될 것 같은데."

"변장하면 흑발흑안 따위 누구든 될 수 있으니까요."

여차하면 『천제』를 꺼내는 것도 생각하고 있으나 그것은 더이상 손쓸 방도가 없을 때다.

황제와 알현할 때— 그 자리에 슈트벨 제1황자도 있을 가능성이 컸다.

만약 황제 앞에서 『천제』를 꺼낸다면 암살자라고 소란을 피워 즉각 공격해 올 것이 틀림없었다. 그것은 최악의 결과로 연결되리라.

슈트벨은 황제를 지킨 영웅이 되고, 리즈는 암살자를 보낸 자로 처형된다.

히로가 향하려는 곳은 다양한 욕망이 소용돌이치는 황궁이다— 과하게 조심해도 손해는 없었다.

"그럼 시간도 아까우니 슬슬 출발하겠습니다."

"알겠네. 정말로 호위는 필요 없는 거지?"

"예, 필요 없습니다."

"하지만 애송이는 말을 못 타잖은가? 어쩔 셈이지?"

"도보로 키오르크 씨를 뵈러 갈 생각이에요."

링크스에는 역마차가 있을 터였다. 히로는 그걸 타고 대제도에 갈 생각이었다.

흠……, 하고 신음한 트리스는 생각하는 동작을 했다.

"일단 시도해 볼 가치는 있나……."

"뭘 말인가요?"

"애송이한테 좋은 걸 주지. 따라오게."

그렇게 말한 트리스는 등을 돌리고 걷기 시작했다. 히로는 의아하게 여기면서도 뒤쫓았다. 안내받아 도착한 곳은 마구간— 이 아니라 조금 떨어진 곳에 있는 공터였다.

"이 녀석이네."

트리스가 튼튼한 우리를 두드렸다. 그 안에서 무언가가 꿈틀거리며 기묘한 울음소리를 냈다.

"이게 뭔가요?"

"이 녀석은—『질룡(疾龍)』일세."

히로의 물음에 트리스는 심술궂게 히죽 웃었다.

*

엷은 구름이 살짝 낀 하늘에 해가 뜨기 시작했을 무렵, 베르크 요새에 활기가 돌아왔다.

"으음……."

히로를 배웅한 트리스는 사관 식당에 있었다.

노병이지만 잘 단련된 몸에서 뿜어져 나오는 용맹한 분위기는 젊은이에게도 지지 않았다.

귀신 교관으로서 두려움의 대상인 남자는 지금 조용히 복잡한 표정을 짓고 있었다.

"—어째서어어어어어!"

갑자기 소리치기 시작한 트리스에게 병사들의 시선이 집중되었다.

하지만 그런 일 따위 신경 쓰이지 않을 만큼 트리스는 어떤 사실 때문에 골머리를 썩이고 있었다.

그때 유령인가 싶을 정도로 침울해 있는 소녀— 제6황녀 리즈가 다가왔다.

"버려졌어…… 히로가 날 버렸어."

리즈는 그렇게 중얼거리면서 긴 탁자를 사이에 두고 트리스의 맞은편에 앉았다.

눈에 넣어도 아프지 않을 리즈가 당장에라도 죽을 듯한 얼굴을 하고 있었다.

아무리 지금 트리스의 머릿속이 복잡하더라도 말을 걸지 않을 수는 없었다.

"음, 무슨 일 있으셨습니까?"

"히로가 없어."

"……그렇습니까."

"아마 외숙부님한테 갔겠지. 히로는 말을 못 타니까 역마차를 이용할 거야."

말은 인간의 감정을 간파하는 데 뛰어났다. 마음에 들지 않는 인물이라면 깔보고, 기수가 공포심을 품는다면 낙마시키려고 한다. 그러나 애정을 쏟으면 이쪽의 생각대로 움직여 주는 믿음직한 파트너였다.

히로는 기술적인 문제는 없었다. 상당히 연습했음을 알 수 있을 만큼 자연스러운 동작으로 말에 탈 수 있었다. 다만 말이 명령을 듣지 않았다. 히로를 흔들어 떨어뜨리고는 도망가 버렸다.

"아아, 말이라고 하니……."

트리스는 마침 잘 됐다며 고민을 털어놓기로 했다.

말과 관계있는 이야기였고, 히로와 관련된 일이기도 했기 때문이다.

"공주님께서는『질룡』에 타 보신 적이 있습니까?"

"있을 리가 없잖아. 그들은 용의 계보야. 까다로운 성격이고, 인간을 등에 태우는 건 긍지가 허락하지 않겠지. 용과 대화할 수 있는 수족(獸族)에서도 한정된 자밖에 못 탄다고 들었어."

그럴 텐데― 히로는 트리스의 눈앞에서 타 보였다.

심지어『질룡』쪽에서 머리를 숙여 쉽게 탈 수 있게 한 것처럼 보이기도 했다.

"그러고 보니 이 요새에 한 마리 있지 않았어? 전에 마을에서 날뛰던 걸 포획했다는 것 같았는데……."

"있었습니다만, 애송이가 타고 갔습니다."

"호오~ 트리스도 농담을 하는구나."

"농담이 아닙니다! 저는 이 눈으로 봤습니다. 해도 뜨지 않았을 때 『질룡』을 타고서 이곳을 떠난 애송이의 모습을 똑똑히! 꿈결에 잘못 본 게 아닙니다!"

흥분하여 말하고서 트리스는 실언을 깨달은 모양이었다.

"그 얘기를 차분히 듣고 싶은데."

부드러운 어조지만 분노를 내포한 리즈의 목소리에 트리스의 얼굴에서 핏기가 가셨다.

"헉…… 부디 용서를……."

트리스의 입에서 작은 비명이 흘러나오고 잠시 후— 절규가 사관 식당에 울려 퍼졌다.

＊

제국력 1023년 7월 14일.

구름 한 점 없는 맑은 하늘에 뜬 태양에서 가차 없이 녹지로 빛이 쏟아졌다.

그런 식물 향기로 가득한 초원의 공기를 가르며 달리는 생물이 있었다.

힘차게 대지를 박차며 질주하는 그 모습은 말보다 몸집이 작기는 했으나 속도는 그에 비할 바 없이 빨랐다. 그 등에 탄 것은 검은 교복을 입은 소년— 히로였다.

'나도 탈 수 있다니…… 게다가 굉장히 빨라!'

바람이 뺨을 때리고 꽃잎을 뒤쪽으로 날렸다. 마치 자연과 한 몸이 된 듯한 기분이었다.

히로가 타고 있는 것은 트리스에게 받은 『질룡』이라는 생물이었다.

원래는 중앙 대륙 동쪽에 있는 샤이탄 제도(諸島)에서 서식하는 외래종이었다.

솔레이유

300년쯤 전에 한 모험가가 샤이탄 제도에서 몇 마리 포획해 왔다가 그것이 도망쳐 중앙 대륙에도 번식하게 되었다.

"이대로 키오르크 씨의 저택까지 가자!"

기분이 좋아진 히로는 『질룡』에게 명령하여 링크스의 가도를 달렸다.

중앙대로에는 많은 사람이 오가며 이른 아침부터 노점 등이 늘어서 있었다.

전쟁의 위험이 지나가면서 도시는 약간 활기를 되찾은 것 같았다.

저택에 도착한 히로는 『질룡』에서 뛰어내려 현관에 서 있는 인물에게 달려갔다.

"히로 님, 긴 여행 하느라 고생하셨습니다."

"오랜만이에요. 어…… 쿠르트 씨였죠?"

저번에 방문했을 때 신세졌던 쿠르트 폰 타미에. 그는 저택의 하인들을 통괄하는 집사이기도 했다.

"예. 오랜만입니다. 쌓인 이야기도 있지만 이쪽으로 오시지요. 주인님께서 목 빠지게 기다리고 계십니다."

쿠르트의 재촉에 저택 안으로 들어간 히로가 안내받은 곳은 1층 응접실이었다.

얼룩 하나 없는 흰 벽이 사방을 에워쌌고, 서쪽 창문으로는 상급 시민이 사는 북구를 내려다볼 수 있었다. 히로는 방 안에 있는 푹신한 L자형 소파에 앉았다.

테이블을 사이에 둔 맞은편에는 키오르크가 앉아 있었다.

"역마차로 대도시에 가는 건가⋯⋯."

히로의 요청을 들은 그는 메이드가 가져온 홍차를 한 모금 마신 후 미소 지었다.

"금방 준비해 주겠네. 언제쯤 출발할 예정이지?"

"가능하다면 오늘 중으로 출발하고 싶습니다만⋯⋯ 괜찮을까요?"

"그렇게 서두르는 건가? 하루 정도 쉬어도 문제없을 텐데."

"황제 폐하께 받은 편지에 기한은 적혀 있지 않지만 가능한 서두르는 편이 좋을 것 같아서요."

"과연. 확실히 그렇군."

키오르크는 고개를 끄덕이고 미소 짓더니 작게 손뼉 쳤다.

"쿠르트, 펜과 양피지를 가져와 주게."

"알겠습니다."

가볍게 인사한 쿠르트는 조용히 문을 닫고 방에서 모습을 감췄다.

그것을 지켜본 키오르크가 히로 앞에서 품을 뒤적이기 시작했다.

"그럼…… 급행 마차를 탄다고 해도 대제도까지 닷새는 걸리네. 그사이에 안 먹고 안 마실 수는 없겠지."

키오르크는 수수한 자루 하나를 테이블에 놓았다.

"이걸로 식량과 물을 사 두게."

"아뇨, 이렇게까지 호의를 받을 수는 없어요."

히로는 출발 전에 트리스에게 여비를 조금 받은 상태였다.

돌라츠 은화 여덟 닢— 사치는 부릴 수 없지만 대제도에 가기에는 충분한 비용이었다.

그러나 키오르크가 꺼낸 작은 주머니에는 어떻게 봐도 그 이상의 금액이 들어 있었다.

정중하게 거절하려고 하자 키오르크가 손을 앞으로 내밀었다.

"아냐, 아냐, 사양할 필요는 없어. 자네에게는 여러모로 신세졌고, 무엇보다 소중한 조카를 구해 준 은혜도 있지. 이 정도로 갚을 수 있다고는 생각하지 않지만 말이야. 어떤가, 받아 주지 않겠나?"

키오르크는 미소를 짓고 있으나 양보하지 않겠다는 확고한 의지가 느껴졌다.

실랑이가 벌어질 뿐이라면 감사히 호의를 받아들이는 편이 좋아 보였다.

"……감사합니다."

"그리고 자네가 출세할 걸 생각하면 이것저것 베풀어 두는 것도 나쁘지 않지."

히로는 쓰게 웃었다. 신사에게 어울리지 않는 흑심이 훤히 드러난 표정이었다.

"기대에 부응할 수 있도록 노력하겠습니다."

"하하! 기대하지."

그때 쿠르트가 돌아왔다. 펜과 잉크, 양피지를 키오르크 앞에 놓았다.

키오르크는 익숙한 모습으로 펜을 술술 놀렸다.

"이걸 역마차 역무원에게 건네게."

잉크가 마르지 않았기에 양피지를 말지 않고 그대로 넘겨주었다.

"가장 빠른 마차를 준비해 줄 거야. 뭐, 그만큼 쾌적하다고는 할 수 없을지도 모르지만 말이지."

역마차가 달리는 길은 주로 나라가 관리하고 있어서 제도(帝道)라고 불렸다.

정기적으로 정비가 이루어지는 것 외에도 일정 간격으로 휴게소가 설치되어 있으며 그곳에서 노점상 등이 식량과 물을 판매했다.

또한 도적이나 괴물 등을 경계하여 근처 성채가 늘 경비병을 순회시키고 있기에 안전한 여행이 가능하다며 국민들도 좋아하는 모양이었다.

"아아, 그리고 『질룡』은 걱정할 것 없어. 여기서 돌볼 테니 마음 편히 즐기고 오게."

사실은 『질룡』을 타고 대제도에 가도 괜찮았지만 길을 잃어버릴 수도 있어서 역마차를 사용하는 편이 좋겠다고 히로는 판단했다.

"감사합니다. 그럼 다녀오겠습니다."

키오르크의 배웅을 받으며 저택을 뒤로한 히로는 역을 향해 걷기 시작했다.

강한 햇살이 피부를 태울 것처럼 내리쬐었으나 시원한 바람이 달래듯이 어루만지고 갔다. 흰 벽 사이의 철문을 빠져나가긴 언덕을 내려가자 상급 시민이 사는 북구가 나왔다.

먼저 여관을 지나치고, 요전번 승리에 들끓는 시민들로 가득한 술집 모퉁이를 돌았다.

그러자 트인 공간— 높은 울타리가 잔디밭을 에워싸고 있는 것이 눈에 들어왔다.

안에는 마차용으로 사육되고 있는 튼튼한 말이 여럿 있었다.

그리고 좀 떨어진 곳에 통나무로 만든 커다란 역이 보였다. 지붕은 빨갛게 칠해져 있었다.

역에 발을 들인 히로는 키오르크에게 받은 양피지를 역무원에게 건넸다.

그러자 얼마 지나지 않아 7두 마차가 눈앞으로 다가왔다.

'대제도인가…… 1000년 전에는 왕도라고 불렸는데, 여러 가지로 바뀌었겠지.'

어떤 변화를 이루었을지, 히로는 기대로 설레는 마음을 품고서 마차에 올라탔다.

　히로가 대제도로 출발한 날, 리히타인 공국 최남단— 일니스라고 불리는 항구 도시에서 이변이 일어나고 있었다.

　풍부한 어패류가 잡혀 어부로 북적대는 도시지만 살벌한 분위기도 함께 감돌았다. 세계 각국에서 노예를 태운 배가 일니스로 오기 때문이었다.

　많은 노예선이 정박하고 있는 항구에서 떨어져 어부들의 조각배가 모여드는 해안.

　그 암반 지대에 설치된 어부들의 휴게소— 그곳을 점령하고 있는 것은 어부가 아니라 위험한 무기를 손에 든 용병 여섯 명이었다.

　"대제국에 싸움을 걸었다가 공작가는 적자와 삼남을 잃어버렸어."

　"그란츠 대제국이 보복을 가한다면 여기가 최남단이라고는 해도 위험할지 몰라."

　"하! 반대야, 반대. 멍청한 공작은 후계자를 죽인 것에 대한 보복으로 대제국을 또 공격하려고 한다나 봐. 소문으로는 필사적으로 병사를 긁어모으고 있다던데?"

　"어이, 네놈들! 뭘 태평하게 쉬고 있는 거야?!"

　용병들은 대화에 끼어든 목소리가 들린 방향으로 나란히 시선을 돌렸다.

　잘 차려입은 뚱뚱한 남자— 그들의 고용주인 노예 상인이

땀투성이가 되어 모래사장을 달리고 있었다.

그런 그의 시선 끝에서는 갈색 피부를 가진 소녀가 필사적으로 뛰는 중이었다.

용병들은 어깨를 으쓱이고서 「또냐」 하고 다 같이 한숨을 흘렸다. 리히타인 공국에서는 보기 드문 광경이 아니었다. 노예 상인에게 팔린 인간이나 노예로 격하된 시민들이 자주 도망쳤기 때문이다. 갈색 피부의 소녀 또한 도망쳤을 것이다.

"어이, 소중한 상품이 도망쳤다고! 얼른 잡지 못해?!"

용병들은 그 말을 듣고 한 남자에게 시선을 돌렸다.

"두목, 어쩔까요?"

"저런 인간이지만 의뢰인이야. 얼른 가서 붙잡아."

그늘에 드러누워 있던 남자가 일어서더니 주위 용병들에게 턱짓으로 지시했다.

그러자 용병들은 익숙한 일인지 재빠른 동작으로 모래사장을 달리기 시작했다.

땀범벅이 된 노예 상인을 추월하여 순식간에 소녀를 따라잡았다.

체격 좋은 용병들에게 포위된 소녀는 발을 멈추고 공포로 얼굴을 굳혔다.

"부, 부탁이에요…… 비켜 주세요."

"미안. 이쪽도 생활이 걸려 있거든."

"아까운걸. 크면 대단한 미인이 됐을 텐데."

노예가 된 소녀가 성인으로 자라는 일은 없다. 대부분 가혹

한 생활을 견디지 못하고 성인이 되기 전에 죽기 때문이다. 그래도 취급은 바뀌지 않았다. 결국은 노예, 죽으면 새로운 노예를 사면 그만이었다.

"하아…… 하아…… 후우……, 노예가 귀찮게 하기는!"

마침내 따라붙은 노예 상인이 소녀의 머리카락을 거칠게 잡고 넘어뜨렸다.

"아윽!"

노예 상인은 소녀의 얼굴을 밟아 햇볕에 달궈진 모래사장에 꽉 눌렀다.

"으아아아!"

소녀는 뜨거움에서 도망치고자 필사적으로 날뛰었다. 그러나 뚱뚱하고 체격 좋은 노예 상인이 내리누르고 있어서야 힘없는 소녀가 뜨거움에서 벗어나는 것은 불가능했다.

"다음에 또 도망치면 죽여 버릴 테니까 잘 기억해 둬! 듣고 있는 거야?!"

"어이, 이봐. 아무리 그래도 너무하잖아……."

용병이 제지하는 말을 꺼냈지만 노예 상인은 비열한 미소를 지었다.

"흥! 내 상품이야. 네놈들한테 이러쿵저러쿵 잔소리 들을 이유는 없어."

"그러셔? 당신이 좋다면 상관없지만."

용병들은 노예 상인의 말을 듣고 불쾌한 표정으로 얼굴을 찌푸렸다.

그 뒤에서 하품을 죽이며 용병들의 두목이 다가왔다.

"도망친 노예를 잡은 모양이네."

"그래, 네놈들이 냉큼 뒤쫓았으면 이런 고생을 안 해도 됐겠지만 말이지."

"훗, 그리 말하지 마. 이렇게 붙잡았잖아."

두목은 노예 상인의 불만을 코웃음으로 흘려버렸다.

"그럼 얼른 출발하자고. 여긴 더워 죽겠어."

그렇게 말하고 두목이 뒤돌았을 때—.

"아?"

갑자기 커다란 그림자가 눈앞에 나타났다.

"……넌 뭐야?"

이 자리에 있는 누구보다도 키가 큰 남자가 서 있었다. 두목은 반사적으로 검을 들고 경계했다.

『……흠. 빈약한 몸이군. 인족인가.』

"뭐라는 거야? 어느 지역 말이지?"

『역시 이곳은— 중앙 대륙인가.』

남자는 더위를 달래려는 것인지 짜증스럽게 앞머리를 쓸어 올렸다.

작은 보라색 결정이 드러나며 햇빛을 반사했다.

『중앙 대륙은 그란츠어가 주류였지?』

"……어이, 덩치. 듣고 있어?"

"미안하군. 이제 어때? 통하나?"

거한이 말한 것은 사투리 억양이 강한 그란츠어였다.

"네 녀석, 제국 인간인가."

"내가 너희와 똑같은 인간으로 보이나?"

두목은 눈썹을 찡그리고 남자를 관찰했다. 잠시 후, 입가가 경련했다.

"……설마."

연보라색 피부, 인간보다도 축복받은 체구를 가진 종족.

무엇보다 이마에 박힌 작은 보라색 결정을 통해 도출한 답은—.

"마족^{조로스터}인가?!"

"정답이야. 인족."

"뭐라고?!"

깜짝 놀라 소리친 사람은 노예 상인이었다.

"어이, 그게 정말이라면 보수를 세 배로 올려 주겠어! 그러니 이 녀석을 붙잡아!"

1000년 전, 중앙 대륙을 석권했던 마족.

세력 범위를 넓혀 가는 마족에 대항하고자 인족^{휴먼}, 소인족^{드워프}, 이장족^{알브}, 수족^{앤스로}, 이렇게 4종족 연합은 격렬한 전투 끝에 마족 나라를 멸망시키는 데 성공했지만 마족의 피를 뿌리 뽑지는 못했다.

전쟁이 끝난 뒤, 마족은 박해로부터 도망치기 위해 중앙 대륙 남쪽에 있는 남열도^{임비시온}(南列島)로 건너갔다고 전해진다. 그곳은 사납게 날뛰는 바다에 막혀서 들어갈 수 없기에 지금은 사실인지 아닌지 확인할 길이 없었다. 그러나 모든 마족이 남열도로 건너간 것은 아니라서 중앙 대륙에 남은 마족도 적잖이 존재했다.

"그것도 지금은 그란츠 대제국이 보호하고 있으니 말이지. 좀처럼 노예 시장에도 나돌지 않아. 나오더라도 마족이라고 할 수 있을지 의심스러울 만큼 피가 옅어진 찌꺼기 같은 녀석들이야. 겉보기에 이 녀석은 마족의 피가 짙은 것 같군. 노예로 팔면 일확천금 수준이 아니라고!"

그란츠 대제국 북동쪽에 레벨링 왕국이라고 불리는 나라가 있다. 박해로부터 동포를 구하고자 건국된 마족의 나라지만 지금은 그란츠 대제국이 보호 명목으로 레벨링 왕국을 속국화하고 있었다.

"나리. 알고 있다면 세 배로는 너무 부족하지. 이 녀석은 다른 종족과 섞이지 않은 순혈종일 가능성이 커. 다섯 배는 받아야 수지가— 크헉?!"

말을 끝내기 전에 두목의 몸통에서 피가 뿜어져 나왔다. 갈라진 상처에서 끝없이 피가 나오며 철떡거리는 소리와 함께 내장이 모래사장에 흩뿌려졌다.

"정말이지…… 노예니 돈이니 멋대로 말하는 건 어느 나라나 마찬가지군. 실력 차이도 모르는 녀석들이 날 붙잡을 수 있다는 건가?"

성가시다는 얼굴로 탄식하는 마족의 손에는 대검이 쥐어져 있었다.

"두, 두목?!"

"이 새끼가!"

다른 용병들이 각자의 무기를 들고 마족에게 덤벼들었다.

"훗, 자기 역량을 모르는 자일수록 시끄럽게 짖지."

대검을 가볍게 한 번 휘두르자 용병 세 명의 몸이 날아갔고 그들은 모래사장에 내장을 쏟으며 절명했다.

남은 두 용병은 그 모습을 보고 이길 수 없음을 깨달았는지 서로 눈짓을 주고받고서 도망치기 시작했다.

"어, 어이, 기다려! 네놈들 보수는 필요 없는 건가?!"

"돈보다 목숨이야! 그런 괴물을 상대할 수 있겠냐!"

"뭐라고?! 네놈들이 그러고도 용병인가?!"

"안심해. 도망치게 두지 않을 거니까."

마족이 모래사장에 한쪽 무릎을 꿇고 손을 내리쳤다.

그러자 신기하게도 모래가 솟아오르더니 용병들의 발을 붙잡아 넘어뜨렸다.

"뭐야?!"

"발에 뭔가……."

그 직후, 쿵— 넘어진 용병들 앞에서 모래 먼지가 일었다. 대검이 모래 먼지를 가르며 두 용병의 목을 쳤다. 엄청난 혈액이 모래사장을 빨갛게 물들여 갔다.

"인간은 정말로 연약하군. 뭐, 그건 그렇고, 남은 건 너뿐인 모양이야."

대검을 짊어진 마족은 용병들의 시체를 밟고 넘어가 노예 상인에게 다가갔다.

"이 녀석들에게 약속한 보수의 열 배를 줄게. 내 용병이 되어 크헉—?!"

노예 상인의 기분 나쁜 얼굴이 마족의 손에 덮이며 발이 허공에 떴다. 그의 발밑에는 갈색 피부의 소녀가 새빨개진 얼굴로 기절해 있었다.

소녀를 흘낏 본 마족은 싸늘한 눈을 노예 상인에게 돌렸다.

"······구제할 길이 없는 바보군."

"으악!"

노예 상인의 눈, 코, 입, 귀, 온갖 구멍에서 피가 터져 나왔다.

피를 뒤집어쓴 마족은 안색 하나 바꾸지 않고 고깃덩어리가 된 노예 상인을 내던졌다.

"다시 처음부터 시작하는 것도 좋겠지."

마족은 혼자 중얼거리고서 갈색 피부의 소녀 옆에 무릎 꿇었다.

빨갛게 부은 뺨을 위로하듯 만지고 마족은 소녀를 조심스럽게 안아 올렸다.

"한 번 잃어버린 목숨이다. 내 힘이 어디까지 통용될지 여기서 시험해 보는 것도 나쁘지 않아."

소녀를 안은 마족은 목적지도 없이 모래사장을 걷기 시작했다.

✳

바움 소국— 정령왕묘^{프리덴}. 무녀공주라고 불리는 이장족 여성이 대표인 나라다.

울창한 숲속에 옅은 안개가 감도는 군청색 샘이 있었다.

이곳은 무녀공주만이 출입을 허락받은 성역— 정령왕묘 최심부인 세례궁.

샘 안에 허리까지 몸을 담그고 있던 무녀공주는 조용히 눈을 떴다.

군청보다도 푸른 눈동자에 떠오른 빛이 얼룩처럼 흩어지며 사라져 갔다.

"……마족의 상륙은 당신께서 계획하신 일인가요?"

무녀공주가 시선을 보낸 곳은 두 동상 사이에서 반짝이는 구체였다.

『……』

대답은 없었다. 여전히 아무것도 이야기해 주지 않는다.

"그렇다면 저는 제가 할 수 있는 일을 하겠습니다."

샘에 큰 파문이 퍼졌다. 일어선 무녀공주의 쇄골에서 물이 흘러 떨어지며 풍만한 가슴으로 빨려 들어갔다. 얇은 천이 몸에 찰싹 달라붙어 아름다운 신체가 요염한 분위기를 띠었다. 무녀공주는 물가에 놓아두었던 옷을 집어 천천히 몸에 걸치고 걷기 시작했다. 무성한 나무들 사이를 빠른 걸음으로 빠져

나가니 낯익은 통로가 나타났다.

흰 벽에 둘러싸인 복도를 한동안 묵묵히 걸어가자 여성만으로 구성된 무녀기사들이 대기 중인 넓은 방에 도착했다.

"당장 펜과 잉크, 그리고 종이를 가져와 주십시오."

무녀공주의 노기 어린 음성을 듣고 대기 중이던 무녀기사들의 얼굴에 긴장이 떠올랐다.

"곧장 준비하겠습니다."

무녀기사가 부하인 수습 기사에게 손으로 신호를 보냈다.

"예! 바로 가져오겠습니다!"

수습 기사는 쾌활한 대답을 남기고서 즉시 통로 안쪽으로 사라졌다.

"무녀공주님. 그러한 모습으로 대체 무슨 일이십니까?"

무녀기사 대장이 고언을 올렸다.

"긴급한 용건입니다."

"무언가 **보이신** 겁니까?"

"예, 당장 황제 폐하께 알려야 합니다."

그때 수습 기사가 숨을 몰아쉬며 돌아왔다.

"가져왔습니다! 히이…… 후우…… 흐에……."

"후후, 수고하셨습니다."

전력 질주하여 지친 수습 기사에게 무녀공주는 치하와 함께 미소를 보냈다.

그러나 무녀기사 대장은 허리에 손을 얹고 노여워했다.

"무녀공주님 앞에서 이 무슨 칠칠치 못한 태도인가?! 그러니 계속 수습인 거다!"

"그, 그렇게 말씀하셔도……."

"괜찮습니다. 편히 쉬게 해 주십시오."

그렇게 말하고 무녀공주는 주위를 둘러보았다. 그 동작으로 의도를 헤아린 무녀기사가 나무 의자를 내밀었다. 그곳에 흰 종이를 두고 펜을 놀리며 무녀공주는 입을 열었다.

"제 말 잘 들으세요. 이걸 정령기사에게 건네면서 곧장 대제도로 출발하라고 말해 주십시오."

무녀공주는 엄지를 깨물어 핏방울이 맺힌 것을 확인하고 흰 종이에 꾹 눌렀다.

피가 배어들자 흰 종이에 변화가 찾아왔다. 희미한 빛을 내며 저절로 둥글게 말린 것이다.

옆에 대기하고 있던 무녀기사에게 건네니 그녀는 「실례하겠습니다!」라고 말한 후 복도를 달려갔다. 그 등이 사라지는 것을 지켜본 무녀공주는 작게 중얼거렸다.

"제가 할 수 있는 일은 여기까지. 이 뒤는…… 슈바르츠 폐하, 당신께 달렸습니다."

＊

제국력 1023년 7월 19일.

대제도까지 오는 닷새간은 쾌적하다고 하기 어려운 여행이었다.

키오르크가 준비해 준 마차는 속도를 중시한 탓에 턱을 넘을 때마다 몸이 붕 뜨면서 반드시 어딘가에 머리를 부딪쳤다.

즉, 승차감이 최악이었다.

"이윽—!"

히로는 마지막 날에도 격통 때문에 잠에서 깨게 되었다.

"아아…… 최악이야. 완전히 수면 부족이야."

아픈 곳을 쓰다듬으면서 상반신을 일으킨 히로는 깊은 탄식과 함께 실내를 둘러보았다.

급행 마차는 승차감이 최악인 반면 히로가 몸을 쭉 뻗을 수 있을 만큼 넓게 만들어져 있었다.

오른쪽에 설치된 창문으로 밖을 내다보니 초원이 펼쳐져 있었다. 잠에 취한 눈으로 바라보고 있자 앞쪽 창문이 열렸다.

"도련님. 일어나셨소?"

급행 마차를 모는 마부가 밖에서 안을 들여다보았다. 히로는 손을 들어 대답했다.

"슬슬 종점이니 내릴 준비 하쇼."

마부가 창을 닫자 마차가 덜컹 하고 흔들렸다. 히로는 몸을 일으켜 내릴 준비를 시작했다.

급행 마차는 대제도로 직접 가지 않았다. 그 앞인 1셀(3킬로미터) 떨어진 역에 정차했다.

"감사합니다."

역에 도착한 히로는 마차에서 내린 후— 수많은 사람들을 보고 얼떨떨해졌다.

"그렇구나…… 여긴 도회지네. 링크스 역도 그런대로 사람이 있었는데 그 이상이야."

역은 귀족과 평민, 용병이나 모험가 등 다양한 사람들로 북적였다.

사람들이 바글거리는 역을 나오자 기분 좋은 바람과 신록의 향기가 코를 간질였다.

대도시로 가는 마차가 근처에서 출발하고 있었지만 신경 쓰이는 점이 있어서 걸어가기로 했다.

'누군가 날 미행하고 있어.'

여기서 공격받는다면 성가셨다. 관계없는 사람이 말려드는 것은 최대한 피하고 싶었다.

히로는 도로변에 얕게 파인 인도로 들어가 배후에서 추적해 오는 수상한 기척을 헤아렸다.

'셋…… 여섯…… 여덟 명인가.'

간단히 기척이 읽히는 것을 보면 비전문가 같은 느낌도 들지만 성급하게 단정 지을 수는 없었다.

'아무튼, 먼저 움직이는 편이 좋으려나.'

상대가 공격해 오길 기다려도 상관없지만 소란스러워지면 수비병이 달려와 버린다.

신분을 증명할 물건을 가지고 있지 않은 히로는 조사를 받을 시 연행될 것이다.

설령 증명할 수 있더라도, 수비병이 누군가의 의도로 움직이고 있을 경우에는 언제까지 구속되어 있을지 알 수 없었다.

그런 일로 시간을 낭비하고 있을 때는 아니었다.

'그럼…… 누가 좋을까.'

히로는 가장 가까운 기척을 찾고 홱 뒤돌았다.

그와 동시에 손 근처 공간에 금이 가며 단검 한 자루— 정령 무기의 손잡이가 튀어나왔다.

정령 무기를 뽑아 든 히로는 동요하는 남자의 등 뒤로 순식간에 돌아들었다.

"소란 피우면 죽이겠어. 이해했으면 동료에게도 전해 줬으면 좋겠는데."

히로는 남자의 등에 칼끝을 누르면서 조용히 고했다.

"아, 알겠으니까 죽이지 말아 줘."

남자는 여행자를 가장하고 암반에 앉아 있는 동료— 뺨에 상처가 난 남자에게 시선을 날렸다. 그러자 그 남자가 팔을 머리 위로 들고 몇 번 교차시켰다. 몇몇 기척이 멀어지는 것을 확인한 히로는 수상한 남자의 등을 밀어 앞장서 걸으라고 재촉했다.

"몇 가지 질문할게. 싫으면 대답하지 않아도 돼. 당신을 죽이고 다른 사람한테 들으면 되니까."

등에 댄 칼끝을 밑으로 이동시켰다. 지저분한 옷이 잘리며 남자의 얼굴에서 핏기가 가셨다.

"뭐, 뭐든 말할 테니 봐 줘."

단순한 협박이었지만 효과는 발군인 모양이었다.

'역시 비전문가인가…….'

다리를 후들거리고 있는 남자를 관찰하면서 히로는 이어서 질문했다.

"당신은 누구에게 고용된 거지?"

"몰라. 갑자기 돈을 건네주면서…… 당신을 덮치라고 했어."

"흐음…… 그때 상황을 자세히 가르쳐 주겠어?"

"바, 밭일을 마친 내 앞에 이상한 남자가 나타났어."

"이상한 남자?"

"후드를 쓰고 있어서 얼굴은 안 보였지만 목소리는 남자였어."

히로는 손에서 단검을 빙 돌려 칼자루 끝으로 남자를 누르며 다음 말을 재촉했다.

"다, 당신한테 생트집을 잡아서 수비병에게 넘기라고 했어. 받아들일 생각은 없었는데 그란츠 금화를 두 닢이나 받았다고."

남자는 돈에 눈이 멀었을 뿐— 주변에 있던 동료는 같은 마을 사람인가.

"누, 누구든 받아들일 거 아니야. 안 그래? 그러니 용서해 줘! 잘못했다고 생각하니까."

남자가 거짓말하는 기색은 없었다. 이 이상 캐물어도 정보는 손에 넣을 수 없을 듯했다.

"가도 돼. 하지만 이상한 낌새를 보이면 죽이겠어. 그리고 내 눈앞에 다시는 나타나지 마. 만약 어디선가 만난다면 망설이지 않고 당신을 죽일 거야. 알겠어?"

"아, 알겠어. 두 번 다시 당신 앞에는 나타나지 않을게."

몇 번이나 힘차게 고개를 끄덕인 남자는 한 번도 돌아보지 않고 인도를 벗어나 평원을 달려갔다.

동료일 터인 남자들 몇 명이 허둥지둥 그 등을 쫓아갔다.

히로는 그들이 보이지 않게 될 때까지 지켜보고서 대제도를 향해 걸음을 옮기기로 했다.

'내가 처리하지 않아도 그들은 의뢰인의 손에 죽을 거야.'

간단한 일인 것치고는 보수가 파격적— 즉, 반드시 성공하라는 말이었다.

그것을 알아차리지 못하고 실패한 그들은 자업자득이지만 의뢰인에게 살해당할 것이다.

'하지만 왜 농민을 썼는지 신경 쓰이네.'

상대가 노련했다면 확실히 히로는 싸우고 있었으리라. 소란을 들은 수비병에게 붙잡혔을 것이 틀림없다.

'그건 나중에 생각할까…… 지금은 오랜만에 오는 왕도— 아니, 대제도를 즐기자.'

사고를 중단하고 히로는 발을 멈췄다. 시선 끝에는 대제도의 장엄한 정문이 있었다.

고개를 들자 히로를 내려다보는 듯한 성벽이 위압감을 뿜어냈다. 성벽을 에워싼 깊은 해자를 들여다보니 북쪽 켄델 강에서 끌어온 물에 다양한 수중 생물이 살고 있었다.

건너편에 걸린 다리에는 많은 사람이 오갔다.

히로는 사람의 흐름에 몸을 맡기고 다리를 건너 정문 앞에서 소지품 검사를 받았다. 그리고—.

"오오……."

눈앞에 펼쳐진 광경에 압도되었다. 정문에서 뻗어 있는 것은 빈틈없이 돌바닥이 깔린 넓은 길.

길 양쪽에는 하늘을 찌를 만큼 거대한 동상— 정교하게 만들어진 그란츠 열두 대신의 거상이 일정한 간격으로 늘어서 있었다.

방문하는 사람들을 환영하는 것처럼 신들은 가도를 굽어보고 있었다. 그 발밑에는 노점이 즐비했다. 어느 가게든 사람으로 가득했고, 노점상이 큰 소리로 외치며 손님을 끌었다.

"……1000년 전과 비교하면 건물도 높고, 무엇보다 사람 수가 다르네."

히로는 바쁘게 주변을 둘러보며 걷기 시작했다. 그러다가 술을 제공하는 노점 앞에서 대낮부터 술병을 한 손에 들고 떠들어 대는 집단을 발견했다.

"숙적 페르젠이 멸망했다! 술, 술을 가져와! 축하하지 않고는 못 배길 일이지!"

"시골 공국을 격퇴한 제6황녀도 축하해야 하지 않겠어?!"

"게다가 그 자리에는 제2대 황제 폐하의 자손이 있었다나 봐!"

신들이 굽어보는 떠들썩한 가도를 빠져나가자 장대한 분수 정원이 환영해 주었다.

분수에서 하늘 높이 뿜어져 나오는 물기둥은 반짝이는 물보라를 만들며 배후에 보이는 구름과 어우러져 신비한 운치를 빚어냈고, 귀에 닿는 물소리에서는 기품마저 느껴졌다.

분수 주변은 아이를 데리고 나온 부인부터 술 취해 뻗은 남자, 책 읽는 학생 등 다양한 목적의 사람으로 넘쳐 났다. 또한 정문 앞과 다르게 이곳은 온화한 분위기가 흘렀다. 변함없는 것은 누구나 웃고 있다는 점이었다.

페르젠과 리히타인, 두 나라에 승리한 여운이 모든 국민에게 남아 있는 것이다.

"거기 있는 건 후손님 아니십니까?"

등 뒤에서 누군가가 그렇게 말을 걸어와서 돌아보니 아우라의 부하— 슈피츠가 있었다.

"오랜만이네. 왜 여기 있어? 당연히 서쪽으로 돌아간 줄 알았는데……."

"그건 제가 할 말입니다. 왜 후손님이 여기 계십니까?"

"황제 폐하가 부르셔서 말이야."

"아, 그렇군요. 확실히 불리지 않을 이유는 없네요."

"슈피츠는 왜 여기에?"

"서방으로 돌아가기 전에 상사가 폐하께 호출받아서 거기에 말려든 형태지요."

"아우라가?"

"아뇨, 아뇨. 더욱 위— 브루탈 제3황자입니다."

그렇게 말하고 슈피츠가 걷기 시작했다. 히로는 자연스레 뒤쫓게 되었다.

"제3황군—『황흑기사단』을 사적으로 움직인 걸 들켰거든요. 폐하께서 친정에 나가 계셨던 기간이었으니까…… 여러 가지로 추궁받고 있겠죠."

"자업자득이라는 생각도 들지만 말이지. 리즈를 붙잡으려 했었고."

"결과적으로 함께 싸우는 형태가 됐으니 비교적 벌은 가볍 게 끝날 겁니다."

문제는 제1황자의 처우겠지요, 하고 슈피츠는 덧붙였다.

"황궁은 난리가 났습니다. 제6황녀의 목숨을 노렸다든가, 제2대 황제 폐하의 자손을 죽이려 했다든가, 그야말로 발칵 뒤집혔죠."

"호오……"

"그래도 『뇌제』를 소지하고 있고, 무엇보다 제1황자 뒤에는 5대 귀족인 크로네 가문이 있습니다. 최대 파벌의 지지를 얻 고 있는 제1황자의 처우는 세심한 주의를 기울여야 합니다. 폐하께서도 머리가 복잡하시지 않을까요."

그리고서 슈피츠는 히로에게 시선을 주며 고민스럽다는 얼 굴로 고개를 가로저었다.

"게다가 후손님이 대제도에 나타났다는 건, 그것대로 큰일 이죠."

아득한 눈으로 하늘을 바라보기 시작한 슈피츠에게 히로는 쓴웃음을 짓고서 물어보았다.

"그래서, 어디 가고 있는 거야?"

"가르쳐 드려도 상관없습니다만, 특별한 장소이니 즐겁게 기대하는 편이 좋지 않을까 합니다."

히로와 슈피츠는 현재 동쪽 대로를 걷고 있었다.

이곳은 중앙대로와 달리 도로 옆에 대장간, 무기점, 도구점 등 여러 점포가 늘어서 있었다. 그 탓인지 눈에 띄는 사람은 모험가나 용병 같은 종류가 많았고 거친 분위기가 흘렀다. 히로가 흥미롭게 바라보고 있는데 슈피츠가 경비소와 여관 사이로 난 골목으로 들어갔다. 히로도 그 등을 쫓아 어둑한 길을 걸어갔다.

　머지않아 눈부신 햇살의 마중을 받으며 낡은 신전이 세워진 곳으로 나왔다.

　"보시다시피 이곳에 아우라 님께서 계십니다."

　슈피츠가 가리킨 곳에는 나무 그늘에 앉은 아우라가 리히타인과의 싸움에서 부러진 오른팔을 고정한 채 왼손만으로 솜씨 좋게 책을 읽고 있었다.

　그녀 근처에는 검은 갑옷을 입은 기사들이 많은 아이들에게 둘러싸여 있었다.

　우락부락한 모습과 어울리지 않게 병사들의 팔에는 대량의 과자가 있었고, 아이들은 그것을 노리고서 모여 있는 것 같았다.

　"그들은 전쟁고아입니다. 정령 신전에 맡겨진 아이들이죠."

　"그래서 아이들이 잔뜩 있구나……. 하지만 왜 이런 곳에 신전이?"

　중앙 대륙 사람들— 특히 그란츠 대제국에는 정령왕을 신앙하는 자가 많았다. 참배하는 자는 끊이지 않을 것이다. 그런데 왜 이런 쓸쓸한 장소에 신전이 세워져 있는 걸까.

　"정령이 좋아하는 장소이기 때문이죠."

슈피츠의 말을 듣고 히로는 이해가 갔다.

개발이 진행된 거리와 동떨어진 이곳은 자연으로 가득했다.

신전 주위는 잔디로 덮여 있고, 빨간색이나 흰색 등 다양한 색채를 가진 꽃들이 기분 좋은 듯이 바람을 맞고 있었다. 햇빛이 쏟아지는 신전의 반짝임을 보고 있으니 마음이 씻기는 것 같았다.

"거리가 개발되면서 동쪽 구획은 모험가나 용병으로 넘쳐나는 뒤숭숭한 곳이 되어 버렸지요. 몇 가지 수를 썼던 것 같지만 잘 안 되었던 모양입니다."

"이제 와 모험가나 용병을 동쪽 구획에서 쫓아낼 수도 없지."

이미 뿌리박힌 것을 파괴하려고 한다면 반발은 엄청날 것이다.

"그렇습니다. 그래서 아이들을 지키기 위해서라도 경비소를 만든 겁니다."

이곳에 오기 전에 세워져 있었지요? 하고 슈피츠가 말했다.

"참고로 현재는 『황흑기사단』이 주둔하고 있습니다. 이전 담당자가 일은 열심히 했지만 남자였거든요. 아우라 님께서 그를 쫓아내시고 동쪽 구획의 치안 유지를 담당하게 되셨습니다."

슈피츠가 자랑스럽게 말했을 때, 이쪽을 알아차렸는지 아우라가 나무 그늘에서 벗어나 다가왔다.

"……희한한 사람이 있어."

"안녕, 아우라. 오랜만……이라고 할 정도는 아니네."

"……응. 어제도 편지를 보낸 참…… 그건 그렇고 무슨 일?"

"황제 폐하가 부르셨거든."

히로는 등에 메고 있던 마대를 땅에 내리고 자루를 열어 아무렇게나 손을 찔러 넣었다.

손이 다시 나타났을 때, 거기에는 편지 한 통이 있었다.

"이건데……."

"……쓰레기?"

확실히 그렇게 보였다. 리즈에게 건네받았을 때보다도 심해진 모습이었다.

건네준 편지를 읽고서 아우라는 고개를 갸웃했다.

"……대충 알았어. 하지만 어떻게 황궁에 들어가?"

"흑발과 흑안으로."

"지금은 안 돼. 현재 황궁은 파벌 간의 싸움도 벌어지고 있어. 위병이 제대로 상대해 주지 않을 거야."

"이 편지를 보여 주면……."

"……이 쓰레기를 황제 폐하의 편지라고 생각할 자는 없어."

아우라는 히로에게 편지를 돌려주고 이마에 손을 얹더니 고민스럽다는 얼굴로 고개를 가로저었다.

"황제 폐하의 편지는 일생에 한 번 받을 수 있을까 말까 한 귀중한 것. 그걸 아무렇게나 다뤄서 쓰레기로 만드는 건 전대미문. 만약 **이걸로** 통과되더라도 불경죄로 처형이야."

"그렇겠죠……."

"어쩔 수 없지. 내가 따라가겠어."

"뭐?"

"내가 같이 가면 히로도 통과할 수 있어."

"그건 고맙지만……."

그녀의 등 뒤를 보자 어느새 아이들이 모여 있었다.

더욱이 그 후방에서는 제3황군의 정예 『황흑기사단』이 아이들 밑에 깔려 있었다.

"아우라 언니! 어디 가?"

혀짤배기 소녀가 아우라의 소매를 잡아당겼다. 아우라는 그 소녀의 머리를 쓰다듬고 미소 지었다.

"황궁에 다녀올게. 내가 없는 동안 슈피츠 경이 놀아 줄 거야."

슈피츠가 흠칫한 표정을 지은 것은 히로가 잘못 본 것이 아닐 터였다.

"자, 잠시만 기다려 주십시오! 아우라 님, 저느으으아아아?!"

사양할 줄 모르는 아이들이 슈피츠에게 쇄도했다. 눈 깜짝할 사이에 그의 모습은 보이지 않게 되었다.

"그, 그만둬! 나는 귀족이다! 이래도 된다고 생각하는가?!"

"나는 껄렁한 남자를 쓰러뜨리는 슈바르츠 폐하다!"

"그럼 난 레이 장군!"

"그럼 나는 알티우스 폐하!"

"무, 무슨 짓을, 그만 둬! 거긴 만지지 마!"

슈피츠가 뭐라고 말하고 있지만 아이들은 들어 주지 않았다.

슈피츠의 비명을 들으며 히로와 아우라는 왔던 길을 되돌아가 중앙대로의 북쪽으로 향했다. 가는 도중에 아우라가 히로에게 말을 걸었다.

"지금부터 가는 곳은 세간에선 선택받은 자만이 살 수 있는 화려한 세계라고 생각하는 곳이야. 그건 틀림없어. 하지만 질투와 욕망이 소용돌이치는 마경이라는 것도 잊으면 안 돼. 방심은 금물. 알겠어?"

"응."

"접촉해 오는 자에게는 세심한 주의를 기울일 것. 부른다고 냉큼 따라가면 안 돼. 특히 여성은 조심해. 과거에는 황제조차 여자 때문에 신세를 망친 적이 있으니까."

"걱정해 주는 거야?"

그래서 오늘은 유난히 말을 많이 하는 건가 싶었지만 아우라가 날카롭게 쏘아보았다.

"조용히 들어."

"네……."

"아쉽게도 내가 계속 도와줄 수는 없어. 폐하가 부른 건 히로뿐이니까."

"그러네. 뭐, 살짝 불안하지만 어떻게든 될 거야."

"그럼 됐지만……."

그 말을 끝으로 두 사람은 묵묵히 발걸음만 옮겼다.

완만한 고개를 올라가자 히로의 신장의 다섯 배는 될 법한 철제문이 나타났다.

끝부분은 창처럼 뾰족했고 중후한 느낌을 주는 철문이었다.

아우라의 모습을 발견한 위병이 달려왔다.

"준장님 아니십니까. 오늘은 무슨 용건이신가요?"

"이자를 황궁으로 안내하라는 황제 폐하의 칙명."

아우라는 히로를 가리켰다. 위병은 값을 매기듯이 히로를 바라보면서 입을 열었다.

"그러한 이야기는 처음 들었습니다. 죄송합니다만 들여보낼 수는 없습니다."

히로는 미간에 깊은 주름을 새겼다. 그것은 말도 안 되는 일이었다. 황제가 직접 히로에게 편지를 보냈으니 위병에게 히로의 내방을 전달하지 않았을 리가 없었다.

이것은 누군가의 의도로 히로 건을 어디선가 막아 버렸을 가능성이 컸다. 아니면 위병이 누군가의 지배 아래에 있을 수도 있었다.

"……그럼 당신의 이름과 소속을 가르쳐 줘."

"예?"

"브루탈 제3황자의 측근인 내 말을 의심했어. 그에 상응하는 응보를 받아야 해."

요컨대 들여보내지 않으면 네놈은 일자리를 잃는다는 협박이었다.

"그, 그건……."

위병의 얼굴이 고뇌로 일그러졌다. 마음속에서 격렬하게 갈등하고 있는 것이 여실히 나타났다.

잠시 후 위병은 땀을 흘리며 고개를 숙였다.

"아무쪼록 들어가시지요."

의기소침해진 그가 살짝 불쌍했으나 아우라가 화난 얼굴로 문을 통과했기에 히로는 황급히 쫓아갔다.

광대한 부지 안으로 발을 들이자 1개 소대가 순회하고 있는 것이 보였다.

수상하게 굴지는 않는지 감시하는 그들의 눈빛을 받으며 히로는 장미원에 둘러싸인 넓은 길을 걸었다. 직진하니 커다란 분수가 있었고, 길이 십자로 나뉘었다.

서쪽은 유력 귀족의 저택이 늘어선 구획, 동쪽에는 제1황군의 정예『금사자 기사단』의 주거와 훈련장이 마련되어 있고, 북쪽에는 그란츠 대제국의 국가 중추인 황궁 베네자인이 있었다. 그런 설명을 아우라에게 듣고 있는데 그녀가 갑자기 몸을 가까이 붙였다.

"아까 그 위병은 크로네 가문의 영향 아래에 있어. 제1황자를 지지하니까 조심해."

아우라가 나지막한 목소리로 말해서 히로는 작게 고개를 끄덕였다.

"히로는 켈하이트 가문의 가주가 사망한 사건을 알고 있어?"

켈하이트 가문은 동방 귀족의 구심점인 대귀족이었다.

3개월쯤 전에 가주를 잃어서 지금은 아내가 대리를 맡고 있었다.

표면상으로는 낙마로 인한 사고사로 처리되었지만 실제로는 암살이라는 설이 유력하다는 것 같았다.

"나는 크로네 가문의 짓이라고 추측하고 있어. 증거는 없지만, 남편을 잃은 지 얼마 안 된 켈하이트 공작 부인에게 혼담을 제안하면서 실권 탈취를 꾀하고 있어. 그런 후안무치한 녀석들은 황궁에서 히로를 독살하는 것도 주저하지 않을 거야."

"잘 알았어. 크로네 가문은 조심할게."

고마워, 하고 아우라에게 감사를 표한 히로는 황궁에 도착하자 숨을 삼켰다.

황궁이 아름다워서가 아니라, 그리움이 가슴에서 북받쳤기 때문이다.

몇 번인가 개축된 것 같지만 1000년 전 왕궁의 모습은 남아 있었다.

'……마치 집에 돌아온 기분이네.'

이 세계로 소환되어 처음으로 방문한 곳이었다.

알티우스와 의형제를 맺고, 많은 동료를 맞이하여 난세를 헤쳐 나갔다.

제국이 탄생하고, 전란이 끝나고, 알레테이아에 작별을 고한 마지막 장소.

시작과 끝의 장소였다.

'이 앞에 무엇이 기다리든 나는 멈추지 않아.'

새로운 이야기, 시작의 예감을 가슴에 품으며 히로는 다시 그곳에 발을 들였다.

황궁에 들어가자 히로는 위병, 아우라는 여관에게 신체검사를 받게 되었다.

무사히 문제없다고 판단 받은 후, 아우라가 히로에게 몸을 돌렸다.

"마중 나온 사람이 왔어."

히로가 아우라의 등 뒤를 보니 한 장년 남성이 다가왔다.

"멀리서 이곳까지 잘 오셨습니다. 그란츠 대제국의 재상인 비잔 기리시 폰 샤름입니다. 무사히 황궁에 도착하신 듯하여 안심했습니다."

고개 숙인 남성은 얼굴을 들더니 시원스러운 미소를 짓고서 말했다.

"히로 님이시지요?"

"앗, 네. 오구로 히로입니다."

"……제2대 황제 폐하의 자손이라고 밝히셨다던데?"

"예, 그렇습니다."

"그럼 갑작스럽지만 우선은 그걸 증명해 주셔야겠습니다. 따라와 주시겠습니까?"

기리시 재상이 등을 돌리고 걷기 시작하자 히로와 아우라도 뒤를 따르게 되었다.

통로의 오른쪽 벽에는 윗부분이 둥근 창문이 부와 권력을 나타내듯 안쪽까지 늘어서 있었다.

천장에는 정령왕과 그란츠 열두 대신의 장대한 모습이 그려져 있고, 예전 히로라고 생각되는 검은 옷의 전사가 적들과 맞서고 있는 모습도 있었다.

"지금까지 제2대 황제 폐하의 후손임을 자칭하는 자는 많았습니다만 누구도 진짜는 아니었습니다. 그런데도 거짓말하는 자가 끊이질 않습니다."

기리시 재상의 목소리가 그의 등을 통과하여 히로의 고막으로 전달되었다.

"그렇기에 세리아 에스트레야 전하의 말씀이라고 하더라도 제2대 황제 폐하의 후손이라는 증명이 없는 한, 당신을 신용할 수는 없습니다. 솔직히 말씀드리자면 지금 저는『또인가』하는 심정입니다."

몇 번이나 속이는 자가 나타나면 넌더리를 내는 것도 어쩔 수 없었다.

"그란츠 대제국은 군사 국가입니다.『군신』을 신앙하는 자는 많지요. 물론 저도 그중 한 사람입니다. 후손을 자칭하고, 그것이 거짓임이 밝혀지면 낙담하는 정도가 아닙니다. 속이 뒤틀리는 분노로 몸이 떨립니다."

기리시 재상은 어떤 방 앞에서 발을 멈추고 뒤돌았다.

"부디 히로 님은 진짜이길 바랍니다. 세리아 에스트레야 전하를 위해서도, 저는 그렇게 생각합니다."

기리시 재상은 잠긴 문을 열고 안으로 들어갔다. 히로와 아우라도 이어서 안으로 들어갔다.

사방의 벽이 하얗게 칠해져 있을 뿐 창문도 없는 방이었다. 방 중앙에는 옷걸이가 놓여 있고 그곳에 검은 외투가 걸려 있었다. 그것 외의 물건은 이 방에 존재하지 않았다.

기리시 재상은 옷걸이가 있는 곳까지 걸어가 손짓하여 히로를 불렀다.

"지금까지『군신』의 후손이라고 했던 자는 2000명이 넘습니다. 그들 모두가 **이것**을 걸친 순간 죽었습니다."

기리시 재상은 검은 외투를 조심스럽게 들고 펼쳤다.

"일찍이 『군신』이 입었던 『흑춘희(黑椿姬)』입니다. 이 옷에는 정령이 깃들어 있어서 정령검 5제와 마찬가지로 주인을 선택합니다— 인정받지 못한 자가 다룬다면 정령의 저주를 받고 죽음으로 끌려가겠지요. 하지만 인정받지 못하더라도 정령왕의 가호가 있는 자손이라면 죽지는 않습니다. 그것을 증명으로 삼겠습니다."

각오는 되셨습니까? 하고 기리시 재상이 말하자 히로는 고개를 끄덕였다.

'반갑네⋯⋯.'

수많은 전장을 함께 달렸던 전우. 그래서 긴장은 없었고, 반가움에 무심코 미소가 그려졌다. 손을 뻗어 잡으려고 했지만 『흑춘희』는 기리시 재상의 팔에서 바닥으로 떨어져 버렸다. 바람도 불지 않는데 흑의가 떨어진 것을 보고 기리시 재상의 미간에 주름이 생겼다.

그가 일부러 떨어뜨린 것은 아니었다. 히로도 그것은 잘 알고 있었다.

'토라진 거겠지.'

흑의에 깃들어 있는 것은 특수한 정령이라서 다른 5대 정령과 비교하면 감정에 솔직해 다루기 어려웠다.

게다가 1000년간 방치되어 있었으니 화내는 것도 어쩔 수 없었다.

'미안. 오랫동안 기다리게 했어.'

바닥에 떨어진 『흑춘희』에게 사죄하고서 손을 뻗었지만……
흑의는 히로의 손을 피해 공중에 둥실 떠올랐다.

그 광경을 보고 기리시 재상은 눈이 동그래졌고 아우라는
흥미롭다는 눈길을 보냈다.

역시 용서해 주지 않는 건가, 히로가 곤혹스러워한 순간—
흑의가 부풀어 오르며 히로의 사지에 휘감겼다. 눈 깜짝할 사
이에 전신이 어둠에 휩싸여 버렸다.

갑작스러운 사태에 기리시 재상과 아우라가 아무 말도 못
하고 눈을 크게 떴다.

별안간 출현한 어둠 덩어리는 마치 음식을 씹는 것처럼 신
축을 반복했다.

"역시…… 가짜였나."

기리시 재상은 낙담을 드러내며 중얼거렸다. 몇 번이나 봤
던 광경이리라.

그러나 그의 눈앞에서 한층 더한 변화가 시작되었다. 꽃이
피듯이 어둠이 펼쳐지기 시작한 것이다.

"……이건, 설마?!"

깜짝 놀라는 기리시 재상 앞에 태연자약한 히로가 나타났
다. 하지만 교복이 변해 있었다. 구 제국식인 검은 군복— 그
위에는 칠흑색 외투를 걸쳤고, 어깻죽지에서는 금으로 수놓
인 용 의장이 존재감을 내뿜었다.

정령의 축복을 내리는 흑의이자 『군신』이 남긴 유물.

신비함과 기품을 풍기는『흑춘희』는 어떤 지방 국가에서 이렇게도 불렸다.

—『왕권レ갈리아』이라고.

"하하! 이건…… 틀림없군요."

멍하니 히로를 바라보고 있던 기리시 재상은 그 자리에서 무릎 꿇어 신하의 예를 표했다.

"무례를 용서해 주십시오. 제2대 황제 폐하의 후손님을 뵙다니, 기쁘기 그지없습니다."

"아뇨, 단순한 후손이라 황공한 대우를 받아도 곤란합니다. 본인이 아니니까요."

사실은 본인이지만, 기리시 재상이 그것을 알면 졸도할 듯한 태도였다.

어쨌든 자신보다 나이 많은 사람이 이렇게나 황공해 하니 당황스러웠다.

아우라에게 도움을 구하려 시선을 돌리자 집어삼킬 것처럼 히로를 보고 있었다.

도움이 안 되겠다고 판단한 히로는 줄곧 고개 숙이고 있는 기리시 재상에게 말했다.

"……저기, 이걸로 증명됐을까요?"

"아, 아니요, 이제 정령왕묘로 가 주셔야 합니다."

마음을 가다듬은 기리시 재상이 몇 번 호흡을 되풀이한 후

입을 열었다.

"슈바르츠의 자손이라 하는 자가 나타나면 정령왕묘에서 확인하라. 만약 그것이 사실이라면 상응하는 지위를 주어라. 이 유언을 어기는 자는 정령왕의 저주에 걸리리라. 이 유언은 알고 계십니까?"

히로가 고개를 끄덕이자 기리시 재상은 일어나 문으로 향했다.

"원래대로라면 먼저 정령왕묘에 가셨어야 했지만, 진짜인지 아닌지도 확실하지 않은 자를 무녀공주님께 보낼 수는 없습니다. 그녀에게 무슨 일이 생기면 국내외로부터 비판이 쏟아질 테니까요. 그래서 안전도 고려한 결과, 후손을 자칭한 자는 우선 『흑춘희』로 확인하게 된 겁니다."

기리시 재상은 「이쪽으로」라고 말하며 복도로 나오라고 재촉했다.

"그러니 이제 정령왕묘로 가셔서 무녀공주님께 인정을 받으시면—."

그때 전방에서 달려오는 위병을 알아차린 기리시 재상이 말을 멈췄다.

"샤름 님! 정령기사분이 조금 전 찾아오셨습니다. 폐하께 보내는 무녀공주님의 편지를 맡고 있다 합니다!"

"무녀공주님이 폐하께…… 알겠다. 바로 가지. 너는 먼저 가서 정령기사를 들여보내라."

"예!"

위병은 경례한 뒤 왔던 길을 되돌아갔다. 기리시 재상이 몸을 돌렸다.

"죄송합니다. 긴급한 용건이 생겼습니다. 잠시 기다려 주시겠습니까?"

"상관없습니다만…… 여기서 기다리면 될까요?"

"아뇨, 귀족실에서 기다려 주십시오. 안내는—."

기리시 재상은 근처에 있던 메이드에게 말을 걸려고 했지만 아우라가 손을 들었다.

"안내하겠어."

"그럼 아우라 준장께 부탁드리겠습니다. 바로 돌아오겠습니다!"

뛰어가는 기리시 재상의 등이 사라지는 것을 지켜보고 히로는 아우라와 함께 걷기 시작했다.

"무녀공주가…… 그것도 황제 폐하께 직접 편지를 보내다니 드문 일이야."

"그래?"

"응. 무녀공주는 정령왕에게 신탁을 받으면 거의 재상에게 알려. 그런데 폐하에게 보냈다는 건 어지간히 중요한 신탁을 받았다는 말이야."

"그래서 기리시 재상은 초조한 얼굴을 했던 거구나."

"만약 나라의 존망과 관련된 일이라면 중대사. 편지는 곧장 폐하에게 전달돼."

그렇게 말한 아우라가 갑자기 멈춰 섰다. 그녀 앞에는 두짝

문이 있었다.

아우라는 익숙한 동작으로 문을 밀고 안으로 들어갔다.

히로는 소파에 자리 잡은 그녀 맞은편에 앉고서 입을 열었다.

"기리시 재상은 얼마나 있어야 올까?"

"그렇게 오래 기다리지는 않을 거야. 무녀공주의 편지 내용에 달렸어."

"아무 일도 없다면 좋겠는데."

어깨를 으쓱인 히로는 주변을 둘러보고 어떤 사실을 깨달았다.

"그런데 귀족실에는 아무도 안 오는구나."

"이곳은 주로 황궁 부지 안에 저택이 없는 귀족이 오는 곳. 하지만 중소 귀족은 사양하고 거리에 지어진 저택이나 여관에서 휴식해. 그래서 거의 사용되지 않는 방이야."

"아우라도 부지 안에 저택이 있어?"

"일단 있어. 최근에는 대제도에 와도 경비소에서 숙박하니까 사용하지 않아."

그렇게 잡담하길 한 시간.

귀족실에 나타난 것은 기리시 재상이 아니라 한 고관(高官)이었다.

"히로 님, 죄송합니다만 바로 알현실로 와 주시겠습니까?"

"지금은 브루탈 제3황자, 슈트벨 제1황자에 대한 문책이 이루어지고 있을 터. 끝났어?"

아우라가 질문하자 고관이 고개를 끄덕였다.

"예, 무사히 종료되었습니다. 남은 것은 폐하의 결단을 기다리는 일뿐입니다만, 그 전에 히로 님을 안내하라고 하셨습니다."

"……나도 같이 가도 돼?"

"와도 되고 안 와도 된다는 말을 기리시 재상님께 들었습니다. 하지만 아우리 님은 뒷문으로, 히로 님은 앞문으로 들어가셔야 합니다."

"알겠습니다. 그럼 아우라, 같이 갈까?"

"응."

소파에서 일어난 히로를 따라 아우라도 일어섰다.

"그럼 저를 따라와 주십시오."

히로와 아우라는 고관에게 재촉받는 형태로 방을 뒤로했다.

제2장 흑황자

알현실은 천장이 높이 트여 있고 대리석 바닥 중앙에 붉은 융단이 직선으로 뻗어 있었다. 좌우에는 줄지어 늘어선 기둥이 옥좌까지 이어졌으며 그 틈을 메우듯 제후 귀족들이 정렬해 있었다. 그 중에는 낯익은 얼굴— 슈트벨 제1황자의 모습도 있었다.

옥좌에는 예순을 넘겼다고는 생각할 수 없을 만큼 젊어 보이는 황제가 앉아 있었고, 그 옆에 기리시 재상이 서 있었다.

일반인이라면 졸도할지도 모를 만큼 알현실은 무거운 분위기로 가득했지만 히로는 기죽지 않고 『흑춘희』 자락을 흔들며 융단 위를 나아갔다.

"……저자가 제2대 황제 폐하의 후손이란 건 사실인가?"

"젊군. 아직 어린애잖아. 그건 그렇고 저건— 혹시 『흑춘희』?"

"호오— 저렇게 젊은 나이에 왕의 풍격을 지녔나."

"이 팽팽한 분위기 속에서 긴장하지도 않고, 기를 쓰는 모습도 아니야. 저렇게나 당당하게 걸을 수 있다니. 이거 참, 거물인지 아니면 둔감할 뿐인지."

귀족들이 소곤소곤 말을 흘렸다.

히로는 황제와 조금 떨어진 곳에서 발을 멈추고 오른손으로 왼쪽 가슴을 두드린 뒤 무릎 꿇었다.

그 동작으로 바람이 일었다. 외투 자락이 붕 떠올랐다가 바닥으로 떨어졌다.

"─시작하라."

비취 같은 눈동자로 히로를 내려다보며 황제가 말했다.

기리시 재상은 엄숙하게 한 걸음 앞으로 나와 양피지 한 장을 펼쳤다.

"슈트벨 제1황자, 브루탈 제3황자. 그대들의 처우가 결정되었다. 앞으로 나오라."

거대한 체구를 가진 슈트벨 제1황자가 히로의 오른쪽에 무릎 꿇고 고개를 숙였다. 이어서 브루탈 제3황자─ 대머리에 성격 나빠 보이는 눈을 가진 남자였다. 그는 히로의 왼쪽에서 한쪽 무릎을 꿇었다.

"우선은 브루탈 제3황자. 불문에 처한다."

오오! 하고 브루탈 제3황자를 지지하는 귀족들이 기뻐하는 소리를 냈다.

"이어서 슈트벨 제1황자. 페르젠에서 세운 공적을 박탈. 3개월 근신에 처한다."

가벼운 처벌에 슈트벨 제1황자를 지지하는 귀족들에게서 안도의 한숨이 새어 나왔다.

대항하는 브루탈 제3황자의 파벌에서도 불만의 목소리는 나오지 않았다. 브루탈이 받은 벌도 가벼웠기에 불만을 입에 담았다가 철회될지도 몰랐기 때문이다. 그러나 파벌에 속하지 않은 귀족들은 술렁였다.

"말도 안 돼. 제6황녀의 목숨을 노렸다고 하지 않았나."

"역시 『뇌제』를 소지하고 있기 때문인가?"

"계승 순위를 격하하거나 제1황군의 지휘권을 박탈해야 해."

점점 불만이 높아지는 가운데, 기리시 재상이 외쳤다.

"조용히 하라! 어전이다!"

물을 끼얹은 듯이 조용해졌으나 알현실에 퍼지는 증오와 노기는 걷잡을 수 없었다.

'흠…… 무슨 생각이려나. 이대로라면 큰 불만이 남아.'

어느 황자든 처벌이 너무 가벼웠다. 무파벌 귀족이 좋지 못한 일을 생각해도 어쩔 수 없었다.

그 정도의 불씨쯤이야 바로 대처할 수 있는 거라면 이야기는 다르지만 말이다.

"이어서 히로 공. 리히타인 공국과의 전투에 대한 공적을 치하하며 그대를 3급 무관으로 임명한다."

히로는 타당하다고 납득했으나 기리시 재상의 말은 거기서 끝나지 않았다.

"또한 초대 황제 폐하의 유언에 따라 그대를 그란츠 황가의 네 번째 황자로 맞이하고 황위 계승 순위 제5위로 삼는다. 향후 공적에 따라서 계승 순위 승격을 검토하겠다."

너무나도 파격적인 대우에 히로는 무심코 얼굴을 들 뻔했다.

황족 말단이 되어 변경 영지를 나눠 받을 거라고만 생각했기 때문이다.

알현실에 정적이 가득 찼다. 아무도 목소리를 내지 못했다.

모두가 어안이 벙벙해져 있는 사이에 기리시 재상은 종이

한 장을— 빛을 비추고 있지도 않은데 반짝이는 하얀 종이를 꺼냈다.

"그가 제2대 황제 폐하의 자손이라고 무녀공주님께서 증명하셨소. 덧붙이자면『흑춘희』도 그를 인정했소."

귀족들의 시선이 무녀공주의 편지와 히로 사이를 바쁘게 오갔다.

"히로 공. 귀공은 앞으로 히로 슈바르츠 폰 그란츠다."

기리시 재상이 손뼉을 두 번 치자 시녀 몇 명이 나타나 거대한 문장기 한 장을 펼쳤다.

검은 바탕에 백은빛 검을 움켜쥔 용이 그려진 깃발이었다.

"제2대 황제 폐하의 문장 사용을 허가한다. 선조에게 부끄럽지 않을 공적을 보이도록."

과거 자신이 소지했던 물건들이 대부분 수중에 돌아왔다. 히로는 웃을 수밖에 없었다.

'당했네…….'

황자들의 계승권을 박탈하거나 순위를 격하시켰다면 제1황자와 제3황자를 지지하는 귀족들은 내란을 일으켰을지도 모른다. 하지만 예상 밖의 가벼운 처벌이 그 마음을 없앴다. 게다가 새로운 황자의 탄생으로 그들의 사고는 혼미에 빠졌다.

귀족들의 뇌리에는 새로운 황자로 갈아타야 하는가, 이대로 모습을 지켜봐야 하는가 하는 두 가지 선택지가 떠올라 있을 것이다.

왜냐하면 새로운 황자는『군신』의 후손이라는 칭호까지 가지고 있으니 말이다.

소년을 추대한다면 국민의 절대적인 지지를 얻을 수도 있었다.

'그렇군, 모든 화살을 나한테 돌린 건가…….'

그런 점에서 이번 처벌에 불만을 품고 있던 무파벌 귀족들은 히로에게 쉽게 다가갈 수 있다.

파벌이라는 굴레에 얽매여 있는 유력 귀족을 제치고 기선을 제압할 수 있었다. 그들의 머릿속은 황제에게 반기를 들기보다도 어떻게 다른 귀족을 제칠지에 관한 생각으로 가득하리라.

'하지만…… 이건 나한테도 좋은 기회야.'

다양한 의도를 가진 자들이 앞으로 히로를 이용하고자 다가올 것이다.

'그렇다면 나도 마음껏 이용해 줘야겠지.'

히로는 즐겁게 입꼬리를 올렸다.

"그럼 이어서 연회를 베풀겠소. 제후 귀족들은 마음껏 즐기고 가시오."

기리시 재상은 그렇게 고하고 황제와 함께 알현실에서 나갔다.

슈트벨 제1황자와 브루탈 제3황자도 각자 부하를 데리고 퇴실했다. 교대하듯이 하인들이 연회를 준비하기 위해 들어왔다.

할 일이 없게 된 히로 곁으로 아우라가 종종종 다가왔다.

"……예전에도 이런 일을 경험한 적 있어?"

아우라는 살피는 시선을 보내왔다.

"어? 무슨 말이야?"

"……그란츠 대제국의 유력 귀족들이 다 보는 앞에서, 그렇게나 팽팽한 분위기 속에서 걷는다면 누구든 긴장해. 하지만 히로가 걷는 모습은 마치 과거에도 비슷한 일이 있었던 것 같은— 익숙한 느낌이 들었어."

"아냐, 그렇게 보였어도 꽤 긴장하고 있었어. 아, 아마 안대 때문이지 않을까? 표정을 알아보기 어렵잖아."

"그렇게 우기겠다면 그렇다고 할게."

총명한 그녀는 히로의 정체를 눈치채고 있을지도 모른다. 히로는 탄식하고서 목소리를 낮췄다.

"만약 과거의 인물이 미래에 갑자기 나타나면 어떻게 될까?"

눈을 가늘게 좁힌 아우라는 한 박자 쉬고서 말을 고르며 입을 열었다.

"……그건 가상의 이야기?"

"응. 가상의 이야기라고 치고, 아우라는 어떻게 될 것 같아?"

"예를 들어 『1000년 전』의 『영웅』이 현대에 나타난다면 많은 이들은 방해된다고 생각할 거야."

"그렇지."

동의하는 히로를 향해 아우라는 기복 없이 담담하게 말을 이었다.

"민중은 기뻐해. 하지만 권력자들에게는 성가신 자일 뿐이야. 그런 위험한 존재는 여럿이 합세하여 없애려 하겠지. 그런 일을 피하려면 힘을 숨기거나— 자손이라고 밝히는 게 타당해. 그렇다면 그나마 주위도 『납득』할 수 있어."

"납득인가……."

"하지만 자기가 『신』이라고 말해도 대부분의 인간은 믿지 않아."

"그건 확실히 그러네."

"그러나 앞으로 무슨 일이 일어날지 알 수 없어. 언제 정체가 밝혀져도 괜찮도록 마음의 준비만큼은 해 두는 편이 현명해."

"응. 그러네."

히로가 눈동자에 각오를 담자 아우라의 눈에 심술궂은 빛이 떠올랐다.

"가상의 이야기. 그렇게 심각한 얼굴 안 해도 돼."

"……그, 그렇지! 하하!"

머리를 긁적이면서 얼버무리는 히로를 보며 아우라는 미소 지었다.

그때 편안한 선율이 귓가에 닿았다. 음악대의 연주가 홀에 흐르기 시작했다.

히로가 주변을 둘러보니 준비가 끝났는지 하인들이 벽 쪽으로 물러나 있었다.

이어서 홀의 입구— 활짝 열린 문에서 많은 귀족이 들어왔다.

히로는 그 광경을 바라보고 심호흡을 되풀이했다.

'승부처네. 누구를 신용할 수 있을지 판별해야 해.'

앞으로의 일을 생각하면 크로네 가문과도 접촉하는 편이 좋을 것이다.

'그래도 그쪽에서 다가오는 걸 기다려야겠지.'

이쪽에서 접촉해 버리면 좋지 않은 소문이 날 수도 있었다.

제2대 황제의 후손이 크로네 가문을 지지했다는 식으로 소문이 나면 대참사였다.

'뭐, 내가 예상하기에 그들은 연회에 참가하지 않겠지만.'

근신 처분을 받은 황자를 내버려 두고서 슈트벨 제1황자의 파벌이 연회에 참가할 수 있을 리도 없었다. 게다가 그들이 반석이라고 생각하던 지반이 흔들리기 시작했다. 긴급 사태를 앞에 두고 술에 취해 있을 때가 아닐 것이다. 최선의 한 수를 놓지 않으면 눈 깜짝할 사이에 굴러 떨어진다. 지금쯤 필사적으로 머리를 굴리고 있을 것이 틀림없다.

'브루탈 제3황자나 서방 귀족은 참가하겠지.'

그렇게 생각하고 있는데 소매가 잡아당겨졌다.

"히로…… 괜찮을까?"

"응?"

사고를 일단 중단한 히로는 밑에서 올려다보는 아우라에게 시선을 돌렸다.

"이 이상 같이 있으면 수상하게 여겨질 테니까 갈게."

참모이니 당연하지만 아우라는 브루탈 제3황자의 파벌에 속해 있었다.

그런 그녀가 제4황자가 된 히로와 함께 있으면 여러 가지 억측이 난무하고 말 것이다.

제3황자의 파벌에서는 변심을 의심할지도 몰랐다. 그녀를 안 좋게 여기는 자들에게는 절호의 기회였다. 이때다 싶어서 비난할 것이다.

"네 입장이 나빠지는 건 피하고 싶고, 그러는 게 좋겠네."

"……응. 또 봐."

히로는 아쉽다는 얼굴로 멀어지는 아우라를 배웅했다.

'브루탈 제3황자는 신하의 말에 쉽게 현혹돼. 조종하기 쉽다고도 할 수 있겠지. 그렇기에 파벌이 커졌겠지만.'

아까 브루탈 제3황자를 보고 든 생각은 매우 의심이 많은 인물이라는 것이었다.

그건 그것대로 히로에게는 유리한 점이었다. 그를 교묘한 말로 속인다면 이쪽의 생각대로 움직여 줄 것이기 때문이다. 방해가 있다면 그를 보필하는 유력 귀족이리라.

'어떻게 접근할지가 문제겠네.'

1000년 전에는 이런 성가신 문제에서 도망쳤었다. 늘 전선에 나가 있어서 성으로 돌아오는 것은 몇 번뿐이었다. 그렇게 계속 도망친 대가는 컸고, 그래서— 모든 것을 버리고 『지구』로 돌아갔다.

하지만 지금은 더 이상 도망칠 수 없었다. 경험이 부족하여 뼈아픈 실수도 하겠지만…….

'내가 뿌린 씨앗이야. 마지막까지 확실하게 완수해 보이겠어.'

그렇게 생각을 정리한 뒤, 하인이 가져온 물잔을 들고서 호화로운 식사가 차려진 긴 테이블로 향했다.

그것을 본 몇몇 귀족이 히로에게 다가왔다.

모두가 호화로운 보석을 몸에 지니고 화려한 옷을 입고 있었다.

'……자기 과시욕이 강해 보이는 사람들이네.'

첫인상은 그랬다. 집단 안에서 격이 높아 보이는 귀족 한 사람이 나왔다.

"히로 슈바르츠 전하. 처음 뵙겠습니다."

"그래, 반가워."

"저는―."

악수를 나누자 연설처럼 장황한 남자의 자기소개가 시작되었다.

"―입니다. 앞으로도 잘 부탁드립니다."

간단히 정리하면 서방에 영지가 있는 귀족이라는 말이었다. 서방 귀족이 지지하는 것은 브루탈 제3황자. 이번에는 불문으로 끝났으니 다행이지만 앞으로는 어떻게 될지 알 수 없었다.

그래서 일단은 접근해 두고 싶었을 것이다.

"알겠어. 당신의 이름과 얼굴은 잘 기억해 둘게."

신용할 수 없는 인물로― 라는 말은 마음속에 넣어 두었다. 그것을 시작으로 계속해서 귀족들이 모여들었다. 딸과의 혼인을 권하거나, 아들을 부하로 추천하거나, 다양한 욕망이 넘쳐 흐르는 귀족들에게 둘러싸였다.

거기서 빠져나올 수 있었던 것은 한 시간 뒤―.

히로는 피로가 겉으로 드러나지 않도록 조심하며 벽 쪽에 준비된 소파에 등을 기댔다.

'상상했던 것보다 더 많은 수에 둘러싸였네…….'

유리잔에 든 물을 단숨에 들이켜고 회장을 둘러보았다.

히로의 모습을 살피는 귀족이 잔뜩 있었다. 인사가 한참 더 되풀이될 것 같았다.

'그건 그렇고 역시 크로네 가문이 이끄는 중앙 귀족은 모조리 불참이군.'

예상대로여서 놀랍지는 않았다. 그래도 여러모로 대비하고 있었기에 맥이 빠진 것도 사실이었다.

또한 말을 걸어온 귀족 중에서 가장 많았던 것은 동방 귀족이었다.

'켈하이트 가문의 가주를 잃은 탓에 결속이 안 되는 모양이야.'

동방 귀족들의 말 한 마디 한 마디에서 가주 대리인 켈하이트 공작 부인에 대한 불만이 느껴졌다. 하지만 한편으로는 공작 부인의 편을 드는 자도 많아서 그 두 세력이 서로 으르렁거리며 분열되려 하고 있었다.

'그걸 틈타 파고든 게 슈트벨 제1황자를 지지하는 크로네 가문인가.'

크로네 가문은 동방을 수중에 넣고자 마수를 뻗치고 있는 것 같았다.

가주를 잃은 켈하이트 가문은 머지않아 크로네 가문의 손에 떨어질 가능성이 컸다.

가만히 바라보고 있다가는 슈트벨 제1황자가 옥좌를 차지하게 될 것이다.

'……그럼 어떻게 해야 할까.'

생각에 잠기는 히로의 머리 위로 그림자가 드리워졌다.

"실례, 옆에 앉아도 될까?"

고개를 들자 붉은 드레스를 입은 여성이 서 있었다.

웨이브진 금발을 뒤쪽으로 한데 묶어서 오른쪽 어깨에 걸쳐 앞으로 내렸고, 요염한 파란 눈이 히로를 내려다보았다. 균형 잡힌 풍만한 육체는 누구나 시선을 빼앗길 만했다.

치마는 대담하게도 허벅지 부근부터 옆트임— 슬릿이 들어가 있었는데 그곳을 통해 내비치는 각선미는 아름다우면서도 고혹적이라 욕정을 크게 부추겼다.

그러나 히로는 그녀의 외모가 아니라 주위 귀족들이 술렁인 것이 신경 쓰였다. 여성은 주변의 반응을 의아하게 여기는 히로와 거리를 좁혔다.

"아아, 미안하군. 내 이름은— 미스테 칼리아라 로자 폰 켈하이트. 원래 제3황녀였고, 지금은 켈하이트 가문의 가주 대리지. 앞으로 잘 부탁해."

간결하게 자기소개를 끝낸 켈하이트 공작 부인은 요염한 미소를 지었다.

"과연, 확실히 리즈가 열을 올리는 것도 이해가 가. 머리카락과 눈 색도 그렇지만, 보기 드문 용모야."

히로는 놀람을 얼굴에 드러내지는 않았으나 동요가 심장을 압박하고 있었다.

'빠르네. 왜— 이 타이밍에 나타났지?'

언젠가는 접촉해 올 것이라 예상했지만 그것은 지금이 아니라 좀 더 나중이었다.

'설마 그 정도로 궁지에 몰려 있는 건가?'

길게 생각하고 있을 시간은 없었다. 머리를 굴리고 있다는 걸 들켜서는 안 됐다.

리즈의 언니라고는 해도 지금은 켈하이트 가문의 가주 대리였다. 히로를 이용하려고 접근한 것은 확실하리라. 이쪽이 동요하면 할수록 그녀의 의도대로 되는 것이었다.

주도권을 넘기고 싶지 않았기에 히로는 평정을 가장하며 손으로 옆을 가리켰다.

"앉으시죠, 아무도 없으니 상관없습니다."

"그렇게 말해 주니 고맙군."

로자는 양손에 들고 있던 유리잔 중 하나, 붉은 액체가 든 쪽을 히로의 앞에 있는 테이블에 놓았다. 아마 와인 같은 거겠지만 무언가를 탔을 가능성이 있어서 히로는 사양하기로 했다.

"저기, 저는 술을 못 마셔서⋯⋯."

"그건 몰랐는데? 그럼 이쪽은 물이니 안심하길."

그렇게 말하고 그녀는 투명한 액체— 물이 든 유리잔으로 바꾸었다.

로자가 옆에 앉음과 동시에 장미향이 코를 간질였다.

"리즈의 언니가 제게 무슨 용건이십니까?"

"동생이 보낸 편지에 당신에 관해 쓰여 있었거든. 여러모로 신세도 진 모양이고, 꼭 인사를 해야겠다고 생각했어."

"저야말로 리즈에게 신세지고 있죠. 언니분과 만나게 되어 영광입니다."

"아아, 히로 전하. 그렇게 어렵게 말할 필요는 없어. 서로 편하게 가지. 무엇보다 당신 쪽이 입장은 더 높아. 그래서는 다른 자에게 본보기가 안 될 거야."

"알겠습니다— 아아, 알겠어. 이러면 될까?"

"그래, 그거면 돼. 당신은 자신의 입장을 이해하는 편이 좋겠어."

즐겁게 웃은 그녀는 와인을 마시고서 다시 히죽 웃고 잔을 기울였다.

"이렇게 맛있는 와인을 못 마신다니 너무한 이야기군."

"술에 약해서."

미성년자라서 그렇다고는 말할 수 없었다— 이 세계에서는 열다섯 살이면 성인이기 때문이다.

"아까워. 앞으로의 일을 생각하면 마실 수 있는 편이 여러 가지로 유리해."

"최근엔 뒤숭숭한 일도 많으니까 지금은 못 마시는 편이 좋다고 생각해."

"훗, 신중한 건지 아니면 겁쟁이인 건지. 당신은 어느 쪽일까?"

"겁쟁이라서야."

"황제 폐하를 알현하면서 그토록 당당했던 남자의 대사라고는 생각할 수 없군. 왜 그렇게 자기 평가가 낮은지 이유를 물어도 될까?"

그녀가 흥미롭다는 표정으로 옆모습을 바라보자 히로는 냉담한 얼굴을 만들었다.

"나는 후회하는 게 무서워. 예를 들어 전장이라면— 아무리 울부짖어도, 목숨을 구걸해도, 상대를 용서하지는 않아. 상대를 놓아주면 누군가가 불행해질지도 모르니까. 이용 가치가 있다면 별개지만."

"……."

그녀가 멍한 얼굴을 한 것은 소년의 표정이 변모했기 때문일까, 아니면 소년의 마음속 깊은 곳에 잠든 광기를 알아차렸기 때문일까. 로자는 와인을 들이켜 유리잔을 비우더니 하인을 불러 새 와인을 요구했다. 하인이 가져온 화이트 와인의 향기를 즐긴 뒤에 그녀가 말했다.

"당신은 올해로 몇 살이 되지?"

"열일곱인데."

"나이에 비해 지독히 일그러져 있군. 오만하다고도 할 수 있어. 후후, 당신의 과거에 관심이 생기는데?"

"대단한 과거는 아니야. 셀 수 있을 정도의 수라장을 거쳤을 뿐이지."

"그런가. 그럼— 예를 들어 만약 이 자리에서 내가 당신의 적이 된다면 어쩔 거지?"

"아무것도 안 해. 선은 긋겠지만, 그걸 넘는다면 당신의 목을 받으러 갈 거야."

"당장 날 죽이지 않는 건가?"

"그러면 그저 야만스러울 뿐이잖아. 나는 그렇게 충동적이지 않아."

"제대로 생각하고 움직인다는 거군?"

"이성을 잃으면 짐승과 다를 바 없어. 그건 적을 늘리기만 하고 아무런 이득도 안 돼. 동료에게도 폐를 끼치게 되고, 무엇보다 자신이 후회할 뿐이야."

아득해진 히로의 눈에 후회의 색이 스쳤으나 그것은 한순간이라 로자는 눈치채지 못했다.

그녀는 히로의 말을 음미하듯 몇 번 고개를 끄덕인 후에 팔짱을 끼며 가슴을 강조했다.

"흠. 슈트벨처럼 말인가?"

로자의 말을 듣고 히로는 생각에 잠겼지만 명확한 대답은 나오지 않았다.

"단정 지을 수는 없어. 하지만 그는 나보다도 일그러져 있다고 생각해."

"후후, 그건 정답이야. 옛날에는 황제에 걸맞은 기개를 가진 남자였지만."

"무슨 일이 있었는지 가르쳐 줄 수 있어?"

"슈트벨이 『뇌제』의 총애를 받은 건 열여덟 살 때, 그때부터 변해 버렸지. 약자의 마음을 생각할 수 없게 됐어. 강자야말로 정의이며 약자가 곧 악이라고 진심으로 생각하고 있는 거야. 그래서 자신보다 강한 자가 나타나는 걸 극단적으로 두려워해."

"……그건 또 일그러졌네."

"사람의 욕망에는 끝이 없어. 강대한 힘을 손에 넣으면 그건 한층 더 현저해지지. 인격조차 바뀌게 돼. 황자가 된 당신도 조심하는 게 좋아."

"명심해 둘게."

히로의 말을 듣고 로자는 입술을 핥고서 입꼬리를 올렸다.

"그럼— 시간도 아까워졌으니 슬슬 본론으로 들어갈까."

드디어 움직이기 시작했다. 정신 바짝 차리지 않으면 이 암표범에게 목을 물어뜯길 것이다.

'서로 속셈을 살피는 건 상대에게 사고할 여유를 주게 돼.'

그렇다면— 이쪽에서 이야기를 유리하게 진행하기 위해서라도 히로는 대담하게 치고 들어가기로 했다.

"켈하이트 가문이 절박한 상황이라 그 얘기를 하고 싶은 건가?"

히로의 말에 그녀의 눈이 한순간 무서울 정도로 날카로워졌다.

"눈치채고 있었나…… 열심히 공부하는군. 아니, 내 힘이 미치지 않는 탓이지."

"동방 귀족이 결속되어 있었다면 몰랐겠지만 말이야."

"거기까지 알고 있다면 숨길 필요는 없겠군. 당신이 생각한 대로 동방 귀족은 분열 위기야. 남자가 강한 시대에 여자가 가주 대리를 맡는 건 조금 안 좋은 점이 많아."

"그란츠 대제국의 귀족은 남자가 계승하니까. 5대 귀족이라고는 해도 무관할 수는 없겠지."

"맞아. 그렇기에 여러 남자가 접근해서 곤란해."

"가문의 명성을 높일 절호의 기회야. 켈하이트 가문이 쌓아 올린 걸 그대로 모조리 손에 넣을 수 있으니까."

"하지만 나는 다른 가문의 찌꺼기 같은 차남을 받고 싶지는 않아."

"우수한 자도 있을 거라고 생각하는데?"

"찾으면 있겠지. 그러나 내게는 누구의 영향도 받지 않은 자가 필요해."

"……그렇다고 나를 데릴사위로 들여 봤자 당신이 바라는 결과는 손에 들어오지 않아."

히로가 그렇게 말하자 로자는 고개를 저으며 부정했다.

"남편으로 들어오라는 소리는 안 해. 당신에게 그럴 마음은 없을 테고."

"그럼 제4황자의 입장을 이용할 생각이려나? 미안하지만 지금 나에게 당신 집안에 참견할 수 있을 만한 발언권은 없어."

"……맞는 말이야. 하지만 한 가지 해결 방법이 있지."

"그게 뭔데?"

그녀는 히로의 질문에 대답하지 않고 주위를 경계하며 둘러보았다.

어딘가에 이야기를 엿듣고 있는 자가 있을지도 몰랐다. 이렇게나 사람이 많은 회장에서 그런 재주를 부릴 수 있는 자는 한정되어 있을 테지만…….

히로는 탄식하고 테이블 위에 놓인 유리잔으로 시선을 보냈다. 로자가 히로에게 주려고 둔 것이지만 무언가를 탔을 가능성이 크다고 판단하여 입에 대지 않았다.

'하지만 이대로 쓸데없는 줄다리기를 하며 시간을 보내는 건 피하고 싶고……'

결단한 히로는 유리잔을 들고 단숨에 물을 들이켰다. 목이 약간 저릿했을 뿐, 몸에 변화는 찾아오지 않았다. 무언가 섞여 있었음을 확인한 것만으로도 수확이라고 해야 할까.

"일단 물어봐 두고 싶은데 여기에 뭐가 들어 있었던 거야?"

히로의 태연한 얼굴을 보고 로자가 눈을 동그랗게 떴다.

"놀랍군. 보통 사람이라면 말조차 할 수 없는데……."

그녀는 작게 목을 울려 웃은 후, 얼버무려 봤자 소용없다고 생각했는지 체념한 것처럼 깊이 탄식했다.

"강력한 마취제지. 당신의 의식을 혼탁하게 만들려고 했지만 쓸데없는 짓이었던 모양이야."

"이렇게 사람이 많은 곳에서 약을 먹여 봤자 입장이 나빠지기만 할 텐데."

"내 앞에 주정뱅이 한 명이 생길 뿐이지. 그걸로 어떻게 입장이 나빠지겠어?"

"그렇군. 제대로 생각하고 있었구나. 그럼 이 뒤의 일도?"

"물론. 전부 헛되이 끝났지만. 이렇게까지 몸이 튼튼할 줄이야…… 정말로 인간인가?"

로자의 질문에 히로는 쓰게 웃었다.

"물론이야. 살짝 튼튼한 것만이 장점인 인간이지."

"하하…… 괴물^{몬스터}에게 쓸 만한 약물을 준비했어야 했는데……."

누구에게도 들려주고 싶지 않은 이야기를 단둘이 할 생각이었을 것이다. 로자는 정말 낙담한 표정으로 시선을 바닥에 떨어뜨렸다.

계획을 들켰는데도 떠나지 않는 것을 보면 그녀에게도 승부처였던 모양이다.

그래서 다시 정신을 차릴 수 있도록 히로는 도움의 손길을 내밀기로 했다.

"침울해하기에는 아직 일러. 당신의 계획을 이대로 진행해 주지 않을래?"

히로가 그렇게 말하자 로자가 놀라서 얼굴을 들었다.

"괜찮은가? 목숨을 노린 건 아니지만— 읏?!"

히로는 로자의 몸을 끌어당겨 그녀의 귓가에 얼굴을 가까이 대고 속삭였다.

"시작한 일은 끝을 보라고 하잖아. 우선은 얘기를 듣고 싶어. 괜찮지?"

"……귀여운 얼굴을 하고서 그 안에는 야수가 숨어 있는 건가."

로자는 즐겁게 말한 뒤 히로의 머리를 끌어안았다.

풍만한 가슴이 히로의 얼굴에 눌리는 모양새가 되었고, 여러 사람이 보는 가운데 행해진 대담한 포옹에 회장은 벌집을 건드린 듯한 소란에 휩싸였다.

"히로 전하가 취하신 모양이다. 내 저택에서 쉬실 수 있도록 할 테니 누가 좀 도와다오."

로자의 목소리에 반응한 것은 숙녀 셋과 남성 귀족 둘이었다. 사전에 미리 맞춰 둔 것처럼 주저 없는 움직임으로 다가왔다. 로자의 영향 아래에 있는 것은 틀림없으리라.

"독은 독이지만 달콤한 독이다. 분명 당신도 마음에 들 거야."

남성 귀족들에게 구속된 히로의 귓가에 로자가 속삭였다. 그 광경은 다른 사람 눈에는 주정뱅이를 부축하는 것처럼도 보였다.

"그러기를 기도할게."

"그럼 갈까."

"……기다려."

"응?"

로자가 돌아보자 아우라가 서 있었다.

"이게 누구신가…… 그 유명한 브나다라 여사로군. 무슨 용건이지?"

"히로를 어디로 데려가는 거야?"

"미안하지만 설명하고 있을 여유는 없어서 말이야. 나중에 느긋하게 이야기하도록 하지."

로자가 손가락을 튕기자 숙녀 세 사람이 아우라를 에워쌌다.

"자자, 저쪽에서 저희와 말씀 나눠요."

"우우, 이거 놔."

"호호! 날뛰면 안 되죠."

정령 무기를 소지하고 있지 않은 데다가 팔이 부러진 상태여서야 제대로 저항할 수도 없었고, 그녀는 간단히 숙녀들에게 붙잡혀 버렸다.

"방해꾼이 없어졌으니 내 저택으로 가지."

그녀의 아름다운 손끝이 히로의 안대를 쓸어내렸다.

홀에서 끌려 나간 히로는 황궁 부지 안에 있는 로자의 저택으로 들어갔다.

달빛이 비쳐 드는 방에서 단둘이 되었다.

로자는 세공된 의자에 앉았고, 히로는 성인 다섯 명도 거뜬히 잘 수 있을 만한 거대한 침대에 누워 있었다.

"여러 가지로 거칠게 다루어 미안하네."

"그건 상관없어. 하지만 설명해 줬으면 좋겠어."

"알고 있어. 하지만 여기까지 왔으면 눈치챘을 텐데?"

"……조금은."

여러 사람 앞에서 뜨거운 포옹을 나누고, 술에 취한 황자가 미망인과 함께 저택으로 사라졌다. 여기까지 오면 누구든 그 두 사람이 평범하지 않은 관계라는 결론을 도출할 것이다.

"황자가 손댄 여자라면 다른 가문도 혼약 얘기를 꺼내기 망설여지겠지."

"시간을 벌 수는 있겠지만 언젠가 당신은 다른 가문에서 남편을 맞아들여야 해."

"단순한 시간 벌기라면, 그렇겠지."

어두운 밤하늘에 뜬 달빛이 창문으로 들어와 요염한 그녀를 비추었다.

"만약— 이 몸에 당신의 아이를 잉태한다면 어떻게 될까?"

"무슨……."

"크로네 가문의 마수에서 벗어나기 위해 내가 고민 끝에 내린 결론은— 당신의 애인이 되는 것. 그리고 당신의 아이를 얻어서 그 아이를 켈하이트 가문의 가주로 삼는 거야. 말했지? 내게는 누구의 영향도 받지 않은 자가 필요하다고."

"그래서는 켈하이트 가문 사람들이 납득하지 않을 거야. 만약 내 아이를 당신이 낳는다면 켈하이트 가문을 탈취하는 거나 마찬가지야."

"납득할 수밖에 없을걸. 제2대 황제 폐하의 피가 켈하이트 가문에 들어오게 되니까."

"그러니까 그건—."

히로는 반론할 수 없었다. 흡족해하는 로자의 얼굴을 보았기 때문이다.

"피의 단절을 걱정할 필요는 없어. 태어난 아이에게는 켈하이트 가문에 속한 일족의 아가씨를 짝지어 주면 돼. 켈하이트 가문의 피는 이어지고, 제2대 황제 폐하의 피도 손에 들어와. 누가 불평하겠어?"

"……."

"당신이 받을 보상도 커. 내 몸을 마음대로 다룰 수 있고, 게다가 동방 귀족도 아군이 되지. 좋은 얘기라고 생각하는데."

확실히 앞으로의 일을 생각하면 나쁘진 않았다. 로자의 몸은 별개로 치고, 지금 히로에게 부족한 것은 인맥과 자금이었다. 켈하이트 가문이라면 두 가지 모두 해결할 수 있을 것이다.

“그리고 당장 아이를 원하는 건 아니야. 나도 지조가 없지는 않거든. 잠시 시간을 준다면 고맙겠어. 하지만 그건 내 사정이지 당신과는 관계없는 일이기도 해. 그러니 당신이 바란다면 지금이라도 상관없다만.”

어쩔 거지? 하고 물어도 반응하기 곤란했다.

“손잡는 건 상관없지만 아이는 사양하고 싶어.”

“후후, 지금은 그걸로 좋아. 리즈의 체면도 있을 테니 말이야.”

그녀는 의자에서 일어나 침대로 올라왔고, 삐걱거리는 소리를 내며 점점 거리를 좁혔다.

“그런 고로, 벌써 밤도 늦었어. 오늘은 이만 자도록 할까?”

“딱히 한 침대에서 잘 필요는 없을 것 같은데…… 뭣하면 난 소파에서—.”

“그래서는 의미가 없잖아. 별일은 없더라도 함께 잤다는 사실은 필요하니까.”

그녀는 짓궂게 웃고서 히로 옆에 오더니 안겨들었다.

“내게 그럴 의사는 없지만 당신이 참을 수 없다면 덮쳐도 상관없어. 저항은 하지 않아.”

“떨어져서 자면 안 될까?”

“쿨…… 으응…….”

“동생과 마찬가지로 굉장히 빨리 잠드는구나.”

전에도 비슷한 일을 체험했다고 생각하며 히로는 깊은 잠에 빠져들었다.

여성 특유의 부드러운 감촉에 감싸여 히로는 고른 숨을 내쉬기 시작했다.

*

　그 방은 거대한 회화가 벽 도처에 걸려 있고, 전 세계에서 모은 공예품이 장식되어 있었다. 어느 것을 집어도 전부 미술품인 호화찬란한 방은 권력의 상징이라고도 할 수 있었다.

　이곳은 황제의 공간— 황제가 거주하는 곳으로 측근밖에 모르는 숨겨진 방이기도 했다.

　그곳에 기리시 재상이 있었다. 그의 눈앞에 앉은 이는 제48대 황제 글라이하이트였다.

　"하고 싶은 말이라도 있나?"

　황제는 와인을 한 손에 들고 매처럼 날카로운 시선을 재상에게 보냈다.

　"제1황자의 처우는 그것으로 괜찮았던 걸까요? 히로 님을 이용할 거라면 다른 황자들의 계승 순위를 격하시켜도 문제는 없었을 듯합니다만."

　"그래서는 향후 계획에 지장이 생기지 않나."

　"그걸 위한 한 수— 우선은 크로네 가문의 약체화, 입니까?"

　"오래된 귀족은 자기 보신만 생각하지. 부패한 크로네 가문은 그 전형이야. 그러나 늙은 개라고는 해도 물리면 단순한 상처로는 끝나지 않아. 그렇다면 우리에 던져 넣고 먹이를 빼앗아서 실컷 약하게 만든 뒤에 목을 졸라야 해."

"얌전히 우리에 들어가 준다면 좋겠습니다만……."

"그래서 주도권을 쥐고 있다고 생각하도록 만드는 거지. 이쪽의 의도를 들키지 않고 천천히 죽음의 문턱까지 유도하는 거야. 그렇게 케케묵은 귀족이 쇠락하면 새로운 귀족이 두각을 나타내고, 그란츠 대제국은 더욱 활성화되겠지."

와인의 향기를 맡은 황제는 유리잔을 바닥에 떨어뜨렸다. 유리잔이 요란하게 깨지면서 붉은 액체가 값비싼 융단에 얼룩을 퍼뜨렸다. 그 모습을 바라보며 황제는 더욱 짙게 웃었다.

"짐은 정체(停滯)가 싫다."

황제는 파편을 정리하려고 하는 기리시 재상을 손으로 제지했다.

"됐다, 내버려 둬. 그보다도 짐의 새로운 황자의 실력은 어느 정도지?"

"그거라면…… 이자가 자세히 알 겁니다."

기리시 재상이 손뼉 치자 등 뒤에서 여행자 차림을 한 남자가 슥 나타났다.

한쪽 무릎을 꿇은 남자는 입을 열었다.

"……솔직히 말씀드리자면 저는 감히 헤아릴 수 없었습니다."

기리시 재상의 눈썹이 꿈틀 움직였다.

여행자를 가장한 남자는 샤름 가문이 데리고 있는 암부 조직 『밀경(密頸)』 중에서도 손꼽히는 실력자였다. 그런 자가 상대의 역량을 헤아릴 수 없었다니. 기리시 재상은 낙담과 함께 말을 토해 냈다.

"그 정도로 역량이 차이 났던 건가……."

"죄송합니다."

남자가 분한 듯이 고개를 떨궜다. 생사의 갈림길에서 헤맬 정도의 훈련을 거듭하고, 기술 연마에 모든 것을 바쳐서, 마침내 주인에게 직접 임무를 받게 되었다.

그 첫 임무가 소년의 역량을 조사할 뿐인 이번 일이었다. 수많은 아수라장을 거친 남자에게는 맥이 빠질 만큼 간단한 의뢰일 터였다.

"소년의 모습이 사라졌나 싶더니 고용한 농민이 붙잡혀 있었습니다. 알아낸 것은 그것뿐입니다."

"됐다. 처분은 추후에 알리겠다. 지금은 편히 쉬도록."

"예……."

그의 모습은 그림자와 동화되듯 사라졌다.

기리시 재상은 탄식하고서 황제를 향해 머리를 숙였다.

"사람을 잘못 고른 모양입니다. 면목 없습니다."

"신경 쓰지 마라. 『밀경』의 실력은 짐도 잘 알고 있다."

황제는 눈을 감고 작게 숨을 내쉬었다.

"베르크 요새에 『밀경』을 잠입시켜라. 이번에는 실패하지 말도록."

"알겠습니다."

그 말을 마지막으로 기리시 재상은 황제의 방에서 나갔다.

＊

―다음 날 아침.

히로는 얼굴로 내리쬐는 아침 햇살 때문에 깨어났다.

옆에서 잤던 방 주인의 모습은 없었다. 아침 일찍 어딘가로 간 모양이었다.

'세수는 어디서 하면 될까……'

세숫물을 찾으려고 복도로 나가고자 문에 다가갔다. 하지만 문이 먼저 열렸다.

나타난 이는 요염한 분위기를 풍기며, 갑갑해 보일 만큼 군복에 가슴을 밀어 넣은 로자였다.

"음? 일어나 있었나."

"조금 전에 일어난 참이야. 그래서 세수를 좀 하고 싶은데―."

히로가 장소를 물어보려고 하자 로자는 엄지로 자신의 등 뒤를 가리켰다.

"그 전에 당신에게 손님이 와 있어."

그녀의 신묘한 얼굴을 보고 히로는 고개를 갸우뚱하고서 로자의 배후로 시선을 보냈다.

그곳에는 길쭉한 얼굴을 가진 남자― 기리시 재상이 서 있었다.

"아침 일찍부터 죄송합니다."

머리를 숙인 그를 향해 히로는 물음표를 띄웠다.

"왜 이곳에 기리시 재상이?"

"황제 폐하의 편지를 전해 드리러 왔습니다. 다른 자에게 맡길 수는 없다고 생각하여 실례인 줄 알면서도 찾아오게 되었습니다."

"폐하의 편지?"

"이것입니다. 부디 혼자 보시기 바랍니다."

편지를 건넨 기리시 재상은 로자를 흘낏 보고서 고개를 숙이고 떠났다.

그 등이 사라지는 것을 지켜본 히로는 로자가 편지에 시선을 보내고 있음을 알아차렸다.

"보고 싶어?"

"보여 줘도 될 내용이라고 당신이 판단한다면."

어깨를 으쓱인 로자는 복도를 내딛다가 곧장 뒤돌았다.

"다 읽으면 식당으로 와 주겠나? 아침 식사 준비가 끝났어. 그리고 세수하고 싶다면 안뜰에 우물이 있다."

로자는 다시 뒤돌아 손을 흔들며, 식당에서 기다리고 있겠다는 말을 남기고 복도 모퉁이를 돌았다. 히로는 편지로 시선을 떨어뜨리고서 하품을 한 번 했다. 편지 내용은 대강 예상이 갔다.

'⋯⋯우선은 세수부터 해야겠어.'

안뜰에 도착한 히로는 우물로 걸어가 얼굴을 씻었다. 그러나 수건이 없음을 깨달았다. 물이 눈에 들어가는 것을 짜증스럽게 여기며 천 같은 게 없을까 찾았지만 보이지 않았다.

'이대로도 상관없으려나⋯⋯.'

반쯤 포기하고 식당으로 가기 시작했을 때, 부드러운 것이 얼굴을 푹 덮었다. 손으로 집으니 그것은 하얀 수건이었고, 누가 준 것인지 확인하기 전에 얼굴에 맺힌 물방울을 먼저 닦았다.

"고마워요. 마침 필요했—."

감사를 표하려고 했지만 마지막까지 말할 수 없었다.

왜냐하면 화가 머리끝까지 난 느낌으로 우뚝 선 아우라가 있었기 때문이다.

"흑황자…… 어제는 즐거웠어?"

아우라가 왜 여기에 있는지 여러 가지로 물어보고 싶은 점은 있었지만—.

"—흑황자라니?"

"많은 귀족들이 그렇게 말하고 있어."

"나를?"

"응. 흑황자가 젊은 미망인의 약점을 잡아서 저택으로 데려갔다고."

"허무맹랑한 얘기야……. 게다가 끌려간 건 내 쪽이잖아."

"안심해. 내가 방금 생각한 얘기니까."

"……겁주지 말아 줘."

"실제로는 강철의 여자를 함락한 흑황자라고 불리고 있어."

"가, 강철의 여자?"

"켈하이트 공작 부인의 『이명』. 다른 가문에서 청하는 혼약을 다양한 수단으로 계속 거절했기에 그렇게 불리고 있어."

아우라가 경멸 섞인 시선을 보내왔다.

"그걸 단시간에 함락하고 저택으로 사라졌지. 소문이 나는 것도 당연해. 귀족들 사이에서는 그 화술을 배우고 싶다고 말하는 자도 적지 않아."

"그렇게 일이 되어 있는 건가……."

예상하지 못한 것은 아니었다. 하지만 화술을 배우고 싶다든가, 그렇게까지 비약해 있을 줄은 몰랐다. 어쩌면 좋을까 싶어서 히로는 머리를 싸맸다.

그때 아우라가 다가와 납빛 눈동자로 히로를 올려다보았다.

"어제 그렇게나 여자를 조심하라고 말했는데."

"그랬지…… 미안해."

"이렇게 빨리 소문이 퍼진 건 켈하이트 가문의 짓. 다른 가문이었다면 히로를 치켜세우는 말은 안 해. 나라면 미망인에게 홀린 어리석은 황자라고 소문을 퍼뜨려서 평가를 떨어뜨렸을 거야."

"나였어도 그랬을 것 같네."

"하지만 그녀는 반대로 소문을 퍼뜨려서 평가를 높였어. 그 수완은 칭찬하고 싶어— 하지만 당신에게는 모멸을 보내겠어."

"……그렇게 생각해도 별수 없지. 지금은 달게 받아들일게."

"앞으로는 정말로 조심해."

탄식한 아우라가 『흑춘희』에게 눈길을 주었다.

"그리고 『흑춘희』는 뭘 하고 있었던 거야? 주인의 정조가 위험한 걸로는 움직이지 않는 거야?"

"음~ 당분간은 말을 들어줄 것 같지 않아."

"분명 『흑춘희』에는 정령이 깃들어 있을 터."

"응. 아무리 그래도 목숨의 위기를 느끼면 지켜 주겠지만 말이지."

"그건 **상당히** 뒤틀린 정령이야."

"……그러네."

1000년 전—『천제』의 총애를 받기 전까지는 비교적 말을 잘 들어주었다.

하지만 『천제』가 히로 앞에 나타난 무렵부터 『흑춘희』는 제멋대로 굴게 되었다.

'게다가 1000년간 방치했으니……'

그렇게 생각하면 교살당해도 이상하지 않았고, 지금 이렇게 착용하고 있는 것조차 기적일지도 몰랐다. 군복을 내려다보는 히로의 시선을 따라간 아우라는 그가 손에 들고 있는 편지를 알아차렸다.

"그건 뭐야?"

"아아, 황제 폐하가 보낸 편지야."

"아직 안 읽었어?"

"졸음을 쫓고 싶어서 우선 세수부터 하고 싶었거든. 그리고 편지 내용은 대강 예상이 가."

히로의 말에 아우라는 고개를 끄덕였다.

"리히타인 공국을 공격하라고 적혀 있을 터."

"보복하지 않으면 국민은 소극적인 대응이라고 말할 테고,

귀족들한테서도 불만이 나올지도 몰라. 최악의 경우는 리히타인 공국에 동조하는 나라가 나오는 거려나."

그렇게 히로는 아우라가 하고 싶은 말을 이어받으며 봉투에서 편지를 꺼냈다.

거기에는 예상했던 말이 나열되어 있었지만 신경 쓰이는 점도 몇 가지 있었다.

"……흠."

"역시 예상대로?"

"응. 공적을 쌓으라는 말인데."

"히로의 첫 출진에 걸맞은 상대야."

리히타인 공국은 요전번의 패전으로 숨만 간신히 붙어 있다고 해도 좋았다. 1만5천이나 되는 병사를 동원했으면서 아무런 성과도 얻지 못했다. 리히타인 공작의 구심력은 필시 저하되어 있을 것이다. 살짝 위협하기만 해도 공국의 귀족들은 항복하는 길을 고를 것이 틀림없었다.

"제4황군의 새로운 사령관인 키로 장군이 1만을 이끌고 리히타인 공국으로 진격하는 모양이야. 거기에 리즈도 참가한 것 같아."

지난번 실태 때문에 로잉 대장군도 슈트벨 제1황자와 마찬가지로 근신 처분을 명받아서 사령관이 교체된 듯했다.

"히로한테는?"

"서둘러 합류해서 참모로 가담하라고 적혀 있어. 약해진 리히타인 공국을 더욱 약화시킨 키로 장군 밑에서 공적을 쌓는

게 내 역할이겠지."

"밥상이 다 차려져 있다면 문제없어."

"그러네. 그 뒤에는 리히타인 영토의 북부 일대를 지배하에 두고, 그걸 재료로 리히타인 공국과 강화를 맺으래."

"타당해. 리히타인 공국을 멸망시키면 노예 무역을 할 나라가 없어져."

"그것만을 위해 살려 두는 것도 불쌍하네."

어깨를 으쓱인 히로는 다시 한 번 편지를 훑어보았다.

신경 쓰이는 점은 아우라에게 말하지 않은 마지막 문구였다.

'그래서 기리시 재상은 혼자 읽으라고 한 거겠지.'

아우라가 다른 사람에게 말하지는 않겠지만 어디서 이야기가 새어 나갈지 알 수 없었다. 속마음을 들키지 않도록 조심하면서 편지를 정리했다.

그리고서 히로는 줄곧 의문으로 여겼던 것을 입에 담았다.

"그러고 보니 아우라는 왜 여기 있어?"

그녀는 브루탈 제3황자의 참모장이다.

그런 그녀가 켈하이트 가문의 저택에 오다니, 좋지 않은 소문이 날 수도 있었다.

"히로가 생각하는 일은 일어나지 않아."

"몰래 왔다든가?"

"그런 잔재주도 필요 없었어."

고개를 갸우뚱하는 히로를 보며 아우라가 대답했다.

"지금 황궁은 히로에 관한 소문을 얘기하느라 바빠. 내가 켈하이트 공작 부인의 저택을 방문해 봤자 문제 되지 않아."

"그런 일을 신경 쓰고 있을 여유는 없다는 건가."

"그렇게도 말할 수 있어. 예를 들어 내가 히로 편으로 돌아섰다는 소문이 나 봤자, 다른 사람은 몰라도 그 아가씨는 그럴 리가 없다고 다들 옹호할 수밖에 없어. 안 그러면 우유부단한 귀족들이 켈하이트 가문으로 흘러갈 수도 있으니까."

아우라의 영향력은 컸다. 페르젠을 궁지에 몰아넣은 공적은 물론이거니와, 그녀의 빛나는 전력(戰歷)은 귀족들에겐 눈부시게 비치고 있었다. 그렇기에 지금은 이상한 소문을 낼 수 없었다. 사태의 추이를 지켜보는 귀족들의 변심을 유발할지도 모르기 때문이다.

"어제까지와는 달리 오늘부터 미묘한 시기. 누구도 괜한 짓은 하지 않아."

이어서 아우라가 담담히 말했다.

"참고로 여기에 온 이유는 한 시간 후에 이곳을 떠나게 됐으니까. 그래서 작별 인사차 왔어."

"……서방으로?"

"정답. 페르젠 잔당이 각지에서 날뛰고 있어. 진압하라는 지시를 폐하께 받았어."

"대제도를 안내받고 싶었지만 서로 바빠서 그럴 여유는 없을 것 같네."

"아쉽지만 그건 다음 기회에."

고개를 숙인 아우라는 「그럼 또 편지 보낼게」라는 말을 남기고 떠나갔다.

슈피츠에게도 인사하고 싶었지만 그는 그 나름대로 출발 준비를 해야 할 테고, 히로도 곧장 베르크 요새로 가야 했다.

다음을 기약하며 저택 안으로 돌아온 히로는 메이드에게 식당 위치를 묻고 그곳으로 향했다. 커다란 문 앞에는 하인이 서 있어서 머리를 숙인 뒤 문을 열어 주었다.

"미안, 기다리게 했네."

"상관없어. 여기 앉도록 해."

로자가 고개를 가로젓고 옆자리를 가리켰다.

히로가 앉은 것을 확인한 로자가 손뼉을 치자 서쪽에 설치된 문 — 주방과 연결되어 있을 것이다 — 에서 요리를 든 메이드들이 나오더니 소리도 내지 않고 식사를 차렸다. 음식에 손대기 전에 히로는 로자에게 얼굴을 돌렸다.

"편지 내용은 리히타인 공국 공격에 가담하라는 거였어. 그러니 다 먹으면 바로 출발하려고 해."

"흠, 역시 그런가…… 그럼 성대하게 배웅해야겠군."

이유를 묻지도 않고 로자는 미리 알고 있던 것처럼 고개를 끄덕였다.

아침 식사를 끝내고 저택 밖으로 나온 히로를 맞이한 것은 많은 귀족들이었다.

히로가 모습을 나타낸 순간, 정렬한 귀족들이 일제히 무릎

끓었다. 유명한 귀족들 전원이 소년 한 명에게 고개 숙인 상황은 누구나 어안이 벙벙해질 만한 것이었다.

실제로 멀리서 관찰하던 수비대가 깜짝 놀란 표정으로 그 광경을 보고 있었다.

히로는 당황이 얼굴에 드러나지 않도록, 옆에 선 군복 차림의 로자에게 시선을 돌렸다.

"신경 쓰지 마. 대제도에 머무르고 있는 동방 귀족을 모았을 뿐이야."

"……그렇다고 해도 너무 많은 것 같은데."

이 정도 수는 사전에 말해 두지 않는 이상 모을 수 없을 터였다. 대체 로자는 언제부터 준비했던 걸까. 이 정도 규모의 귀족을 움직였는데도 다른 가문에 들키지 않은 훌륭한 수완에 감복하고 말았다. 당황하는 히로의 어깨에 로자가 손을 올렸다.

"자, 출발하지. 흑황자."

어디서 들은 적 있는 단어가 등장하여 히로는 얼굴을 굳혔다.

그런 히로의 앞에 호화로운 마차가 나타났다. 한 귀족이 일어서더니 문을 열어 주었다.

"전하, 타시지요."

재촉받아 승차한 히로는 소파에 앉고서 한숨을 섞으며 말을 토해 냈다.

"묻고 싶은 게 있는데."

시선을 보낼 상대는 한 명밖에 없었다. 풍만한 육체를 군복으로 감싼 로자였다.

맞은편에 앉은 그녀는 태연한 얼굴로 다리를 꼬더니 고개를 기울였다.

"뭐지?"

어떤 동작이든 그녀가 하면 세련되고 아름답게 비쳤다.

이런 부분은 역시 전 제3황녀라고 해야 할 것이다.

"언제부터 이런 대규모 계획을 세운 거야?"

히로의 눈동자는 간계나 얼버무림은 통하지 않는다면서 날카롭게 빛났다.

그것을 보고 로자가 씁쓸한 얼굴로 어깨를 으쓱였다.

"리즈가 보낸 편지를 받은 날부터. 좋은 기회라고 생각했어. 성가신 혼담도 이걸로 없어지고, 켈하이트 가문도 구할 수 있지."

"만약 내가 후손이 아니었다면 어쩔 생각이었어?"

"그때는 다시 리즈를 지지할 준비를 했을 거야."

"혼인 문제는?"

"고아를 남편의 사생아라고 속여서 맡을 생각이었어. 말했지? 나도 지조 없지는 않다고."

"나를 지지하기로 한 건 어제 말한 이유만이 전부가 아니지?"

"눈치채고 있었나?"

"그야 뭐. 이렇게나 공들여 준비한 걸 보면 다른 이유가 있다는 건 알 수 있어."

히로가 창밖으로 시선을 주니 경치가 일변해 있었다.

미리 로자가 지시한 모양인지 동방 귀족의 사병이 합류한 상태였다. 어느 병사나 주인으로 섬기는 귀족의 문장이 그려진 갑옷을 입고 있었고 수많은 문장기가 바람에 펄럭였다.

하지만 가장 크게 눈에 띄는 것은 히로의— 검은 바탕에 백은빛 검을 움켜쥔 용이 그려진 문장기였다. 구름 한 점 없는 맑은 하늘에 떠오른 용 깃발은 압권이라는 한마디로 정리되었다.

"당신은 지금의 그란츠 대제국을 어떻게 생각하지?"

마차 안으로 시선을 되돌리자 로자가 진지한 표정을 짓고 있었다.

"……강하다고 생각해. 다만 판도를 너무 넓혔으려나."

"하지만 폐하는 중앙 대륙의 통일을 노리고 있어. 앞으로도 판도는 계속 넓어지겠지."

"나는 지금 영토로 충분하다고 생각하는데. 이 이상 넓히면 변경까지 황제의 위광이 미치지 않을 우려가 있어. 아니, 이미 미치지 않는 상태라고 할 수 있으려나."

"선대 황제— 할바마마도 그렇게 주장했어. 그러나 현 황제는 그란츠 열두 대신의 열세 번째가 되려고 열심이거든."

"신격화를 바라고 있다는 거야?"

"역사는 사람 손으로 만들어져. 신 또한 마찬가지지. 하지만 어중간한 공적으로는 신격화를 인정받지 못해. 그것이 황제라면 더더욱 그렇지."

"그 조건이 중앙 대륙의 통일이다?"

"초대 황제는 제국을 건국한 공적으로 『시신(始神)』이 되었고, 제2대 황제는 난세를 끝낸 공적으로 『군신』이 되었어. 그 밖에도 이유는 다양하지만 어느 신이든 제국에 다대하게 공헌한 황제들이야."

마르스

개중에는 예외로 황제가 아니면서 여신이 된 자도 있지만 말이지— 라고 덧붙인 로자는 말을 이었다.

"역대 황제가 이루지 못했던 위업. 현 황제는 그것을 달성하여 『신』이 되고자 하는 거야."

"그게 로자가 날 지지하는 이유와 연결돼?"

"아무리 황제라고는 해도 그 목숨은 영원하지 않아. 꿈을 이루지 못하고 쓰러질 가능성도 있어. 그때 무슨 일이 벌어질지 몰라. 지금은 그때를 위해 준비하고 있는 거지."

로자는 양팔을 벌리더니 히로를 지지한 이유, 그 근본을 입에 담았다.

"대제국에는 충분하고도 넘칠 만큼 광대한 토지가 있어. 여기서 영토를 더 확대하더라도 그것을 유지하는 건 극히 어려워. 이 이상은 바라면 안 돼. 머지않아 어디선가 빈틈이 생기고 말아. 그건 대제국에 내란을 일으키는 불씨가 될 거야."

답답한지 로자는 군복의 첫 번째 단추를 풀었다.

"지금 이 나라에 필요한 건 안정이야. 밖이 아니라 안으로 눈을 돌릴 자가 필요해. 그 점에서 죽은 남편은 리즈를 주목했어. 아직 젊고, 성숙되었다고는 할 수 없지. 하지만 리즈의 순수하고 깨끗한 마음에서 대제국의 미래를 발견했어. 위태로운 점은 있으나 똑 부러진 자가 보필한다면 문제없다— 그렇게 생각한 참이었지. 남편은 암살당했어."

분한 모습으로 주먹을 움켜쥔 로자가 창밖— 황궁을 노려 보았다.

"와해되는 파벌을 어쩌지도 못하고 바라보는 사이에 리즈는 좌천됐지. 내가 너무나도 한심했어. 그렇기에 당신에게는 고마워. 궁지에 몰린 동생을 구해 줬으니까. 리즈가 보낸 편지를 읽었을 때는 너무 기쁜 나머지 울어 버렸어. 그리고— 당신을 이용하자는 생각이 들었지."

"리즈를 옥좌에 앉히기 위해서 말이지."

"당신에게는 미안하게 생각해."

"아냐. 나도 그편이 고마울 것 같아."

황제가 되겠다는 야심은 원래부터 없었다. 『지구』로 돌아갈 가능성도 있다.

그런 자가 옥좌에 앉는다면 불필요한 혼란을 초래할 것이다.

히로가 너그러운 이해심을 보이자 로자는 쓰게 웃었다.

"하지만, 바라든 바라지 않든 황제 또한 사람 손으로 만들어져."

하얀 손끝이 히로를 가리켰다.

"그때는— 각오하도록 해."

동시에 마차의 창문이 소리를 내며 흔들렸다. 눈이 동그래진 로자가 창문으로 바깥을 살폈다.

민중이 웃는 얼굴로 손을 흔들며「흑황자!」하고 외치고 있었다.

중앙대로 양옆에는 사람들이 줄을 이루었고, 대량의 꽃잎이 공중에 흩날렸다. 노점상도 지금만큼은 일을 내팽개치고서 줄에 가담했다. 모두가 히로를 한 번이라도 보려고 펄쩍 뛰거나, 시선을 끌고자 크게 손을 흔들며 소리쳤다.

　"『군신』의 인기는 새삼 놀랍군. 설령 후손이라고 하더라도 인기가 떨어지지는 않는 모양이야."

　로자는 자랑스럽게 말했으나, 히로는 많은 민중이 모인 것보다도 『흑황자』라는 이름이 백성에게까지 침투해 있다는 사실에 놀람을 금치 못했다.

　'아니야, 사람을 심어 둔 건가. 한 사람이 그 이름을 부르면 다른 자도 따라 하게 돼.'

　히로의 예상대로 순식간에 『흑황자』 대합창이 시작되었다. 악의가 느껴지지 않는 환성은 기분 좋았다. 그것은 어느 시대든 변함없다고 히로는 생각했다.

　"멋지지 않은가? 하지만 도취되는 건 여기까지."

　로자가 진지한 얼굴로 바라보았다.

　"앞으로의 일에 관해 얘기하지."

　"……나는 링크스로 간 뒤에 리히타인 공국 공격에 가담하고 싶어."

　"리즈가 걱정되나?"

　"그것도 있지만, 신경 쓰이는 점도 있거든."

　"그럼 동방을 통해 링크스로 가도록 해. 아직 사병은 고용하지 못할 테니…… 내 쪽에서 호위를 붙여 줄 수도 있다만 어떻게 하겠어?"

히로는 제4황자가 되기는 했으나 수입원인 영지를 가지고 있지 않았다.

영지는 앞으로의 공적에 따라서 하사될 것이다. 그때까지는 무관의 봉급이 자금이지만 지급받는 것은 후일이다. 거기에 사병도 고용해야 하는데 3급 무관의 봉급만으로는 도저히 급료를 줄 수 없었다.

기리시 재상에게 말한다면 국고에서 빌려주겠지만 빚을 만드는 것은 피하고 싶었다.

그렇기에 로자를— 켈하이트 가문을 이용하기로 한 것이었다.

"호위는 됐어. 역마차를 내주는 것만으로도 좋아."

"동방의 치안은 다른 곳과 비교하면 괜찮지만 도적이나 괴물이 전혀 안 나오는 건 아니야. 돈을 걱정하는 거라면 전부 이쪽에서 부담하겠어."

"호위를 붙이면 속도가 느려져. 되도록 빨리 리즈를 따라잡고 싶어."

"그렇게까지 말한다면 어쩔 수 없군. 우리 쪽에서 가장 빠른 역마차를 준비시키지. 그것과 당분간의 자금을 추후에 건네 두겠어. 여러 가지로 필요할 거야."

"고마워, 살았어. 이 은혜는 언젠가 갚을게."

"딱히 상관없어. 지금도 충분한 보상을 받고 있으니까. 그보다 당신은 앞으로 어쩔 거지?"

리히타인 공국과의 싸움이 끝나고— 그 후의 일을 말하는 것이리라.

"믿을 수 있는 자를 모아 이 나라에서 지위를 확립할 거야."

"흠. 그럼 돈이나 병사가 부족하면 사양하지 말고 날 의지하도록 해."

로자가 손을 내민 것을 보고 히로는 미소 짓고서 그 손을 맞잡았다.

"지금부터 일련탁생(一蓮托生)#1이다. 멋대로 죽지 마."

히로는 로자의 말에 고개를 끄덕인 뒤, 신경 쓰이는 점을 묻기로 했다.

"이건 다른 얘긴데, 로자는 이번 리히타인 공국 공격을 어떻게 생각해?"

"쉬운 싸움이 될 거라고 예상하고 있다만……."

역시— 하고 히로는 탄식했다. 누구에게 물어봐도 틀림없이 똑같은 대답이 돌아올 것이다.

"한 번은 1만5천이나 되는 적을 해치웠어. 누구든 그렇게 생각하지 않을까?"

"그렇지."

"하지만 방심하진 마. 앞으로의 일을 생각하면 고전(苦戰)은 허락되지 않는 싸움이야."

로자가 히로의 마음을 대변해 주었다.

—반드시 이길 수 있는 싸움.

#1 일련탁생(一蓮托生) 선악이나 결과에 대한 예견에 관계없이 끝까지 행동과 운명을 함께 함을 비유적으로 이르는 말.

그렇게 생각하여 마음이 해이해진 자가 실패하는 것을 히로는 과거에 수없이 보았다.

'그렇기에 과하게 조심해도 손해는 없어.'

히로는 아득히 먼 곳에서 일어나고 있는 일에 관해 이것저것 생각했다. 그란츠 대제국의 적은 많다. 타국에 파고들 틈을 주지 않기 위해서라도 고전만큼은 절대로 피해야 했다.

시간도 한정되어 있는 가운데, 쓸 수 있는 수도 적다. 그렇다면— 하고 생각을 정리한 히로는 입을 열었다.

"로자가 협력해 줬으면 하는 게 있어."

확실한 승리를 움켜잡기 위해 히로는 행동을 개시했다.

제3장 남방 이변

　리히타인 공국의 수도 아즈바카르.

　권력의 상징이라고 해야 할 황금궁 안에서는 귀족들이 바쁘게 뛰어다니고 속닥거리며 공작가를 향한 불만을 입에 담고 있었다.

　지난달에 있었던 그란츠 대제국과의 일전으로 리히타인 공국은 적자와 삼남을 잃는 뼈아픈 패전을 맛보았다. 게다가 남쪽에서는 마족이 노예와 용병을 한데 모으고, 원래 노예였던 소녀를 내세워 노예 해방을 구실로 날뛰고 있어서 손쓸 수가 없는 상태였다.

　솔선하여 진압하겠다고 나서는 자는 없었고, 참다못한 공작이 직접 낙타기병 2천, 경장보병 1천, 노예보병 1천, 합하여 4천을 이끌고 출진한 것이 나흘 전.

　주인이 없게 된 황금궁— 알현실은 얼굴에 불안함이 떠오른 귀족들로 가득했다.

　슬슬 반란군과 공작군이 격돌한 결과가 도착할 무렵이었다.

　그때, 전령 한 명이 숨을 헐떡이며 뛰어 들어왔다.

　"보고드립니다! 공작군이 반란군에 의해 괴멸했습니다!"

　귀족들에게서 신음이 흘러나왔다. 당연히 승전 보고일 거라고 생각했기 때문이다.

　귀족 한 명이 앞으로 나와 전령을 다그쳤다.

"마, 말도 안 돼……. 거짓말이지? 그럴 리가 없다!"

그 얼굴은 새파랬고, 믿을 수 없다며 몇 번이고 고개를 좌우로 흔들었다.

그가 믿지 못하는 것도 무리는 아니었다. 남방 일대에서 날뛰는 반란군의 수는 2천이 못 된다. 그에 비해 공작군은 엄선된 정예들이었고, 지난달의 뼈아픈 패전 때문에 사기는 낮았지만 그래도 공작 본인이 이끌면서 나무랄 데 없이 높아졌다. 게다가 실전 경험이 있는 대귀족들이 공작을 보필했기에 지휘 계통에도 문제는 없었을 터였다.

"대체 무슨 일이 있었던 거지?"

"노예보병이 반란군으로 돌아서며 대귀족분들은 모두 전사했습니다. 공작님은 분투하셨지만 역부족이었습니다!"

"그, 그 무슨, 노예놈들……."

괴로운 표정을 지은 전령에게서 멀어진 귀족은 그 자리에서 무릎 꿇고 이마를 바닥에 대고서 오열하기 시작했다. 주위 귀족 중에는 졸도하는 자까지 있었다. 이 나라는 끝이라고 중얼거리는 자가 있는가 하면, 망명하고자 궁리하는 자도 있었다. 리히타인 공국이 멸망하는 날도 머지않았다고 모두가 상상했지만, 그런 절망이 홀에 퍼지는 것을 저지한 자가 있었다.

"조용히 하라. 슬퍼하고 있을 여유는 없다. 앞으로 어떻게 할 것인지 얘기를 나눠야 해. 반란군이 멋대로 굴도록 내버려둘 수는 없잖은가."

귀족들의 시선이 홀에 발을 들인 인물에게 집중되었다. 노골적인 시선에 노출된 남자는 부담스러웠는지 걸음을 멈추고 말았지만 이내 붉은 융단 위를 나아가기 시작했다.

선이 가늘고 몸도 튼튼하다고는 할 수 없었다. 창백한 얼굴은 당장에라도 쓰러져 버릴 듯했다.

그는 리히타인 공작가의 차남— 병약하여 누구도 후계자로 기대하지 않았던 청년이었다. 이름은 카를 오르크 리히타인. 작위는 백작.

귀족들의 중심까지 걸음을 옮긴 카를은 햇볕에 타지 않은 창백한 팔로 입구를 가리켰다.

"그리고 마침내 그도 와 주었다."

거만한 태도로 홀에 들어온 이는 북서쪽 국경을 수비하는 란킬 후작이었다. 무서워하는 귀족들을 보면서 코웃음 치는 약간 무례한 태도를 보였다.

올해로 서른네 살이 되는 이 남자는 2년 전에 쳐들어온 이웃 나라 슈타이센의 군 3만을 물리친 리히타인 공국의 영웅이기도 했다. 그러나 재능은 있지만 성격에 난점이 있어서 중앙에서 멀리 떨어진 북서쪽 국경 수비를 맡고 있었다.

"리히타인 공작이 돌아가신 건 진심으로 유감스럽습니다만 슬퍼하고 있을 여유도 없습니다. 즉각 카를 백작은 공작이 되십시오."

갑자기 나타났으면서 란킬 후작이 뻔뻔스럽게 멋대로 말하자 주변 귀족들이 노하여 언성을 높였다.

"네놈, 뭘 멋대로 정하는 거냐! 카를 님은 몸도 약하시고,

나라를 다스리는 일은—"

"그 무슨 말씀인지. 돌아가신 분들에 관해 불평하고 싶지는 않지만— 공작은 이익만을 추구하여 나라를 돌보지 않았고, 상벌도 공평하다고는 할 수 없어서 대귀족들의 안색만 살피던 남자였어. 게다가 적자는 천성이 거칠어서 간단히 적의 술책에 걸려드는 어리석은 자였고. 삼남 역시 아무런 특징도 없는 단순한 식충이였지."

"네놈! 아무리 돌아가신 분들이라고는 해도 무례하다!"

분노로 얼굴이 새빨개진 귀족이 란킬에게 따졌다.

"하하! 사실을 말했을 뿐이야. 그리고 네놈들도 내심 기뻐하고 있잖아?"

"뭐, 뭐라……."

"굳이 전부 말해야 하나? 알고 있을 텐데."

이번 진압에 나섰던 공작군 안에는 공작과 함께 이 나라를 쇠퇴시킨 원인이라고도 할 수 있는 대귀족 대다수가 참가했다. 그들이 없어졌다는 것은 남은 귀족들이 그 자리를 대신할 수도 있다는 말이었다.

'뭐…… 마음대로 굴게 두지는 않을 거지만.'

마침내 나라를 정상화할 수 있는 때가 왔다. 공작이 죽지 않았더라도 이 나라는 내란으로 멸망할 운명이었다. 원래부터 그런 기미가 보였지만 힘으로 억누르고 있던 것에 불과했다. 이번 반란군의 탄생도 필연적이라고 할 수 있을 것이다.

'하지만…… 잘도 이 짧은 기간 동안 상황이 여러 번 뒤집히

는군.'

감언에 넘어간 적자와 삼남이 전사하고, 거기에 반란군이 공작을 없애 주었다. 란킬로서는 나라를 구한 반란군에게 상을 주고 싶을 정도였다.

"그래도 불행 중 다행으로 공작가에는 우수한 분이 남아 있다. 백성을 사랑하고, 병사를 존중하며, 부하를 생각하는 카를 오르크 리히타인 님이지."

"하지만 나는 보다시피 몸이 약해. 언제 죽을지도 모르는 신세다. 그런 내가 리히타인 공국을 이끌 수 있을까."

카를의 말에서 엿보이는 강한 의지를 알아차리고 란킬 후작은 웃으며 크게 고개를 끄덕여 보였다.

"저는 의사가 아니라 건강에 관해서는 잘 모릅니다만 지금은 언제 죽을지 모르는 시대입니다. 오히려 건강한 자일수록 먼저 죽는 것 같긴 하군요."

장래가 촉망되었던 적자는 죽었고, 건강했던 공작도 병약한 차남보다 먼저 죽었다.

"하하! 확실히 그렇군……."

아버지와 형제를 비꼬았는데도 카를 백작은 소리 내어 웃었다.

"그럼 이 목숨이 다할 때까지 공작이 되어 보는 것도 나쁘지는 않겠어. 하지만 백성이 나를 인정해 줄까?"

"그것도 걱정할 것 없습니다. 공작을 격파한 역적을 토벌한다면 민중도 인정하지 않을 수 없을 겁니다."

"그렇다면 나는 역적을 토벌한 후에 공작이 되겠다."

성실한 분이라고 중얼거리고서 대범하게 고개를 끄덕인 란킬 후작은 귀족들을 둘러보았다.

"자, 카를 님은 마음을 정하신 모양이야. 너희는 어쩔 거지?"

"카를 님께서 결의하셨다면 어쩔 수 없지. 하지만 우리나라의 정예를 격파한 반란군을 어떻게 상대한다는 건가?"

란킬 후작은 스스로 생각하는 법도 잊어버린 귀족을 비웃고, 이토록 부패한 상태였던 건가 낙담했다.

'냉큼 죽여 버리고 싶지만 아직 쓸모는 있으니까. 우선은 이 녀석들이 모아 둔 재물을 짜내야 해.'

란킬 후작은 어깨를 으쓱이고서 입을 열었다.

"딱히 반란군과 정면으로 싸울 필요는 없어."

"란킬 후작…… 자세히 말해 주겠나."

카를의 말에 란킬 후작은 「잠시만 기다려 주시길」이라고 말했다.

그러자 잠시 후, 한 남자가 홀에 뛰어 들어왔다.

"보고드립니다! 제4황군이 베르크 요새에 집결하고 있습니다. 이쪽으로 쳐들어올 준비를 하고 있는 것 같습니다!"

기다리고 있던 것은 이 보고였다. 이때, 란킬 후작은 승리를 확신했다.

희대의 지략으로 타국의 입에서 리히타인에게는 과분하다는 말이 나오게 하는 남자. 공작이 두려워하여 경원시했던 계략을 다시 시도할 기회를 얻고 란킬 후작은 더욱 짙게 웃었다.

하지만 제후들에게는 그렇지 않았다. 중앙 대륙의 패권을 장악한 사자가 공격해 오는 것이었다.

　술렁임이 일며 두려움이 홀을 가득 채워 갔다.

　그런 그들을 안심시키듯 란킬 후작은 크게 외쳤다.

　"진정하라! 내게 계책이 있다!"

　란킬 후작은 인심을 장악하는 데도 뛰어났다.

　이곳에 고참 귀족이 한 명이라도 있었다면 란킬을 향해 반항심을 드러냈을 것이다. 하지만 그들은 공작을 따라가 전사했다. 그래서 이곳에 남아 있는 것은 겁을 집어먹은 귀족들뿐이었다. 누구든 지금의 지위를 잃는 것은 원하지 않는다. 그리고 목숨은 그 이상으로 아까웠다. 그렇기에 조금 전까지 불만을 입에 담았던 자들이 지금은 란킬 후작을 따를 수밖에 없었다.

　"카를 님. 제4황군의 상대는 반란군에게 맡기면 됩니다."

　"……반란군이 제4황군과 맞붙도록 한다는 건가?"

　"그렇습니다. 어려울 것 없습니다. 어릴 때부터 키운 밀정의 보고에 의하면 제4황군을 이끌고 있는 이는 그 악명 높은 그림자 장군. 로잉 대장군 덕분에 장군이 됐을 뿐인 평범한 장수입니다. 그를 농락하는 건 그다지 어렵지 않습니다."

　란킬은 품을 뒤적이더니 종이 한 장— 리히타인 공국의 지도를 붉은 융단 위에 펼쳤다.

　"우선 제후분들에게 부탁하고 싶은 건 성채와 마을에서 병사를 모아 주시는 겁니다. 병사가 없으면 아무것도 할 수 없으니까요."

그 말을 듣고 귀족들은 자신의 영토에 남겨 둔 사병을 부르기 위해 분주하게 홀을 나갔다. 이럴 때 제일 먼저 움직인 자는 이득을 볼 수 있다. 그러나 뒤처진 자는 적은 상만 받고 끝난다. 대귀족을 상대해 왔던 그들은 그런 사항을 잘 알았기에 앞다투어 홀을 나가 카를 백작의 환심을 사려고 했다.

이에 반해 병사를 데려오기는 했지만 공작을 따르지 않는 자, 혹은 병사를 가지고 있지 않은 귀족이 할 일은 사재를 내놓는 것이었다.

순식간에 홀은 휑해졌고, 남은 것은 두 귀족과 호위인 병사뿐이었다.

"자, 방해꾼은 없어졌군요. 지금부터 하는 이야기는 부디 다른 사람에게 흘리지 말아 주시기 바랍니다. 승전을 위한 중요한 작전입니다. 아시겠지요?"

란킬 후작의 날카로운 시선을 받고 카를 백작은 마른침을 삼키며 고개를 끄덕였다.

"먼저 제4황군을 유도하여 반란군과 맞붙도록 할 겁니다만."

"제4황군이 간단히 유도될까?"

"그걸 위해 일부러 길을 만들어 주는 겁니다. 성채의 방비를 약하게 하여 이쪽이 안전하게 진군할 수 있는 길이라고 가르쳐 주면 공적을 원하는 그림자 장군은 미끼를 물겠죠. 그렇게 영내 깊숙한 곳까지 이끌면 됩니다."

란킬이 자신만만하게 말해도 카를 백작의 얼굴은 흐린 채였다.

"그렇게 잘 풀릴까? 그래도 대제국의 장군이잖은가. 이와 같은 계책은 간파당하지 않을까?"

"사람의 욕심이란 건 끝이 없습니다. 미끼를 내비치면 달려들 겁니다. 쾌조를 이어가고 있다고 생각하게 만들면 됩니다. 승승장구하는 적은 무섭지만, 승승장구하게 만들어 준 적군 따위 입맛에 맞게 요리할 수 있죠."

고개를 끄덕이는 카를을 향해 란킬 후작은 이야기를 계속했다.

"저희는 승패를 지켜본 뒤에 피폐한 승자를 공격합니다."

"음. 어부지리를 노리는 거군……."

"여기까지는 확실히 성공할 겁니다. 그 후에 저희가 이기는가 지는가는 병사들에게 달렸습니다만…… 그보다도 마음에 걸리는 점이 하나 있습니다."

"뭐지?"

"슈타이센 공화국과 드랄 대공국이 휴전한 모양입니다. 페르젠이 멸망한 것도 하나의 원인이겠지만, 슈타이센의 국가 원수가 사망한 게 가장 큰 이유겠지요."

"……그건 또 성가신 일이 될 것 같군."

"슈타이센 공화국은 구심력을 잃어 가고 있는 것 같습니다. 이익을 바라고 이쪽으로 쳐들어오는 족속이 없을 거라고 장담할 수도 없습니다."

리히타인 공국은 두 번의 패전으로 많은 병사를 잃었다. 그 탓에 요소가 아닌 곳의 수비는 허술해져 버린 상태였다.

"반란군, 그란츠 대제국, 슈타이센 공화국. 각국에서 노예국가라고 멸시당하는데, 우리 리히타인 공국은 인기가 많군요."

리히타인 공국은 지글 사막으로 뒤덮인 불모의 토지지만 고대부터 이 땅을 원하는 자는 많았다. 지글 사막에 흩어져 있는 아름다운 오아시스 때문이었다. 사람들이 모여 사는 오아시스에는 정령이 다가오지 않지만, 그것은 곧 사람만 없다면 정령이 다가온다는 말이기도 했다. 그러나 섣불리 공격할 수는 없었다. 리히타인 공국은 노예 무역을 통해 그란츠 대제국과 공고히 연결되어 있었기 때문이다.

하지만 그것도 지난달까지의 일이었고 지금 양국의 관계는 싸늘했다.

"그러니 이 싸움은 단기간에 결판을 내겠습니다."

도적이나 괴물이 마을들을 습격하고 있었다. 백성의 울분이 폭발하면 제2, 제3의 반란군이 나타날 것이다. 그렇게 되면 더 이상 국가 체재를 유지하는 것은 어려웠다. 외부의 침략, 내부의 붕괴, 어느 쪽이든 간에 리히타인 공국은 지도상에서 사라지게 될 것이다.

그것을 피하려면 전쟁을 장기화하지 않고 속전속결로 끝낼 수밖에 없었다.

"란킬 후작이라면 가능한 건가?"

"가능합니다. 그러니 전부 제게 맡겨 주십시오."

"……알겠다."

란킬은 카를을 안심시키기 위해 자신 있게 말했지만—.

'지극히 어려운 난국이야.'

지금 리히타인 공국이 모을 수 있는 병사는 많아 봤자 5천 정도였다. 그것은 제4황군의 절반에도 미치지 못할 뿐만 아니라, 각지에서 병사를 늘리며 진격하는 반란군보다도 못한 수가 될 것이다.

"그래도 반드시 승리를 쟁취해 보이겠어."

나고 자란 대은(大恩)이 있는 나라다. 어떻게든 존속시키고 싶었다.

란킬 후작은 결의를 가슴에 품고 책략을 짜기 시작했다.

*

제국력 1023년 7월 23일.

아침 안개도 걷히지 않은 이른 시각이었다.

갑옷이 내는 금속음, 말의 울음소리가 중첩되어 하늘로 올라갔다.

베르크 요새 정문 앞— 그곳에 엄청난 수의 기마와 보병이 정렬해 있었다.

그란츠 대제국, 남방의 수호자, 제4황군 2만 중 1만이었다. 좌익 2천의 지휘를 맡은 이는 『염제』의 소지자 세리아 에스트레야 엘리자베스 폰 그란츠.

"트리스, 키로 장군에 관한 소문은 별로 못 들었는데 능력면에서 어때?"

리즈의 옆에는 용맹한 분위기를 휘감고 있는 노병― 트리스가 있었다.

"공주님께서 모르시는 것도 당연합니다. 키로 장군은 그림자니까요. 그 이름이 중앙까지 들리는 일은 없습니다. 그도 그럴 것이 키로 장군의 동기 중에 괴물이 있어서 말이지요. 그자와 언제나 같은 전장에 있었기에 그는 햇빛을 볼 수가 없었습니다."

"그 괴물이란 건…… 로잉 대장군?"

"그렇습니다. 비범한 재능을 가진 그가 있던 탓에 키로 장군은 주된 공적을 전부 빼앗겼지요. 그래도 착실하게 공적을 쌓아 올린 덕분에 승진했습니다만, 지금은 그림자 장군 등으로 불리고 있습니다."

"그건 또…… 하지만 그토록 고생한 사람이라면 지휘는 문제없을 것 같네."

리즈가 그렇게 말하자 트리스는 신음했다.

"흐음…… 과연 어떨까요……."

"뭔가 신경 쓰이는 점이라도 있어?"

"그림자로 내쫓긴 것 때문에 키로 장군은 재기 넘치는 자를 싫어하는 경향이 있다고 들었습니다."

"천재보다도 노력한 자를 좋아한다는 말이려나?"

"좋게 말하자면 그렇지요. 나쁘게 말하면 재능 있는 자를 멀리합니다."

"그걸로 지금까지 잘해 왔다면 문제없다고 생각하는데, 그렇지 않은 거야?"

"재능 있는 자를 멀리한다는 건 전략의 폭을 좁힌다는 뜻입니다. 자신보다도 우수한 의견이 나오지 않는 게 당연하지요."

트리스는 눈동자에 걱정을 담고서 리즈를 보았다.

"그리고 공주님…… 잊어버리셨습니까?"

"응?"

"공주님은 키로 장군이 가장 싫어하는 천재형, 그게 저를 가장 고민에 빠뜨리고 있습니다."

"하하! 그럴 리가. 내가 천재였다면 매일 단련 따위 안 할 거야."

리즈는 손사래 치며 부정했지만 천재형이라는 말을 들어서 기쁜지 살며시 미소 짓고 있었다.

트리스는 깊은 한숨을 쉬고서 리즈의 허리에 있는 『염제』를 가리켰다.

"그건 무엇일까요?"

"『염제』야. 예쁘지?"

"예쁜지 안 예쁜지는 차치하고…… 정령검은 세계에 몇 자루 있을까요."

"다섯 자루잖아. 하지만 한 자루는 잃어버렸으니까― 지금은 네 자루."

"세계에 네 자루밖에 없는 정령검, 그 중 한 자루가 공주님 허리에 있습니다."

"엇, 하지만 『염제』를 소지했다는 거랑 재능은 관계없잖아?"

"『염제』가 공주님을 택한 것에는 반드시 이유가 있습니다. 분명 자신도 모르는 재능이 있겠지요. 그렇기에 키로 장군은 공주님을 눈엣가시로 여길 겁니다."

"제4황군의 사령관이야. 그런 어린애 같은 감정을 보일 거라고는 생각할 수 없는데……."

"그래도 조심해서 나쁠 건 없습니다. 아무쪼록 주의하십시오."

"……알겠어."

리즈는 트리스의 충고를 마음에 담아 두기로 했다.

'히로도 그런 말을 했었지.'

그리고 얼굴의 절반을 덮는 안대를 찬 소년을 떠올렸다.

그가 이 땅을 떠난 지도 어언 열흘— 그렇게 출발하기 이틀 전.

평소처럼 히로가 베르크 요새 서재에 틀어박혀 있을 때의 일이다.

리즈는 아침도 먹지 않고 독서에 빠진 히로를 데리러 갔다.

「리즈. 전쟁에 필요한 건 뭐라고 생각해?」

리즈가 방에 들어가자마자 히로는 느닷없이 질문을 던졌다.

「어어…… 병사, 식량, 으음…… 아아! 그리고 정보!」

「확실히 그 세 가지는 중요해. 하지만 거기에 대의가 있어야 비로소 전쟁을 시작할 수 있다는 걸 잊어선 안 돼.」

쓰게 웃은 히로는 똑바로 리즈를 바라보았다.

「일단 대의는 나중에 얘기하기로 하고, 지금은 정보에 관해 말하기로 할까—.」

　히로의 표정에는 조금 전까지 있었던 앳된 모습이 사라진 상태였다.

　'또 이 얼굴이야.'

　이 소년은 여러 가지 얼굴을 가지고 있었다. 평상시에는 그 나이 때의 연약한 얼굴이지만, 전장에서는 무슨 생각을 하고 있는지 알 수 없는 냉혹한 표정을 지었다. 그리고 지금처럼 지략을 꾸밀 때 짓는 것은 늠름한 표정이었다. 대체 그의 진짜 얼굴은 무엇일까. 가능하다면 나이에 걸맞은 평소 히로였으면 좋겠다. 리즈는 그렇게 바라면서 그의 이야기에 귀를 기울였다.

　「—때가 올 때까지 몇 년, 몇십 년 전부터 적국에 간자를 심어 두는 거야. 그렇게 축적된 정보를 토대로 근황 보고와 대조하여 전쟁 준비를 시작하는 거지.」

　히로는 들고 있던 책을 덮었다.

　「대의가 있어서 국민의 지지는 얻었어. 병사의 단련과 사기도 나무랄 데 없어. 식량 역시 충분히 준비되어 있고 적국의 정보도 손에 넣었어. 남은 건 전쟁을 시작할 뿐—.」

　하지만, 하고 말을 한 번 자르고 히로는 다시 이야기했다.

　「이것들 전부가 갖춰져 있는데 질 때도 있어. 지휘관이 정보를 살리지 못한 경우야.」

　「그래서 참모가 있는 거잖아?」

　「자신에게 충고하는 참모를 옆에 두는 것은 자신의 결점을 잘 알고 있다는 증거지. 그런 사람은 유능한 자야. 하지만 그런 지휘관만 있지는 않아. 자신보다 우수한 자를 멀리하고, 자신보다 재능이 떨어지는 자를 모으는 지휘관도 있다는 걸 잊어선 안 돼.」

직함만 훌륭한 지휘관은 동서고금 어디에나 있었다. 평범한 장수는 흔히 다른 사람의 재능을 시기했다. 그래서 재능 있는 자는 상사를 잘못 만나면 빛도 보지 못하고 싹이 뽑혀 사라졌다. 여자이면서도 『염제』의 총애를 받고, 그란츠 황가라는 선택받은 혈통을 가진 리즈는 그들에게 전혀 좋게 보이지 않을 것이다.

「리즈의 계급은 소장이니까 지휘권을 받을 때도 있겠지만 누군가의 참모로 참가할 때도 있을 거야. 그때 주의할 점은 아무리 지휘관이 잘못하고 있어도 참모들 앞에서 부정하면 안 된다는 것. 자존심이 상한 지휘관은 많은 시련을 선사할 테니 말이지.」

「하지만 잘못된 걸 지적하지 않으면 문제가 커져.」

「그러니까 어떤 사태가 일어나도 대응할 수 있도록 준비해 두는 거야. 너는 미리부터 각 부대장들과 밀접히 연락을 취해 두도록 해.」

「하지만 상대해 줄까?」

「제6황녀라는 직함을 마음껏 이용하면 돼. 네게는 『염제』도 있으니까 그들은 네가 보낸 편지 하나에 일희일비할 거야.」

조용히 양팔을 벌린 히로는 검은 눈동자를 반짝였다.

「『염제』의 총애를 받은 네 말에 병사들은 반드시 귀를 기울일 거야. 그건 다가올 때에 효과를 발휘하겠지.」

「다가올 때?」

리즈는 되물었지만 히로는 미소만 지을 뿐 답을 가르쳐 주지는 않았다.

「다음은 대의에 관해 얘기할까.」

히로는 매끄럽게 입을 움직였다—.

'얘기가 끝난 건 저녁 해가 떨어졌을 무렵이었어……'

떠올리기만 해도 머리가 아팠다. 리즈는 고개를 흔들고서 전방을 응시했다.

"트리스."

"예! 무슨 일이십니까."

"천, 오백, 백, 십기장의 이름을 조사해 둬."

트리스는 고개를 갸우뚱했다. 그녀가 이끄는 2천 군세의 각 부대장 이름은 기억하고 있을 터였기 때문이다.

잠시 생각에 잠겼던 트리스는 퍼뜩 알아차리고서 리즈에게 시선을 보냈다.

"혹시 군대 전체를 말씀하시는 겁니까?"

"그래. 키로 장군이 실책을 범했을 때에 대비해야 하지 않겠어?"

괜한 일로 끝난다면 좋겠지만, 무엇이 일어날지 알 수 없는 것이 전장이었다.

"부탁할게. 트리스."

"예! 알겠습니다. 당장 조사하겠습니다."

말 위에서 공손하게 고개 숙인 트리스는 말을 돌려 병사의 물결 속으로 사라졌다.

그것을 지켜본 리즈가『염제』의 칼자루를 움켜쥐었을 때였다.

본진에서 여러 번 울린 북소리가 병사들 사이를 내달렸다.

수많은 문장기가 하늘을 향해 나부꼈다. 그런 본진의 모습을 확인한 리즈는 손을 들어 기수에게 신호를 보냈다.

빨간 바탕에 백합꽃이 그려진 문장기가 바람을 탔고, 금색 바탕에 사자가 들어간 그란츠 황가의 문장기도 동시에 내걸렸다. 이리하여 전군은 리히타인 공국을 향해 신속하게 진군을 개시했다.

＊

제국력 1023년 7월 26일— 리즈가 진군을 개시한 날로부터 사흘 후.

히로는 변경 도시 링크스에 도착했다.

"여어, 기다리고 있었네."

저택 앞에서 키오르크가 사람 좋아 보이는 미소를 지으며 히로를 맞이했다.

그 옆에는『질룡』도 있었는데 이른 아침부터 깨워서 언짢은 듯했다.

"이렇게 아침 일찍부터 기다려 주신 건가요?"

해가 뜨고 두 시간도 지나지 않았다. 애초에 도착 예정일조차 알리지 않았으니 히로가 놀라는 것도 무리는 아니었다. 언제부터 기다리고 있었을까, 그렇게 생각하면 굉장히 미안했다. 그러나 신경 쓰지 말라며 키오르크는 고개를 가로저었다.

"아니야, 황가분이 오시는데 당연한 일이지. 역에도 마중을 보냈지만 아무래도 엇갈린 모양이군."

"감사합니다."

미안해하는 히로에게 쓴웃음을 보낸 키오르크는 품을 뒤적여 편지 한 장을 꺼냈다.

히로가 켈하이트 가문의 전령을 이용해 보낸 것이었다.

"자네의 편지에 적혀 있던 내용은 지시해 두었어. 하지만 이것만으로 괜찮은 건가?"

"예, 충분해요. 정말로 감사합니다."

"그렇게 몇 번이고 고개를 숙이면 곤란해. 자네는 황자가 되었으니 『명령해 줬으니까 고마워해라』 정도의 마음가짐을 가져야지."

"아무리 그래도 역시 그건……."

말할 수 있을 리가 없다며 히로는 어색한 표정을 지었다. 키오르크는 고개를 주억거리고서 「자네라면 그럴 테지」라고 말하듯이 어깨를 두드렸다.

아침부터 키오르크의 기분이 묘하게 좋아 보여서 히로는 약간 껄끄러워졌다.

그것을 알아차린 키오르크가 멋쩍은 얼굴로 머리를 긁적였다.

"아아…… 미안. 철야를 하기도 했지만, 자네가 후손이라고 인정받은 게 기뻐서 말이야. 친한 척이 살짝 과했군. 황자에게 이렇게 대하면 불경죄지."

철야는 히로 탓일 것이다. 그래서 아무 말도 할 수 없었고, 키오르크는 친절한 인물이기도 했기에 어깨를 두드린 것 정도로 딱히 기분이 상하지도 않았다. 만약 슈트벨 제1황자가 그랬다면 화가 났겠지만 말이다.

"리즈는 출진했나요?"

"그래. 그저께 편지가 왔어. 지금쯤 리히타인 영내로 돌진하고 있겠지."

"그럼 저는 이만 실례하겠습니다."

히로가 『질룡』에 올라타려고 하자 키오르크는 당황한 모습으로 말렸다.

"아침도 안 먹고 가는 건가?"

"예. 신경 쓰이는 점이 있어서……."

황제의 편지에 적혀 있던 내용 중 하나— 마족의 출현.

현재 중앙 대륙에 존재하는 마족은 다른 종족과의 혼혈로 순혈종은 없었다.

그런데 일부러 알린 것을 보면 리히타인 공국에 나타난 마족은 순혈종일 가능성이 컸다.

히로는 1000년 전에 마족과 패권을 다툰 적도 있어서 그 강함을 몸소 체험하여 알고 있었다.

'어중간한 마족이라면 리즈도 대처할 수 있겠지만 마석 소유자라면 위험해.'

마족은 마력이라는 정체 모를 힘을 가지고 있었다.

마력이 적은 자도 있는가 하면, 차원이 다른 힘을 가진 마족도 존재했다.

그것을 분간하는 방법이 신체 어딘가에 만들어진 결정의 유무였다.

체내에 다 담을 수 없게 된 마력은 체외에 축적되어 결정이 된다.

정령석과도 닮은 힘을 발휘하기에 『마석』이라는 이름으로 정착되어 있었다.

그것을 가진 자가 리즈와 맞부딪치게 되면 매우 위험한 상황이 되리라는 것은 어렵지 않게 상상이 갔다.

생각에 잠긴 히로의 마음속을 헤아린 것은 아니겠지만 키오르크는 단정한 얼굴에 쓴웃음을 지었다.

"그렇다면 마을에서 식량과 물을 사도록 해. 도중에 휴식할 때라도—."

키오르크가 재차 품을 뒤적이기 시작하자 히로는 입을 열어 제지했다.

"괜찮습니다. 식량과 물은 여기에 들어 있으니까요."

그렇게 말하고 몸을 틀어 등에 짊어진 마대를 보였다.

"그런가. 그럼 조심해서 다녀오게. 나는 여기서 낭보를 기다리고 있겠네."

"예. 다녀오겠습니다."

어머니처럼 웃는 키오르크에게 작별을 고한 히로는 『질룡』

에 올라타 고삐를 당겼다. 『질룡』은 한 차례 뛰어오른 후 힘차게 대지를 밟으며 달리기 시작했다.

순식간에 저택이 멀어져 갔다. 강한 바람이 뺨을 때리고 흑의를 펄럭이게 했다.

＊

리히타인 공국에 쳐들어온 제4황군은 경이적인 속도로 진격을 이어갔다.

적의 저항이 적기도 했지만, 한나절도 걸리지 않고 차례차례 성채가 함락되어 갔다.

현재는 리히타인 공국의 수도 아즈바카르에서 12셀 떨어진 곳에 있었다.

제4황군은 오늘도 성채 두 개를 함락시킨 뒤에 병사와 말에게 휴식을 주고자 진격을 멈춘 상태였다. 그 본진에서는 앞으로의 방침을 정하기 위해 군의(軍議)가 열리는 중이었다.

사방을 에워싼 간이식 막사. 그 안에서 상석에 앉은 사람은 키로 장군, 오른쪽 대각선에 리즈가 있었다. 긴장된 분위기 속에서 참모 한 사람이 손을 들었다.

"다음 의제를 시작해도 되겠습니까?"

"음. 상관없다. 시작하라."

키로 장군의 허가가 떨어지자 참모는 정찰 부대가 올린 보고서를 들고 일어섰다.

"리히타인 공국 남쪽에 반란군이 출현. 현재 북상하여 이쪽으로 오고 있는 모양이라 이대로 가면 충돌은 피할 수 없습니다. 어떻게 하시겠습니까?"

참모의 보고를 들은 키로 장군은 언짢은 얼굴로 콧방귀를 뀌었다.

책상에 펼쳐진 지도— 그 위에 놓인 말을 날카롭게 노려보았다.

"반란군의 수는?"

"약 4천입니다. 리히타인 공국의 수비군을 무찌르고 용병을 새로 고용하면서 주변 노예들을 군에 계속 편입시키고 있는 것 같습니다. 저희와 조우할 때는 6천 이상은 모여 있지 않을까 합니다."

"흠. 리히타인 공국의 움직임은 어떻지?"

"내통자의 보고에 의하면 병사를 긁어모아 수도에 틀어박혀 있다고 합니다. 밀정의 보고도 이와 같으니 확실할 겁니다. 농성을 준비하는 게 아닐까요."

"거북이처럼 틀어박히는 건가. 겁을 집어먹은 모양이군. 하지만 이걸로 결정이다."

키로 장군은 지도 위로 대범하게 손을 들었다.

"우선은 방해되는 반란군을 해치운다. 그걸 우리 군으로 편입시키도록 하지. 하지만 그건 용병만이야. 노예의 목은 전부 쳐라. 그 뒤에는 수도를 함락시키고 당당히 본국으로 개선한다."

이의를 제기하는 참모는 없었다.

키로 장군은 만족스럽게 고개를 끄덕였으나, 리즈가 불만스럽게 지도를 노려보고 있음을 알아차렸다.

"공주님, 뭔가 부족한 점이라도 있습니까?"

"여기까지 무리한 강행군으로 오느라 병사와 말은 녹초 상태야."

여러 성채를 함락했다. 방비가 약하여 연전연승— 기세를 몰아 놀라운 진격 속도로 여기까지 왔다. 무서우리만큼 순조롭다고 할 수 있었다. 그 덕분에 병사의 사기도 높았다.

그러나 간단히 함락했다고는 해도 적잖은 저항이 있었던 것은 분명했다. 앞으로도 싸움은 계속된다. 반란군을 격파하든, 이대로 적국의 수도를 함락하든 휴식이 필요했다.

축적된 피로가 어떤 결과를 낳을지 생각하기만 해도 무서웠다.

"휴식이 무리라면 예정대로 북쪽의 오아시스 도시 브루노를 손에 넣고 교섭해야 해."

"공주님께서는 뭘 모르시는군요."

키로 장군의 음성에는 조소의 울림이 담겨 있었다. 리즈는 눈치챘지만 조용히 귀를 기울였다.

"제4황군을 타국의 병사와 똑같이 취급해선 안 됩니다. 그들은 이때를 위해 늘 훈련에 힘쓰며 체력을 길렀습니다. 웬만한 강행군으로는 지치지 않아요."

"그래도 인간이야. 계속 싸우는 건 불가능해."

"예정으로는 앞으로 두 번— 반란군을 괴멸시키고 리히타인 공국의 수도를 함락시키는 것뿐. 그러면 북부 일대 수준이 아니라 리히타인령의 절반이 손에 들어옵니다."

"황제 폐하는 리히타인 공국의 멸망을 바라고 있지 않아."

"수도가 함락됐다고 해서 멸망하는 건 아닙니다. 걱정하지 않으셔도 남쪽은 그들을 위해 남겨 둘 겁니다. 안 그러면 노예선이 정박할 수가 없으니 말이죠."

이미 승리한 것처럼 구는 키로 장군을 보고 리즈는 혐오감을 드러내며 반론을 입에 담았다.

"그렇게 되면 제4황군은 리히타인 공국에서 움직이지 못하게 돼 버려. 남방의 수비가 허술해지면 슈타이센 공화국이 어떻게 나올지 몰라. 그리고 리히타인 공국도 수도를 되찾고자기를 쓰겠지. 남방의 안정이 무너지면 눈 뜨고 못 볼 참상이될 거야."

"그때는 리히타인 공국을 멸망시키면 됩니다. 제 말이 틀렸습니까?"

키로 장군은 입꼬리를 올리고 리즈에게 시선을 주었다.

"공주님은 피곤하신 겁니다. 그러니 그와 같은 소심한 말씀만 하시는 거죠. 이제 군의도 끝날 테니 지휘로 돌아가십시오. 뭣하면 후방에서 대기하셔도 괜찮습니다."

리즈는 버럭 소리 지르고 싶었지만 주먹을 움켜쥐며 자제했다. 그러나 노여움은 간단히 사그라지지 않았다. 그것이 얼굴에 드러나 버리자 키로 장군의 부관인 키구이가 타박해 왔다.

"지금 당신은 참모 중 한 사람입니다. 여기서 황녀라는 지위는 관계없습니다. 감정을 겉으로 드러내는 건 칭찬할 수 없군요. 각하를 귀찮게 하는 발언도 조심해야 합니다. 자중하십시오."

"키구이, 그만둬. 공주님은 아직 젊고 군인이 되신 지도 얼마 안 됐어. 군의가 어떤 건지 당장 알라는 것도 너무한 얘기지. 앞으로 천천히 알아 가시면 돼."

안 그런가? 하고 키로 장군이 참모들에게 묻자 그들은 모두 수긍했다.

"공주님. 안심하십시오. 공주님께서 활약하실 장소도 확실하게 마련해 드릴 테니까요."

키로 장군은 작게 웃고서 지도로 눈을 돌렸다.

이 이상은 이야기할 생각이 없다는 의사 표시였다.

"그래……. 그럼 사양하지 않고 쉬도록 할게."

여기서 짜증을 토해 봤자 자신의 입장이 나빠질 뿐이었다. 주변에는 사령관의 안색을 살피는 참모밖에 없었다. 리즈는 의자에서 일어나 분연히 성큼성큼 막사를 나갔다.

그러자 말을 탄 트리스가 전방에서 리즈의 애마를 데리고 다가왔다.

"공주님. 군의는 끝났습니까?"

"키로 장군은 앞일을 전혀 생각하고 있지 않아."

애마에 올라탄 리즈는 자신의 진영을 향해 말 머리를 돌렸다.

"흠…… 역시 마음이 바뀌는 일은 없었던 모양입니다."

"응, 이대로 반란군을 격파하고 아즈바카르를 함락시킬 모양이야."

"야심에 차 있군요. 신중한 남자인 줄 알았는데."

"그러네. 그보다 준비는 어떻게 돼 가고 있어?"

"6할 정도입니다."

"그래…… 또 서신을 써서 건넬게."

진지로 돌아온 리즈는 하늘을 올려다보았다.

바람이 강해진 탓에 모래 먼지가 크게 일어나 시야를 가렸다.

"뭔가 부자연스럽네. 왜 갑자기 바람이……."

리히타인 공국에 쳐들어온 이후로 이런 일은 처음이었다.

돌풍이라면 모를까, 폭풍 같은 바람이 줄곧 계속되다니 말도 안 되는 일이었다.

그때 리즈는 문득 깨달았다. 『염제』가 잘게 떨리고 있음을―.

"―뭔가가 오고 있어?"

"공주님? 갑자기 왜 그러십니까?"

리즈는 트리스의 물음에 답하지 않고 눈을 가늘게 좁혀 전방을 주시했다.

그러자 돌연 바람이 모래 먼지와 함께 사라져 갔다.

그리고― 리즈의 눈앞에 펼쳐진 것은 낙타기병 대군이었다.

"이게 무슨……! 어째서 적이 이렇게나 접근해 있는 건가?! 파수병은 뭘 하고 있었나!"

트리스가 동요를 드러내며 외쳤다. 주변 병사들도 난데없는 적의 습격에 갈팡질팡했다.

"진정해! 대열을 갖춰! 뿔피리를 불어서 본진에 알리도록 해!"

리즈는 냉정했다. 『염제』를 검집에서 뽑아 들고 목소리를 높였다.

"트리스! 바로 움직일 수 있어?"

"제1기병대대는 언제든 움직일 수 있습니다. 제2기병대대는 조금 더 걸릴 겁니다."

"알겠어! 그럼 제1기병대대를 앞으로 내보내!"

말의 배를 찬 리즈가 앞으로 나아가자 트리스가 놀라서 소리쳤다.

"공주님! 어디 가시려는 겁니까?!"

"조금이라도 시간을 벌 테니까 준비를 끝내 둬!"

리즈는 기병 사이를 누비듯 이동하여 살짝 떨어진 곳에서 말을 멈췄다.

전방에서는 크게 모래 먼지가 일어나 파도처럼 리즈에게 다가오고 있었다.

거리는 90루(270미터) 정도였다.

리즈는 낙타기병을 응시한 채 『염제』의 칼자루를 세게 움켜쥐었다.

낙타기병이 37루(111미터) 앞까지 다가왔을 때—.

"거리낄 필요는 없겠지. 마음껏 불태워라!"

순간 『염제』의 칼끝에서 불길이 치솟았다. 불길은 공기를 태웠고 메마른 열기가 주위로 퍼졌다. 급속히 옆으로 퍼진 불길은 큰 벽이 되어 양군을 완전히 차단했다.

환상적인 광경에 아군에게서 환성이 터져 나왔다.

"적은 불길을 피해 좌우로 퍼져서 올 거야!"

말 머리를 돌린 리즈는 제1기병대대의 전열(前列)로 향했다.

"대열이 흐트러진 적의 빈틈을 찌르는 거야! 제1기병대대는 날 따라와!"

"공주님!"

트리스가 말을 타고 달려왔다.

"무슨 일이야?"

"제2대대도 준비를 끝냈습니다!"

"그럼 적의 측면을 찌르라고 지시해! 그리고 본진에 전령을 보내서 예비 기병을 적의 배후로 돌리라고 전해 줘! 포위해서 적을 섬멸하겠어!"

"알겠습니다! 그란츠 열두 대신의 가호가 있기를!"

"트리스도! 제1대대 앞으로— 웃?!"

리즈가 전방을 돌아보았을 때, 놀라운 광경이 펼쳐졌다. 모래 파도가 화염벽을 덮치고 있었다.

"말도 안 돼…… 어째서?!"

허를 찔린 사이에 화염벽은 모래 속에 완전히 파묻혀 버렸다.

하늘 높이 날아오르는 모래 먼지 안쪽에서 수많은 낙타기병이 튀어나왔다.

그 광경을 보고 정신을 차린 리즈는 『염제』를 전방으로 내리치며 외쳤다.

"큭! 적의 기세를 오르게 해선 안 돼! 제1기병대대, 돌격!"

고삐를 당기고 말의 배를 찼다. 힘차게 선두로 튀어나간 리즈의 등 뒤에서는 기병 1천이 「전하를 따르라!」 하고 우렁차게 외쳤다.

적의 선두 집단과 리즈가 교차했다. 리즈가 몸을 숙이니 창이 머리 위를 통과했다.

리즈는 즉각 『염제』를 휘둘러 적의 몸을 갈랐다.

"커헉……?!"

피를 튀기며 낙타에서 떨어진 적을 힐끗 본 뒤, 리즈는 『염제』의 칼날에서 불덩어리를 만들어 전방을 향해 던졌다. 눈 깜짝할 사이에 불길에 휩싸인 다수의 병사가 비명을 질렀다.

많은 낙타기병이 제때 피하지 못하고 몸이 불에 타서 악취를 내며 사막으로 굴러 떨어졌다. 말굽이 시체를 밟아 피가 전장을 덮었다.

"적이 허물어졌다! 대열을 갖출 틈을 주지 마! 이대로 제압하는 거야!"

기수를 잃은 낙타가 열풍에 겁을 먹고 날뛰었다. 적의 대열은 마구 흐트러지기 시작했다.

거기에 노도 같은 기세로 기병이 달려들었고 창끝을 번뜩이며 적병을 꿰뚫었다.

리즈 역시 차례차례 검을 휘두르며, 공포로 얼굴을 굳힌 적병을 절명시켜 갔다.

시체 냄새가 공기를 침식하고, 송장이 늘어가면서 이취(異臭)는 더욱 짙어졌다.

"꽤 용맹스러운 소녀가 있군!"

그렇게 외친 것은 전방에서 시체를 뛰어넘어 돌격해 온 자였다. 자기 신장만 한 대검을 한 손으로 가뿐히 들고 진로 상에 존재하는 기병들을 두 동강 내며 치워 버리고 있었다.

연보라색 피부를 가진 남자를 보고 리즈의 얼굴에 긴장이 어렸다.

"……어째서 마족이 여기에?!"

낙타에 올라탄 남자가 도약했다. 쿵— 리즈의 눈앞에 피가 섞인 모래 먼지가 크게 일었다. 남자의 대검이 바람을 휘감으며 으르렁거렸다. 리즈는 순간적으로 『염제』를 앞으로 들었다.

그 순간— 요란하게 불꽃을 튀기며 대검과 맞부딪쳤다.

"윽?!"

리즈의 몸이 말과 함께 허공으로 떠올랐다. 마족의 힘은 일반인 입장에서는 믿을 수 없는 수준이었으나, 질 수 없다며 검을 밀어내는 리즈도 범상치는 않았다.

"하아아아앗!"

"음?!"

대검을 받아 낸 것도 놀라웠지만 검이 되밀렸다는 사실에 마족의 표정이 변했다.

리즈에게서 거리를 둔 마족은 『염제』로 시선을 보내며 입을 열었다.

"……정령검인가."

"글쎄, 어떨까."

리즈는 저릿저릿한 손을 감추면서 들키지 않도록 웃었다.

"그렇게 가냘픈 몸에서 이런 힘은 나올 수 없으니 말이지."

"그것만으로 판단하기에는 이르지 않아?"

리즈의 말을 듣고 마족은 대검을 지면에 푹 찔렀다.

"숨겨도 소용없어. 이건 마황검 5살(殺) 중 하나인『창마(創魔)』^{베브 슬레이브}다. 알레테이아에서 마황검을 막아 낼 수 있는 검은 한정되어 있지."

마황검 5살.

정령검 5제에 대항하기 위하여 1000년 전에 마인이 정제한 다섯 자루의 보검이었다.

마황검에는 마인의 혼이 담겨 있어서 정령검과 마찬가지로 의사가 존재했다. 소유주 선정은 제각기 달라서 마족이 아닌 자가 선택되는 일도 있지만, 그럴 경우에는 무언가 저주가 내린다고 전해졌다.

"그리고 알고 있을 텐데. 오랜 숙적과 만나서 공명하고 있다는 걸."

마족의 말에 리즈는『염제』를 내려다보았다. 붉은 칼날에서 공간을 일그러뜨릴 만큼 강한 열기가 뿜어져 나오고 있었다. 재촉하고 있는 것이다. 어서 싸우라고—.

리즈는『염제』를 달래며 눈앞의 마족을 노려보았다.

"……당신 말대로 이건 정령검 5제 중 하나인『염제』야."

"호오, 초대 황제의 애검『염제』인가. 전승에도 많이 적혀 있지. 보게 되어서 영광이야. 분명 천혜(天惠)는『괴력』^{그랄}이던가?"

남자가 대검을 휘두르자 강풍이 휘몰아쳤다.

『창마』의 천혜는 『충격』이다. 너의 손이 마비된 게 그 증거지. 뭐, 그건 그렇고, 서로 재촉받고 있으니 칼을 맞부딪치자고!"

마족은 즐겁게 입가를 비틀었다.

"내 이름은 가더 메테오르. 노예 해방군의 부관이다."

"세리아 에스트레야 엘리자베스 폰 그란츠야."

리즈는 말 위에서 뛰어내린 후 『염제』를 들어 올렸다.

이때 제4황군은 반란군을 섬멸하고 있었다. 수가 더 많기도 했지만, 제2기병대대가 측면에서 달려들었고 후방에서는 예비 기병이 돌아들려 하는 상황이었다.

"시간도 없는 것 같군. 빨리 결판을 내자고."

"그렇게 안달하지 않아도 돼. 나는 시간이 잔뜩 있으니까!"

리즈는 가더를 향해 춤추듯 덤벼들었으나 간단히 막혀 버렸다.

마황검의 사용자이니 쉽게 선수를 칠 수 있을 거라고는 생각하지 않았다.

"알고 있으려나? 불도 낼 수 있어."

"호오?!"

빨간 파문이 떠오르더니 불꽃 뱀이 가더에게 달려들었다. 붉은 칼날을 튕겨 낸 가더는 몸을 회전시켜서 땅에 손을 짚었다. 마력에 지배당한 모래가 솟아올라 벽이 되었고 불꽃 뱀을 막았다.

리즈는 모래벽에 주먹을 때려 박았다.

"하앗!"

무시무시한 괴력으로 리즈의 팔이 벽을 꿰뚫었다.

"뭐— 윽?!"

의표를 찔린 가더의 얼굴에 주먹이 닿았고 굉장한 위력에 몸이 날아갔다.

한 번, 두 번, 지면을 굴러 멈춘 가더를 향해 리즈는 웃으며 말했다.

"어머, 『염제』의 천혜를 잊어버린 거야?"

느릿한 동작으로 일어난 가더는 입가에 흐르는 피를 닦고서 짙게 웃었다.

"평범한 남자라면 의식을 잃었겠는걸!"

가더는 순식간에 거리를 좁히더니 『창마』를 가볍게 다루어 리즈의 머리 위로 내리쳤다.

"윽?!"

리즈는 『염제』를 들어서 막았다. 어마어마한 위력에 모래 속으로 발목까지 파묻혀 버렸다.

"이런 걸로 날 막을 수 있을 줄 알았나!"

리즈는 곧바로 오른발을 휘둘렀다. 하지만 가더는 간단히 한 손으로 막아 냈다.

그대로 리즈는 몸을 띄워서 왼발로 앞차기— 발 앞축을 가더의 명치에 명중시켰다.

"헉!"

배를 누르고 뒷걸음질 친 가더가 아까 붙잡았던 리즈의 오른발을 내던졌다.

허공을 날면서 자세를 바로잡은 리즈는 지면에 왼손을 짚고 착지했다.

그러나『염제』는 그 손이 아니라 땅에 떨어져 있었다. 얼굴을 찡그린 리즈는 떨리는 오른손을 내려다보았다.『창마』의『충격』때문에 저릿저릿했다.

"……성가시게 무식한 힘이지만 마비된 상태여서야 힘도 들어가지 않겠지."

"연약한 여자아이한테 무식한 힘이라니 실례잖아."

"그도 그렇군. 정령검의 총애를 받은 자에게 살짝 예의를 잊어버렸어."

두 사람은 잠시 서로를 노려보았으나 갑자기 가더가 시선을 돌려 주위를 둘러보았다.

비명과 포효가 뒤섞인 음울한 목소리가 울려 퍼지고 있었다. 그의 동료들 대다수가 시체가 되어 사막을 피와 살로 물들이고 있었다. 가더는 불쾌한 듯이 미간에 주름을 잡았다.

"사죄의 의미로 진심을 다하도록 하지— 라고 말하고 싶지만 그건 또 다음 기회로군."

"도망치게 둘 것 같아?"

"무리하지 마. 그 손으로 싸울 셈인가?"

가더가 지적한 대로 리즈의 손은 아직 저릿저릿했다.

낙타에 올라탄 가더가 리즈를 내려다보았다.

"재능은 있어. 이대로 단련을 이어간다면 5년 후엔 나 따위는 뛰어넘어 버리겠지."

가더가 그렇게 말했을 때, 반란군의 낙타기병 하나가 달려왔다.

"대장! 이 이상은 못 버텨!"

"나도 알아. 목적은 달성했어. 철수한다!"

"기, 기다려!"

리즈는 『염제』를 주워서 겨누었지만 가더는 힐끗 눈길만 주고서 전장을 떠났다.

"공주님! 무사하십니까?!"

분한 얼굴로 가더의 등을 노려보고 있던 리즈에게 트리스가 다가왔다.

"응, 다치진 않았어. 그보다 피해는?"

"보고를 들어봐야 알겠지만 피해는 그리 크지 않을 겁니다. 공주님께서 성가신 마족을 유인해 주셨으니 말이지요. 추격하시겠습니까?"

"아니, 추격은 안 해도 돼. 뒤는 키로 장군에게 맡기자. 여기까지 강행군으로 오느라 말과 병사도 지쳤으니 조금이라도 많이 쉬게 해 줘."

"알겠습니다."

"하아……."

깊이 탄식한 리즈의 몸에서 힘이 빠져나갔다.

"쳇, 아직 멀었구나……."

히로처럼 되지는 않는다고, 리즈는 가냘프게 미소 지었다.

＊

　동쪽 하늘에서 떠올라 찬연하게 반짝이던 태양이 서쪽으로 기울어 석양으로 바뀌면서 지평을 비추기 시작했다.

　곧 검은 장막이 내려와 밤이 지상을 지배하는 시간이 될 것이다.

　그런 열풍이 휘몰아치는 사막을 용 한 마리가 달리고 있었다.

　모래에 발이 빠지는 일도 없이 우아하게, 때로는 강인한 바람처럼 질주하고 있었다.

　그 등에 탄 것은 히로─ 말은 탈 수 없지만 왜인지 『질룡』에는 탈 수 있을 뿐만 아니라 떨어뜨려지는 일 없이 몰 수 있었다.

　목적지까지 앞으로 조금 남았으나······『질룡』을 생각하면 휴식도 필요했다.

　"이 근처에 마을이 있었을 텐데."

　히로는 『질룡』의 속도를 늦추고 가슴 주머니에서 종이 한 장─ 리히타인 공국의 지도를 꺼냈다. 멀리 시선을 주며 둘러보자 지평선에 떠오른 작은 그림자를 찾을 수 있었다.

　"조금만 더 힘내 줄래?"

　수긍하는 것처럼 고개를 낮춘 『질룡』이 다시 달리기 시작했다.

　그림자가 점점 커지더니 이윽고 흙집이 늘어선 모습을 눈으로도 확인할 수 있을 만큼 가까워졌다. 히로는 곧장 이변을 알아차렸다. 아니, 히로가 아니더라도 누구든 작은 마을의 이상을 눈치챘을 것이 틀림없다. 『질룡』에서 내린 히로는 주변

모습을 살피면서 마을에 발을 들였다. 묘한 고요만이 마을에 가득했고 다들 얼굴에 불안함이 어려 있었다.

히로는 순간적으로 『흑춘희』에게 부탁하여 후드를 만들어서 그것을 깊이 뒤집어썼다.

"저기, 실례합니다. 무슨 일 있었나요?"

히로는 근처에 있던 농부에게 말을 걸었다.

농부는 히로의 모습을 보고 흠칫 놀라더니 경계 어린 표정을 짓고서 입을 열었다.

"……여행자인가?"

그란츠 대제국에서 왔다고 하면 어떤 반응을 보일지는 상상하기 어렵지 않았다.

그래서 히로는 리히타인 공국의 이웃 나라인 슈타이센 공화국에서 온 여행자라고 밝혔다.

원래 리히타인 공국은 200년 전까지 이웃 나라 슈타이센의 일부였다.

그 덕분인지는 모르겠지만 농부의 표정에서 경계의 색이 약간 옅어졌다.

"이렇게 멀리 떨어진 땅까지 잘 왔군. 하지만 성가신 시기에 왔어."

그란츠 대제국이 공격해 온 것을 말하는 것이리라.

다른 가능성도 있지만…… 히로는 정보도 입수하고 싶었기에 깊이 이야기를 듣기로 했다.

"그란츠 대제국이 쳐들어온 모양이네요."

"그뿐만이 아니야. 남쪽에선 노예가 날뛰고 있거든. 공작님이 이끌던 군대가 져 버려서 나라의 존속마저 위태로운 상태야."

"……공작의 군대가 졌다고요?"

"그래. 그래서 공작가의 카를 님이 나서셨지. 반란군을 토벌하기 위해 다시 병사를 모으기 시작했어. 그 탓에 이 주변은 완전히 허술해. 여기저기서 도적이 날뛰고 있어. 그뿐만이 아니야. 괴물까지 무리를 만들고 있어. 거기에 대제국군까지 와 버렸지. 듣자 하니 녀석들은 파죽지세로 남하하여 수도까지 육박해 있다는 것 같아."

"수도에 말인가요……."

황제의 칙명은 북부 일대를 제압한 뒤 리히타인 공국을 교섭 자리에 앉히라는 것일 터였다. 왜 독단으로 수도까지 진격하고 있는 걸까.

'혈기에 휩쓸렸나.'

제4황군의 역할은 북쪽의 오아시스 도시를 수중에 넣고, 남방과 접한 타국의 정세를 지켜보는 것. 지금 그란츠 대제국에게 리히타인 공국과 어울려 주고 있을 시간은 없었다.

황제의 관심은 현재 페르젠 속주(屬州)로 향해 있었고, 중앙 귀족들도 다양한 권리를 노리고 서로의 속셈을 살피고 있었다. 그런 상황에 리히타인 공국을 멸망시켰다고 보고한다면 탄식할지언정 기뻐하지는 않을 것이다.

'……게다가 만약 패배라도 한다면 어떻게 될까.'

아무리 제4황군이 우수하더라도 간단한 싸움은 아니었다.

나라를 멸망시킬 수 없다며 상대의 저항은 격심해지고 전쟁이 장기화할 우려가 있었다. 이것은 곧 남방이 피폐해짐을 의미했고 국력 저하와 연결되었다. 거기다 군수 물자는 공짜가 아니었다. 적국에서 조달한다고 해도 한도가 있었다.

'식량이 부족해지면 할 일은 하나뿐이야. 리즈가 지휘관과 충돌하지 않으면 좋겠는데.'

조용히 생각하는 히로에게 농부가 말을 걸어왔다.

"전쟁에 말려들기 전에 당신은 얼른 도망치도록 해."

"여러분은 도망치지 않는 건가요?"

우문이라고 생각했으나 묻지 않을 수 없었다.

"토지를 버리고 도망쳐 봤자 어떻게 되겠어? 저축 같은 것도 없어. 도망쳐 봤자 기다리고 있는 건 아사야. 그리고 전쟁이 끝나면 병사가 돌아오니까."

농부는 발밑에 있던 녹슨 검을 줍고 어깨를 으쓱였다.

"타국한테 노예국가네, 불모의 땅이네 하는 소리를 듣고 있지만, 이래 봬도 내가 나고 자란 땅이야. 어떤 곤경에 처하더라도 병사들이 돌아올 때까지는 버텨 보이겠어."

강한 태도— 그러나 발을 보면 무릎이 후들거리고 있음을 알 수 있었다.

사리사욕을 채우던 귀족은 타국으로 망명하면 될 것이다. 그러나 백성에게 그런 여유가 있을 리도 없고, 나고 자란 땅을 떠나 봤자 살 수 있는 사람은 극히 적었다.

그런 굳센 농부에게 조언해 주고자 히로가 입을 열려던 때였다.

마을 사람 한 명이 마을 입구에서 이쪽을 향해 외쳤다.

"큰일이야! 도적 집단이 이리로 오고 있어!"

남자가 가리킨 곳에서 모래 먼지가 옆으로 퍼지며 일어나고 있었다.

그것이 서서히 거리를 좁혀 오자 마을 사람들이 소란스러워졌다.

"저 녀석들, 전에도 여길 습격했던 패거리 아니야?"

"젠장! 얕잡아 보기는…… 역습해 주겠어!"

"맞아! 이번에는 우리도 싸울 준비가 되어 있다고! 납치당한 아이를 되찾을 좋은 기회잖아!"

히로는 마을 사람들의 말에 귀를 기울인 뒤에 눈앞에 있는 농부에게 말했다.

"전에도 습격당한 적이 있는 건가요?"

"그래. 공작님이 그란츠 대제국을 침공했잖아? 그 틈을 타서 도적이 왔었지. 수비대가 달려오지 않는다면 도적에게 마을 따위 딱 좋은 먹이 창고야. 어느 마을이나 비슷해서 여자나 아이가 많이 납치당하고 있어."

내 아이도, 하고 분한 표정을 지은 농부는 양손으로 뺨을 때려 표정을 다잡았다.

"여자와 아이는 우리 집으로 피난시켜! 남자는 무기를 들도록 해! 이 이상 녀석들 마음대로 굴게 두지 마!"

농부는 소리 높여 외친 뒤 히로에게 몸을 돌렸다.

"당신은 얼른 도망쳐."

히로는 고개를 좌우로 몇 번 흔들었다. 이렇게 된 원흉은 리히타인 공국에 있지만, 보복을 가한 그란츠 대제국도 원인을 제공한 셈이었다. 타국의 백성을 공연히 상처 입혀서는 안 된다. 직접적이지는 않더라도 그 원인의 일부분을 담당하고 있는 이상 싸워야 했다.

"……맡겨 줬으면 좋겠어."

"이, 이봐. 당신 뭘—."

당황하는 농부의 배웅을 받으며 히로가 마을 밖으로 나오자 눈 깜짝할 사이에 도적들에게 포위되었다.

"마을 대표자인가?"

낙타를 탄 도적이 셋. 배후에는 초라한 행색의 도적이 열일곱 명 있었다.

"어이, 듣고 있어?"

중앙에 있는 남자— 도적의 두목일 것이다. 그는 주위 도적들과 달리 한층 눈에 띄는 은갑을 입고 있었는데 그것이 석양빛을 받아 반짝였다. 그의 양쪽에 있는 두 남자의 장비는 한 단계 뒤떨어졌지만 주변 부하들보다는 튼튼해 보였다. 히로는 겁먹은 모습을 연기하며 목소리를 떨었다.

"저기…… 교섭할 수는 없을까요? 어느 정도는 내어 드릴 테니……."

"교섭은 안 해. 네놈의 마을에서는 무엇 하나 남기지 않고 빼앗겠어."

"그렇습니까─ 그럼 어쩔 수 없네요."

히로는 『천제』를 불러내 땅에 꽂고 양팔을 벌렸다.

돌풍이 흑의 자락을 펄럭이게 하며 히로의 얼굴을 가린 후드를 뒤로 넘겨 버렸다.

"누구부터 죽을 건가요?"

그 말에 주위 도적들이 와하하! 하고 웃음을 터뜨렸다.

"이놈이 재밌는 소리를 하네!"

"올해 가장 재밌는 농담을 들은 것 같아."

"잠깐, 새로운 교섭술일지도 몰라. 어이, 애송이! 내가 먼저 죽어 주마!"

배를 잡고 눈에 눈물까지 매단 남자 한 명이 앞으로 나왔다.

"너부터구나."

남자들이 보기에 히로는 움직이지 않았다. 바람 소리조차 들리지 않았고, 백은빛 검도 지면에 박힌 채였다. 그런데 히로에게 다가간 남자의 목이 없어지더니 피가 석양보다도 붉게 하늘을 물들였다.

"어?"

"이게 뭐야……."

동료의 피를 뒤집어쓴 남자들은 사태의 이변을 감지하지 못했다.

이리저리로 휘날린 유혈이 사막을 빨갛게 물들였고 목을 잃은 남자의 몸이 쓰러졌다.

그리고 히로는 다시 한 번, 조금 전과 다름없는 자세─ 팔을 벌린 채 냉혹하게 고했다.

"다음은 누가 죽고 싶어?"

칠흑처럼 한없이 깊은 머리카락은 어둠을 구현한 것 같았으며 같은 색깔의 눈동자는 흑요석에 비유할 수 있었다. 그 안쪽에서 반짝이는 빛은 무더운 사막에 있으면서도 서리 내린 그라우잠 산맥처럼 차가웠다.

"힉……."

목 안쪽에서 비명이라고도 할 수 없는 소리를 낸 것은 심약해 보이는 도적이었다.

그는 뒷걸음질 치다가 등을 돌렸지만 그 목은 어느새 모래 위를 구르고 있었다.

시체 쓰러지는 소리가 들리자 모두의 시선이 그쪽으로 향했다.

"자, 계속할 셈이야?"

히로가 등골이 오싹해지는 목소리를 내자 도적들은 일제히 얼굴을 굳혔다.

낙타에 탄 도적이 소리 없는 비명을 지르며 검을 치켜들었지만 팔은 내리쳐지지 않았고, 그 도적 역시 목 윗부분을 잃어버렸다.

하지만— 소년은 아무 짓도 하지 않았다. 도적들에게는 그렇게 보였다.

"……몇 명은 살려 두도록 할게. 당신들이 납치한 사람들의 행방을 알고 싶으니까."

히로는 『천제』의 칼자루를 움켜잡고서 몸을 틀었다. 흑의가 도적들의 눈앞에서 펼쳐졌다.

칠흑— 그것은 어둠의 상징이자 공포의 증거였다.

모두가 그 광경을 보며 할 말을 잃고 몸을 경직시켰다.

도적 한 명이 베였다. 그 옆의 도적은 요란하게 몸이 꿰뚫린 뒤 걷어차였다.

그 직후— 도적들의 중앙에 있던 히로의 모습이 사라지더니 백은빛 선이 도적들의 몸을 간단히 통과했다.

갑옷 따위 입지 않은 것이나 마찬가지. 비단을 가르는 것처럼 도적들은 아주 쉽게 베여 갔다.

모두 일격으로 생명의 등불이 꺼졌고, 사막에 혈액이 흡수되었다.

"으아아아아아아아아악!"

동료가 죽어 가는 모습을 보고 도적단은 공황에 빠졌다. 무슨 공격을 받고 있는지도 알 수 없으니 무리도 아니었다.

도적들은 다양한 반응을 보였다. 도망치는 자. 과감하게 맞서는 자. 공포로 그 자리에서 움직이지 못하는 자. 그러나 등을 보인 자는 몸통이 분단되었고, 맞선 자는 목이 떨어졌으며, 움직이지 못하는 자는 칼에 절명했다.

"……이건 뭐야?!"

그 외의 말이 떠오르지 않는다. 두목의 표정은 그렇게 말하고 있었다.

"꾸, 꿈이라도 꾸고 있는 건가……."

조금 전까지 살아 있었던 많은 시체를 보고 두목이 눈을 크게 떴다.

그때 얼굴이 창백해진 부하가 다가왔다.

"두목! 도망칩시다! 이 녀석은 괴물— 윽?!"

부하는 끝까지 말을 잇지 못하고 그 몸을 바치는 것처럼 모래 속에 묻었다.

도적들의 비명이 조용한 공간에 전파되며 공포가 그 자리를 지배했다.

"젠장! 다들 도망쳐라!"

도적 두목은 낙타 머리를 돌려 이탈하려고 했다.

히로는 놓치지 않겠다는 듯이 땅을 박차 두목의 머리를 붙잡고 낙타에서 끌어 내렸다. 하늘을 보며 쓰러진 두목의 얼굴을 향해 히로는 망설이지 않고 주먹을 내리찍었다.

"아악! 히윽?! 억?!"

몇 번 주먹을 내리찍은 뒤에 마지막으로 두목의 안면을 발로 차 기절시켰다.

이어서 히로는 역수로 잡은 『천제』의 칼자루를 솜씨 좋게 회전시켜 수평으로 겨눴다.

그 칼끝에 겨눠진 도적이 무기를 내던지고 눈물을 글썽거렸다. 등 뒤에서 달려들려다가 실패한 모습이었다.

"요, 용서해 줘! 목숨만은…… 이제 마을을 습격하는 짓 따위 안 할 테니까!"

"상관없어."

"저, 정말인가?!"

"도망칠 수 있다면 말이야."

"뭐— 아악?!"

살 수 있다는 희망에 얼굴이 환해졌던 남자를 칼로 베어 절명시켰다.

입에서 대량의 피를 흘리며 남자가 쓰러짐과 동시에 남은 도적들은 무기를 버리고 정신없이 사방으로 흩어져 도망쳤다. 그 등을 차갑게 응시한 히로는 백은을 번뜩이며 모습을 감췄다.

마을 사람들은 그 상황을 멍하니 보고 있었다. 스무 명이나 되던 도적단은 마을을 습격하는 일도 없이 눈 깜짝할 사이에 괴멸— 그 사실이 마을 사람들에게서 말을 앗아 갔다.

히로는 그런 마을 사람들에게 다가갔다. 그의 손에는 두목의 목이 붙잡혀 있었다. 사지를 늘어뜨린 채 정신을 잃은 그를 마을 사람들 쪽으로 던졌다.

"당신들의 마을을 약탈했던 무리의 두목입니다. 처우는 당신들에게 맡기겠습니다."

히로는 당황하는 마을 사람들에게 등을 돌리고 나무 그늘에서 쉬고 있던 『질룡』에게 향했다.

"그 밖에도 죽이지 않고 몇 명 살려 뒀으니까 그들에게 아지트가 어딘지 캐묻는다면 끌려간 여성과 아이들의 행방도 알 수 있을 겁니다."

일반인과는 다른 힘을 똑똑히 보였으니, 아무리 마을을 구해 준 은인이더라도 기피감을 품을 것이다. 히로는 그렇게 생각하고 마을을 뒤로하려 했지만—.

"잠깐만 기다리게. 말하지 않아도 알겠지만 사막의 밤은 싸늘해. 어디 묵을 곳이라도 있는 건가?"

맨 처음 만났던 농부가 히로를 불러 세웠다.

"예. 조금만 더 가면 지인이 있으니 오늘은 거기서 묵을 생각이에요."

"그런가…… 그럼— 잠깐만 기다리게."

농부가 발길을 돌려 어딘가로 사라졌다가 곧장 돌아왔다.

"대단한 건 아니지만 이걸 가져가게."

그는 모포와 많은 식량을 품에 안고 있었다.

"당신의 여행에 도움이 됐으면 좋겠어."

"아뇨, 하지만, 이건…… 여러분의—"

농부는 사양하는 히로의 말을 차단하고 고개를 가로저었다.

"원래는 금전을 건네야겠지만…… 공교롭게도 우리는 가난한 마을이라서 말이지. 미안하지만 그럴 여유가 없거든."

그렇다면 식량도 귀중할 터였다. 모포 한 장도 내놓기 아쉬울 것이다.

도적에게 습격받은 뒤라면 더더욱— 그러나 농부는 미소를 지으며 안고 있던 짐을 떠맡겼다.

"우리는 죽었을지도 몰라. 먹지도 못하게 될 터였어. 하지만 당신 덕분에 살아 있지. 그러니 그 기쁨을 형태로 나타내게 해 줘."

양보하지 않겠다. 농부의 눈동자가 그렇게 말하고 있었다. 히로는 쓴웃음을 섞어 탄식했다.

"……알겠습니다. 감사히 받을게요. 어, 그러니까—."

거기까지 말하고서야 히로는 그의 이름을 모른다는 사실을 깨달았다.

농부는 그런 히로의 표정을 꿰뚫어 본 것처럼 말했다.

"내 이름은 쿠쿠리. 이 마을의 촌장일세."

"히로입니다. 쿠쿠리 씨, 이 은혜는 잊지 않을게요."

"그건 우리가 할 말이지."

쓰게 웃는 쿠쿠리에게 깊이 머리를 숙인 후, 히로는 흑의를 펄럭이며『질룡』곁으로 갔다.

빨리 이 전쟁을 끝내자. 지금 이 순간에도 많은 마을이 희생되고 있었다.

새로운 결의를 가슴에 품으며 히로가 마을을 떠나려는 순간—.

"고마워! 다음엔 거하게 식사를 대접하지! 그때는 느긋하게 쉬고 가 줘!"

환성을 듣고 돌아보니 쿠쿠리를 선두로 마을 사람들이 손을 흔들고 있었다.

웃음을 흘린 히로는 고삐를 당겼다.『질룡』의 긍지 높은 포효가 하늘에 울려 퍼졌다.

목적지는 마을에서 9셀 떨어진 성채—『질룡』의 각력이라면 두 시간도 안 걸리는 곳에 있었다.

살을 에는 듯한 추위가 사막을 뒤덮기 시작할 무렵, 히로는 목적지인 성채에 도착했다.

예전에는 훌륭했다― 그런 감상이 들 정도의 형적은 남아 있지만 현재는 제4황군의 손에 불타 버려서 무참한 모습이었다.

그러나 그런 장소는 숨기에는 안성맞춤이라서― 누구에게도 들키지 않고 밀담할 수 있었다.

"전하. 기다리고 있었습니다."

병사 한 명이 소리도 없이 눈앞에 나타났다.

그는 키오르크의 사병으로 히로가 서신을 보내서 먼저 출발시켰던 부대의 대장이었다.

"준비는 되어 있나요?"

"예! 명령하신 대로 전부 준비해 두었습니다. 이쪽으로 오시지요."

히로는 앞서 걷기 시작한 부대장의 뒤를 따라가며 그의 등을 향해 말을 던졌다.

"다른 병사들은?"

"이 성채에서 숨을 죽이고 대기하고 있습니다."

대기소에서 멈춰 선 부대장은 문을 열고 안을 가리키며 들어가라고 재촉했다.

안에는 갑옷을 입은 병사가 다섯 명 있었는데 일제히 의자에서 일어나 경례했다.

히로는 손을 들어 「편히 계세요」라고 전한 뒤에 중앙에 있는 긴 책상으로 걸어갔다.

"제4황군은 지금 어디쯤 있나요?"

"정확한 위치는 척후가 돌아와야 알 수 있습니다만 이 부근

일 겁니다. 이 성채에서 하루 정도 걸리는 거리입니다. 『질룡』이라면 한나절이겠지요."

"반란군은?"

"나흘 전 정보라면 여기입니다."

부대장이 가리킨 곳은 이 성채에서 32셀 떨어진 지점이었다.

"리히타인 공국군의 움직임은 어떤가요?"

"수도에서 움직이지 않고 있습니다. 철저히 방위에 매달릴 셈인지 각지에서 병사를 불러 모으고 있고, 성벽에는 날이 갈수록 귀족들의 깃발이 늘어나고 있는 모양입니다."

"성벽에 깃발인가요……."

"무언가 신경 쓰이시는 점이라도 있습니까?"

"예, 약간."

히로는 책상에 있던 말을 집어 지도 위에 놓았다.

"여기, 아즈바카르 근처에 있는— 아즈바 성채의 정보는 있나요?"

병사들의 시선이 그곳에 집중되고 부대장이 중얼거렸다.

"자세한 사항까지는 모릅니다만…… 상주하는 병력이 2천 정도이고, 사방을 엄중히 경계하는 군사적 요충지라서 이곳의 병사를 줄이지는 않은 것 같습니다."

히로는 말없이 지도를 노려보았다.

리히타인 장병의 입장이 되어 머릿속에서 차례차례 책략을 강구해 갔다.

'사지로 유도한 뒤 물이나 식량의 보급선을 끊는다. 이 경우에는 적군이 어떤 행동을 일으킬지 알 수 없어. 그럼 적당한 성채에 몰아넣고 지구전으로 끌고 가서 굶겨 죽이거나, 분산시켜서 각개 격파하거나. 하지만 리히타인 공국에게 느긋하게 굴고 있을 시간은 남아 있지 않아.'

따라서 선택지는 한정되어 있었다.

'시간도 없고 병사도 부족해. 타국의 동향도 신경 쓰여. 앞으로의 일을 생각하면 속전속결이 바람직해. 그란츠 대제국을 물리친다면 다른 나라는 망설일 거야. 얼마 없는 전력으로 그걸 가능하게 하려면 제4황군을 반란군과 맞부딪치게 하고, 진형이 흐트러진 틈에 때려잡는다— 이런 거려나.'

그렇게 되면 어디서 싸움이 시작될까, 그 지형은 어떠한가.

'수도에 이변이 일어날 시 달려갈 수 있으면서 양군을 관찰하기에 최적인 장소는 아즈바 성채밖에 없어. 수도 성벽에 늘어나고 있는 깃발은 틀림없이 위장이겠지.'

생각을 정리한 히로는 얼굴을 들었다.

"리히타인 공국의 주요 장수는 알고 있나요?"

"반란군과의 전투에서 대부분 전사한 듯합니다."

"그럼 이름 있는 장수는 남아있지 않는 건가요?"

"아뇨, 딱 한 명 있습니다. 란킬 칼리굴라 질베리스트라는 인물입니다."

"전쟁 경력은?"

"그의 이름이 널리 알려진 건 2년쯤 전입니다. 당시 슈타이센 공화국이 군 3만을 이끌고 리히타인 공국을 침공했습니다만, 그는 3천도 안 되는 병사로 물리치는 데 성공했습니다. 열세를 뒤집고 승리하여 『회천(回天)의 독수리』라고 불리고 있습니다.”

“그 능력이 안 좋게 여겨져서 좌천된 건가?”

“맞습니다. 여러 가지로 트집을 잡혔던 모양입니다. 그 탓에 슈타이센 공화국과의 경계, 변경 연대의 사령관이 되었다고 합니다. 그렇지만 중요한 장소이니 그가 적임자였다고도 할 수 있습니다.”

‘국민이나 병사들에게는 인기 있지만 귀족들에게는 미움 받고 있어.’

그 부분을 이용할 수 있을 듯했다. 리히타인 공국군을 와해시킬 수 있을지도 몰랐다. 히로는 근처에 있던 양피지와 잉크를 가까이 가져와서 펜을 놀렸다.

“앞으로 여러분이 해야 할 일이 여기 적혀 있어요.”

히로가 양피지를 건네자 내용을 확인한 부대장이 눈길을 보내왔다.

“전하는 바로 제4황군과 합류하실 겁니까?”

지금부터 『질룡』을 타고 간다면 내일 낮에는 리즈와 합류할 수 있을 것이다.

앞으로의 작전은 양피지에 적혀 있다. 자신이 없어도 문제는 없었다.

“예, 바로 출발할 거예요. 뒷일은 맡겨도 될까요?”

“걱정하지 않으셔도 됩니다. 반드시 명령을 수행해 보이겠습니다."

"그럼 나머지는 잘 부탁드립니다."

"예! 세리아 에스트레야 전하께 안부 전해 주십시오."

히로는 병사들의 배웅을 받으며 밖으로 나왔다.

한기가 몸을 휘감으려 했지만 『흑춘희』 덕분에 신기하게도 추위는 느껴지지 않았다.

제4장 독안룡

이글거리는 태양 아래, 제4황군은 노예 해방군 6천과 대치했다.

봉창진(鋒槍陣)을 친 노예 해방군. 선봉과 제2진은 노예보병으로 굳히고, 본진과 후군은 낙타기병— 주로 용병들로 구성되어 있었다. 창끝 같은 진형이었다.

그것을 용익진(龍翼陣)으로 맞받아치는 제4황군. 제1진 2천 5백이 중앙 방비를 굳히고 이어서 본진에 1천을 배치, 양쪽 날개 2천은 적을 포위하는 중요한 역할이었다.

본진의 양옆에는 제3진이 5백, 제4진이 5백. 나머지 1천5백은 예비로 후방 대기였다.

"화살을 쏴라!"

그렇게 외친 이는 제4황군 제1진을 지휘하는 남자, 키로 장군의 부관으로 이름은 키구이 마칼 폰 츠라키였다.

"허기진 노예들에게 배불리 먹여 줘라!"

키구이가 팔을 휘둘러 기수에게 신호를 보내자 커다란 깃발이 들렸다.

그것을 보고 제1진의 궁병대가 쏜 화살이 적들에게 쏟아졌다.

많은 적병이 모래 속에 파묻혀 갔지만 그래도 기세를 멈출 수는 없었고, 이내 전선에서 검이 맞부딪치는 소리가 울렸다. 그러나 노예보병의 초라한 장비로는 제4황군의 상대가 되지 못했다. 잘 단련된 도검 앞에 차례차례 도륙되어 갔다.

하지만 노예에게도 고집이 있었는지 그들은 기백으로 제1진의 중앙을 갈랐다.

"상대는 노예다! 뭘 애먹고 있는 거야?!"

키구이는 핏기 가신 얼굴로 중앙이 뚫리는 것을 보고 있었다.

이대로 가다가는 노예 해방군의 낙타기병이 밀어닥칠 것이다.

"무슨 수를 써서든 막아라!"

하지만 키구이의 목소리는 무정하게도 전열에 도달하지 못했다. 수많은 낙타기병이 우르르 몰려왔기 때문이다. 강인한 중장보병이 낙타에게 짓밟혀 갔다. 노예들의 우렁찬 함성이 점점 가까이 다가왔다. 키구이는 군복 주머니에서 정령 부적 다발을 꺼내고 말의 배를 찼다.

"이렇게 된 이상 내가 직접 막아 주겠다!"

그런 그의 앞에 낙타 한 마리가 나타났다. 타고 있는 이는 연보라색 피부를 가진 거한— 마족이었다.

"공주님께서 말씀하셨던 마족이란 게 네놈인가!"

키구이는 곧장 도망갔어야 했다. 물러났어야 했다. 그러나 정령 부적을 가지고 있다는 사실이 잘못된 판단을 하게 했다. 키구이가 빨간 정령 부적을 던지자 불덩어리가 나타났다.

"하! 그건 뭐지?"

마족— 가더는 웃으면서 그것을 손으로 쥐어 뭉개 버렸다.

키구이는 당황하면서도 정령 부적을 계속 던졌다. 얼음덩어리가 내리고, 바람이 일고, 하늘에서 벼락이 떨어졌다. 그러나 가더는 그 전부를 **손** 하나로 막았다.

"그걸로 끝인가?"

"무슨, 말도 안 돼……. 네놈은 괴물이냐?!"

가더는 키구이와 거리를 좁혀 대검을 옆으로 휘둘렀다.

"훗— 마족이다."

그것이 키구이가 들은 마지막 말이 되었다. 키구이의 목이 선혈을 흩뿌리며 하늘 높이 날아올랐고 몸은 말 위에서 미끄러져 떨어졌다. 가더는 관심 없는지 눈길도 주지 않았다.

"이대로 중앙을 돌파하여 지휘관의 목을 친다!"

전방으로 고개를 돌린 가더 앞을 수많은 그란츠 기병이 가로막았다.

다들 노기 어린 표정으로 사방에서 달려들었다.

"훗."

입김을 부는 것처럼 가볍게 『창마』를 휘둘렀다. 오른쪽으로 휘두르고, 앞으로 찌르고, 왼쪽으로 되돌린 뒤에 세로로 내리쳤다. 눈 깜짝할 사이에 기병 다섯이 목숨을 잃었다. 그란츠 기병은 동요를 감추지 못했으나 그래도 물러나지는 않았다. 그란츠 대제국의 정예라는 자부심이 있었기 때문이다. 가더를 원호하고자 낙타기병이 그란츠 기병에게 쇄도했다.

"……자, 승리를 움켜쥐러 가자! 나를 따르라!"

가더는 크게 외치고서 제4황군을 유린하려고 했다.

그때, 시야 끄트머리에서 붉은 불길이 가더를 향해 탄환처럼 달려들었다.

"훗, 너인가. 어제처럼 봐줄 수는 없어."

"그 말 그대로 되돌려 주겠어!"

리즈가 말 위에서 모습을 감추더니 아름다운 호를 그리며 공중을 날았다.

"용맹스럽군. 나한테 어린애를 죽이는 취미는 없어. 지금이라면 못 본 척 넘어가 줄 수 있다만."

머리 위를 통과하는 그녀에게서 공격이 쏟아졌다. 가더는 대검을 휘둘러 그것을 튕겨 냈다.

두 사람 사이에 불꽃이 튀겼다가 사라졌다. 몸을 홱 돌린 가더는 낙타의 등을 찼다.

리즈가 착지한 순간을 노린 것이다. 그녀의 눈앞까지 다가가 대검을 옆으로 휘둘렀다.

리즈는 간신히 막았으나 튕겨 날아가서 두 사람의 거리가 벌어졌다.

"아직 늦지 않았어. 도망칠 거면 도망쳐. 쫓지는 않을 테니. 이런 곳에서 죽고 싶지는 않겠지?"

가더가 충고했지만 리즈는 대담하게 웃을 뿐, 고개를 끄덕이지 않았다.

"그러네. 그래서 죽을 생각은 없어."

여유롭게 자세를 잡는 리즈를 보고 가더는 눈을 크게 떴다. 그녀에게서 전해지는 것은 공포도, 멸시도 아니었다. 그저 사명감과도 닮은 결의만이 홍옥 같은 눈동자에 나타나 있었다.

"나와의 역량 차를 헤아리지 못하는 건 아닐 텐데? 무모하다고 생각한다만."

"지금 여기서 도망치면 나는 커다란 벽을 만날 때마다 도망치게 될 거야. 그러니 도망칠 수는 없어."

어깨에 걸린 붉은 머리를 등으로 넘긴 리즈는 『염제』를 고쳐 잡았다.

"그런가. 과연 그렇군. 그 나이에 정령검에게 선택받은 이유를 알 것 같아."

그렇기에 아까웠다. 이런 곳에서 사그라져도 될 목숨이 아니었다.

그러나 가더에게도 물러설 수 없는 이유가 있었다.

"그럼 결판을 짓도록 할까."

"전부터 생각한 건데, 여유롭게 굴지 말라고!"

리즈가 발끝을 모래에 묻고서 다리를 치켜들었다. 모래 먼지가 바람을 타고 가더의 시야를 빼앗았다.

호기를 놓칠 수 없다며 리즈는 가더의 목을 노리고 『염제』를 호쾌하게 휘둘렀다.

"비겁하다고는 안 해. 하지만 발버릇 나쁜 아이한테는 그에 상응하는 벌을 줘야겠지!"

가더는 머리를 숙여 칼날을 피했다. 체격에 걸맞지 않은 기민한 행동이었다.

리즈는 경악한 표정을 지었다. 그 사이에 가더는 지면에 손을 짚고 마력을 방출했다.

그러자 모래가 리즈의 발을 휘감았다. 그녀는 균형을 잃고 앞으로 고꾸라졌다.

리즈는 일어서려고 했지만 발이 모래에 파묻혀 자유가 허락되지 않았다.

"큭?!"

리즈의 머리 위에 커다란 그림자가 드리워졌다. 그녀가 얼굴을 들자 가더가 대검을 치켜들고 있었다.

"아직 안 끝났어어어!"

리즈가 주먹을 땅에 내리찍자 모래 먼지가 대량으로 허공에 날렸다.

갑작스러운 행동에 허를 찔린 가더의 대검은 리즈가 아닌 다른 곳을 내리쳤다.

모래에서 탈출한 리즈는 도약하여 가더의 머리 위를 뛰어넘어서 그의 배후로 돌아들었다.

"하아앗!"

가더의 등에 『염제』를 겨누고 리즈가 달려들었다.

"음, 한 번도 아니고 두 번씩이나!"

가더는 곧장 뒤돌아 받아쳤다.

칼날과 칼날이 맞부딪쳐 요란한 비명을 질렀다.

"여기서 당신의 숨통을 끊겠어!"

리즈의 기백에 호응하듯 『염제』에서 불길이 뿜어져 나왔다.

"칫!"

가더는 일단 거리를 두려고 했지만 그 틈을 타 리즈가 페인트를 섞으며 공격을 가했다. 때로는 주먹을 쓰고, 그것이 빗

나가면 다리를 걸려고 했고, 실패로 끝나면 발을 내디며 깊숙이 파고들었다. 군더더기 없는 세련된 움직임에 감탄하며 가더는 탄식했다.

"······적이지만 멋지군. 어제보다 움직임이 몰라보게 향상됐어."

주인의 소원이 강하면 강할수록 정령검은 아낌없는 힘을 주었다. 그것이 극상의 『염원』이라면 효과는 더욱 현저해졌다. 정령의 힘을 끌어내는 것은 얼마나 『마음』이 공명하는가였다.

즉— 소녀는 발을 내디딘 것이다.

범인(凡人)의 껍질을 깨려고 발버둥 치는 단계지만 확실하게 한 걸음 나아갔다.

리즈는 틀림없이 영걸(英傑)의 길을 걷기 시작했다.

"이렇게 단기간에 성장하다니, 그래서 인간은 무서워. 우리의 예측을 쉽사리 뛰어넘거든."

하지만 가더에게는 양보할 수 없는 이유가 있었다. 무슨 일이 있어도 이겨야만 했다.

"질 수는 없다고! 미르에를 위해서도!"

가더의 체내에서 마력이 방출되며 그의 이마에 있는 마석이 강렬한 빛을 냈다.

"무슨—!"

리즈의 움직임이 멈추고 표정이 일변했다. 가더의 몸이 한층 커졌기 때문이다.

"다음은 이쪽 차례다. 이런 곳에서 지체하다가는 노예 해방군이 전멸해 버릴 거야."

가더는 대검을 힘껏 내리쳤다. 리즈는 간신히 피했지만—원래 있던 장소는 대검을 맞고 크게 함몰되었다.

"일찍이 중앙 대륙을 석권했던 마족의 힘을 잘 봐라!"

가더는 있는 힘을 다해 『창마』를 휘둘렀다. 리즈는 질 수 없다며 공격을 시도했으나 대검의 위력을 줄일 수는 없었고, 그 큰 힘 앞에서 농락당하기 시작했다.

풍압만으로도 뺨이 얕게 베었다. 정령검의 가호가 있기에 그 정도로 끝났지만 그것이 없었다면 얼굴은 갈기갈기 난도질되었을 것이다.

실제로 주변에 있던 그란츠 병사들은 칼날이나 다름없는 바람에 휘말려 몸이 난자되고 있었다.

"나만 노리란 말이야!"

리즈는 자신의 안전을 개의치 않고 돌격했다. 가더에게 육박한 그녀는 『염제』를 내질렀지만—

"이제 그걸로는 날 막을 수 없어."

가더는 홍염의 칼날을 손으로 간단히 받아 냈다.

"그럼 후려칠 뿐이야!"

리즈의 주먹이 가더의 뺨에 명중했다. 마치 쇠를 때린 듯한 둔탁한 소리가 울렸다.

그러나 가더는 즐겁게 입꼬리를 올리고서 리즈를 내려다보았다.

"소용없다고 했을 텐데? 그리고 아까보다도 힘이 약해졌어. 눈치채고 있나?"

리즈의 눈동자에 동요가 비쳤다. 고양감으로 인해 알아차리지 못한 모양이었다.

그녀의 몸은 방대한 힘을 주체하지 못하고 있었다. 정령의 힘을 쓸데없이 방출하여 분산시키고 있었다. 공격 하나하나의 기백이 부족해지고 있었다. 말하자면 그녀는 수도꼭지를 튼 상태로 싸우고 있었다. 쓸데없는 움직임은 체력 소모를 조장했고 방대한 힘은 신체를 혹사했다.

"정말로 아쉬워. 힘을 다루는 법을 알았다면…… 날 뛰어넘었을지도 모르는데 말이지."

가더는 담담히 말을 자아내며 계속해서 공격했다.

리즈는 저항을 이어갔으나 이윽고 대량의 땀을 흘리며 땅에 무릎 꿇고 말았다.

"편하게 만들어 주마."

가더가 『창마』를 휘둘렀다. 리즈는 간신히 『염제』로 막았지만 가볍게 몸이 날아갔다.

"아직…… 으으……."

리즈는 필사적으로 일어서려고 했으나 무릎에서 힘이 빠져 땅에 쓰러져 버렸다.

가더는 그런 그녀에게 다가가 『창마』를 치켜들었다.

"아녀자를 죽이는 취미는 없지만… 이것도 전쟁이란 거겠지."

미안하다는 얼굴로 가더가 그렇게 중얼거린 후 『창마』를 내리칠— 수는 없었다.

"—뭐지?!"

강렬한 오한이 등골을 타고 올라왔기 때문이다. 가더는 황급히 뒤돌았다.

대낮인데도 세계에서 빛이 사라질 정도의 『검정(黑)』이 눈앞에 펼쳐져 있었다.

그것은 주위의 빛을 게걸스럽게 집어삼키며 불길한 『어둠』으로 변모시켜 갔다.

어둠 속에서 빛이 둥실 떠올랐다. 모래를 밟는 발소리와 함께 무언가가 나왔다.

순간적으로 경계 자세를 취한 가더의 뺨으로 식은땀이 흘러내렸다.

"네놈은…… 누구냐?"

어둠을 거느리고 나타난 이는 온화한 얼굴과는 어울리지 않는 안대를 찬 소년이었다.

소년은 가더의 질문에 답하지 않은 채 처참한 미소를 지으며 다가왔다.

"리즈한테서 떨어져 주겠어?"

소년의 중얼거림이 고막을 진동시켰을 때— 가더의 복부에 충격이 퍼졌다.

＊

날아가는 마족^{조로스터}에게서 시선을 돌리고 히로는 리즈에게 걸어갔다.

"리즈, 괜찮아?"

"히…… 히로……."

정령의 힘이 체내에서 폭주하고 있는지 리즈는 괴롭게 호흡을 되풀이하고 있었다.

히로는 눈매를 누그러뜨리고 그녀의 목에 팔을 둘러 상반신을 일으켰다.

"내 말대로 해. 침착하게 공기를 들이마시는 거야. 천천히…… 즐거운 일을 생각해."

이 『영역』은 그녀에게 아직 일렀다.

신동이라는 말을 듣던 알티우스조차 이 『영역』을 견디는 데 2년이 걸렸다.

『염제』는 무슨 생각을 하고 있는지…… 히로는 그녀의 옆에 떨어진 붉은 검을 노려보았다.

"히로…… 나는—."

"괜찮아. 아무 말 안 해도 돼. 너의 『결의』는 가슴속에 간직해 둬."

그것이 그녀를 강하게 한다면 히로는 듣지 않는 편이 좋았다. 정령검의 힘을 끌어낸다면 그것은 가슴속에 간직해 둬야 했다.

호흡이 안정된 리즈를 땅에 앉혔다.

"뒤는 내게 맡겨 줘. 금방 끝낼 테니까."

히로는 일어나 뒤돌았다.

"네놈은 뭐지……?"

몸을 일으킨 마족이 다가오는 것을 보고 히로는 섬뜩할 만큼 짙게 웃었다.

"오~ 튼튼하네. 그럼 이건 어떨까!"

흑의 자락이 허공에 미친 듯이 펄럭였다. 상반신을 비튼 히로는 백은빛 칼날을 힘껏 내리쳤다.

"으윽?! 누구냐고 물어보잖아!"

그 속도가 느렸기에 마족은 여유롭게 튕겨 냈다.

"핫!"

이어서 정확한 궤도를 그리며 예리한 칼날이 마족의 급소를 노렸다.

이것도 빗나가고 말았으나, 마족의 피부를 얇게 베어 피를 내는 것에 성공했다.

마족이 반격해 왔지만 히로는 몸을 옆으로 돌려 피했다. 세로로 내리쳐진 대검은 코앞을 통과했을 뿐이었다. 히로는 경악하는 마족에게 즉각 공격을 가했다.

"하앗!"

"윽?!"

완급을 조절한 히로의 공격에 마족이 농락당했다. 그러나 어떻게 할 수도 없었다. 긴장을 늦추면 목이 날아간다. 마족은 필사적으로 따라갈 수밖에 없었다.

그런 그의 뺨에 히로의 발차기가 작렬했다.

거구가 비틀거렸지만 쓰러지기를 거부한 마족은 입가에 흐르는 피를 닦고서 히로를 노려보았다.

"후후…… 여기까지 왔는데 또 방해하는 자가 나타나는 건가……."

그는 땀에 젖어 달라붙은 앞머리를 짜증스럽게 쓸어 올렸다.

"정말이지 나란 남자는 재수가 없는 모양이야."

가려져 있던 이마가 드러나면서 그곳에 박힌 작은 보라색 결정이 외부에 노출되었다.

그와 마주하고 있는 히로는 몸의 힘을 뺀 자연체.

방심하고 있나 싶을 만큼 빈틈투성이인 자세였다.

그러나 마족은 감지했을 터였다. 소년이 휘감은 강대한 투기를—.

오랜 세월 싸움을 겪어도 도달할 수 없고, 거기서 더욱 연구를 거듭한 자만이 손에 넣을 수 있는 패기— 그것을 설마 이 젊은 소년이 뿜어내다니, 경탄할 만한 일이었다.

"크큭! 하하하하! ……천부적인 재능이라는 건가!"

이 정도로 용맹한 군사가 자신보다 훨씬 어리다는 사실에 웃음을 참을 수 없었던 모양이다. 마족은 자신의 신장만 한 대검을 나뭇가지라도 휘두르는 것처럼 치켜들었다.

공기를 울리며 대검이 모래 먼지를 휘감고 안대를 찬 소년에게 향했다.

히로는 그저 백은빛 검을 들어 올리는 작은 동작으로 대응했다.

칼날과 칼날이 교차했다. 불꽃을 흩뿌리며 대검이 하얀 칼날 위를 미끄러졌다.

"호오, 꽤 하는데!"

히로가 공격을 흘리면서 마족에게 커다란 틈이 생기려고 했다.

하지만 마족은 대검을 휘두른 기세를 이용해 히로의 안대를 향해 바탕손(掌底)을 내질렀다.

그곳은 소년에게 사각지대일 터였지만—.

"아쉽게도 거긴 사각지대가 아니야. **보이거든.**"

히로는 몸을 비틀어서 피하는 데 성공했다.

그러나 큰 동작으로 움직인 히로에게 빈틈이 생겼다. 보통 사람이었다면 좋은 기회라며 달려들었을지도 모른다. 하지만 마족은 유도라는 것을 눈치챈 모양이었다.

"그럼 안 보이게 해 주지!"

발끝을 모래에 박은 마족은 그대로 퍼 올리는 것처럼 발을 치켜들었다.

대량의 모래가 히로의 눈앞에서 날아올랐다. 그 틈에 마족은 땅을 박차 뒤로 도약하여 거리를 벌렸다. 하지만 위화감을 느꼈는지 오른팔로 시선을 떨어뜨렸다.

"유도에 걸리지 않아서 다행이었나……."

쩍 갈라진 상처에서 피가 방울져 뚝뚝 떨어지고 있었다.

그가 다시 시선을 드니 히로의 시야를 덮었던 모래 먼지가 일섬에 날아가 버렸다.

마족의 이마에서 흐른 땀이 뺨을 타고 내려갔다. 어깨를 들어 그것을 닦아 내고 마족은 입꼬리를 올렸다.

"적이지만 감복했어. 어떻게 하면 그렇게 젊은 나이에 무예의 극치에 도달할 수 있지? 하지만 감탄만 하고 있을 수는 없군. 이 흐름을 바꿔야 해."

두 사람의 시선이 교차했다.

한 수 앞을 읽고, 두 수 앞을 읽는다. 상대의 다음 수를 내다본 사람이 승자가 될 것이다.

그래서 안이하게 움직일 수는 없었다. 두 사람은 신경을 소모하며 선제를 잡는 것에만 집중했다.

"하하— 이거 좋은데? 이런 감각은 오랜만이야. 생사를 건 투쟁이 참을 수 없이 즐거워! 마음 깊숙한 곳에서 희열이 솟아오른다고!"

마족은 환희에 몸을 떨었다.

"누가 죽을지 끝까지 가 보자고— 응? 『독안룡(獨眼龍)』! 최후에 서 있는 자가 승자다! 알기 쉬워서 좋지? 내 이름은 가더 메테오르. 정정당당히 승부하도록 하지!"

마족은 메마른 입술을 초승달 형태로 벌리고서 몸을 틀었다. 그러자 신장만 한 대검의 끝이 모래에 묻혔다. 그것을 힐끗 본 히로는 어깨를 으쓱였다.

"마족이란 인종에게는 진심으로 질려 버렸어. 나는 죽고 죽이는 싸움엔 관심 없어."

그러나 말과는 반대로 히로는 씨익 미소를 지었다.

젊은 소년에게는 너무나도 어울리지 않는 표정— 그것을 본 리즈가 불안한 표정을 지었다. 히로는 곁눈질로 그녀를 보고서 살짝 살기를 억눌렀다.

"하지만 지금 나는 조금 짜증이 나. 어느 정도 다치는 건 각오해 줘야겠어."

이어서 무(無)가 소년을 지배했다. 심연에 몸을 가라앉혀 모든 감정을 없애고…….

히로는 오른팔을 가슴 앞까지 들어 올려 백은빛 검을 수평으로 만든 후 칼끝으로 남자를 겨누었다.

그 순간— 두 사람 사이에 불꽃이 튀었다. 날카로운 소리가 전장에 메아리쳤다.

하지만 역량 차이가 점점 여실히 나타나기 시작했다. 가더가 히로의 속도를 따라잡지 못하게 된 것이다. 이 이상은 위험하다고 판단했는지 마족은 일단 거리를 뒀다.

"……**그건** 뭐지? 교묘하게 숨기려 하고 있지만 내게는 절대적인 힘의 격류가 보여. 하지만 어떤 문헌이나 전기에도 그 검에 관해서는 적혀 있지 않아. 적어도 내가 봤던 것 중에서는 말이야."

마족은 잘 단련된 몸에서 마력을 마구 분출하며 마음을 꿰뚫는 듯한 안광을 보내왔다.

"『독안룡』…… 다시 한 번 묻겠다. 네놈이 가진 **그건** 뭐냐?"

"『창마』의 천혜는 『충격』. 『염제』는 『괴력』. 세계 5대 보검에는 각각의 특성을 살린 천혜가 존재해. 똑같은 천혜는 하나도 없어. 그럼 저절로 알게 될 거야."

히로는 틈을 보이지 않고, 영리하면서도 교활해 보이는 얼굴로 말을 이었다.

"그러니까 보여 줄게."

작게 숨을 들이마신 뒤 『천제』^{엑스칼리버}를 하늘로 든 히로는 땅을 박찼다.

"뭐— 윽?!"

가더가 깜짝 놀란 것도 잠시— 장엄한 빛의 참격(斬撃)이 그에게 달려들었다.

신광뇌화^{리지그라차르트}— 초고속으로 쏟아지는 격렬한 맹공. 『천제』가 준 『신속』은 세계의 소리를 놔두고 갔다.

가더는 버티기 위해 『창마』를 앞으로 내밀었지만 오른팔이 피를 뿜으며 튀어 올랐다.

격통에 괴로워할 새도 없이 다음 검광이 가더를 덮쳤다.

멈출 수도, 피할 수도 없었고, 우람한 몸이 눈 깜짝할 사이에 피로 물들어 갔다.

"으아악!"

가더는 반격을 시도해 보았으나 모습이 안 보이는 적을 맞출 수 있을 리도 없었다. 그래도 『창마』를 휘두르며 히로의 잔상을 필사적으로 쫓아갔다. 하지만 그런 그를 비웃듯이 잔광의 반짝임은 많아질 뿐이었고, 가더의 몸에는 칼자국이 늘어갔다.

"뒤쪽이야."

가더의 배후로 돌아든 히로가 그의 등에 강력한 발치기를 먹였다.

그대로 날아갈 줄 알았더니 가더는 마력으로 자신의 발에 모래를 휘감아 충격에 저항했다.

"흡!"

이를 악문 가더가 몸을 홱 반전하자 『창마』의 칼날이 탁해진 공기를 베어 버렸다. 하지만 히로는 검이 다가오는 것보다도 빠르게 도약하여 공격을 피했다.

"하! 공중에 뜬 상태여서야 움직일 수 없겠지!"

기다리고 있었다는 듯이 가더가 히로를 향해 『창마』를 내질렀다.

"아쉽게 됐네. 움직일 수 있거든."

히로는 발밑에 정령 무기를 출현시켰다.

그것을 발판 삼아 공중에서 자세를 바로잡고 맹렬한 기세로 『천제』를 내리쳤다.

"—칫?!"

가더는 어쩔 수 없이 공격에서 방어 태세로 바꾸어야 했다.

또다시 자유자재로 변환하는 히로의 검술에 농락당하기 시작했다. 검을 막아도 주먹이 날아왔다. 주먹을 피해도 발차기가 배를 때렸다. 발차기를 막으면 목을 노리고 검이 들어왔다.

"젠장— 정신 사납게!"

가더는 짜증을 토하며 필사적으로 공격하려고 했다. 하지만 엉뚱한 방향을 베어 봤자 의미는 없었다.

이 땡볕 아래에서 격렬한 움직임을 반복하면 체력은 줄어들 뿐이었다. 대량의 땀과 함께 상처에서 피를 흘린 가더는 얼마 지나지 않아 한계를 맞이했는지 무릎 꿇었다.

거칠게 호흡을 되풀이하는 가더를 바라보며 히로는 『천제』의 칼끝을 지면으로 돌렸다.

　"……이제 충분하지 않았을까?"

　"웃기지 마. 아직 싸울 수 있어!"

　마족의 즉답에 히로는 아쉽다는 얼굴로 탄식했다.

　"그런가…… 나로서는 포기하고 투항해 줬으면 좋겠는데."

　히로는 뺨에 흐르는 땀을 짜증스럽게 닦고 호흡을 가다듬으며 주위를 둘러보았다.

　"으랴아아아아!"

　그란츠 병사가 우렁차게 외치며 적병을 도륙하고 있었다. 낙타에서 적을 끌어 내리고 집단으로 에워싸 절명시켰다. 처음 반란군에게 있었던 기세는 완전히 잃은 상태였다.

　"기죽지 마라! 우리에게는 『군신(마르스)』의 가호가 있다!"

　중장갑을 입은 그들은 만부(萬夫)의 용맹— 그란츠 대제국, 남방의 수호를 맡은 제4황군이었다.

　그들— 제1진을 지휘하던 부관 키구이는 마족의 손에 전사했다.

　그러나 지금까지 여러 경험을 쌓아 온 그들은 이성을 잃지 않고, 음침한 기운을 털어 버리듯 반란군을 물리치고자 분투하고 있었다. 게다가 제4황군의 양쪽 날개가 마침내 반란군 포위를 완성했다.

　이어서 적병의 노호와 단말마가 귀에 들어왔고, 시체 냄새와 피 냄새가 바람에 섞여 코를 찔렀다.

지옥의 양상을 보이기 시작한 곳에서 눈을 돌린 히로는 마족에게 고했다.

　"그리고 당신은 마황검의 힘을 끌어내고 있지 않아."

　일찍이 『창마』 사용자와 싸운 적이 있지만 이렇게까지 마음대로 농락할 수 있는 상대는 아니었다. 교묘하게 『충격』을 이용하여 이쪽의 발을 묶고 반격해 오는 강자였다. 아무리 『천제』의 가호로 히로의 신체 능력이 향상되어 있다고는 해도 이토록 간단히 쓰러뜨릴 수 있을 리 없었다. 상대도 마찬가지로 마황검의 가호를 받아 신체 능력이 향상되어 있기 때문이다. 그런 부분을 고려한 결과, 히로는 어떤 추측을 세우고 마족을 향해 그것을 입에 담았다.

　"마황검이 당신의 어느 부분에 끌렸는지는 모르겠지만, 그게 사라져 가고 있다고 생각하는 편이 좋겠지. 내가 말하지 않아도 당신이 가장 잘 알겠지만."

　"……확실히 이 녀석은 나를 버리려 하고 있어. 이유도 잘 알아. 하지만 그래도 계속 싸워야만 해."

　"마황검의 힘도 끌어내지 못하는 당신은 날 이길 수 없어."

　1000년 전이라면 모를까, 현재 중앙 대륙은 정령이 지배하고 있었다.

　리히타인 공국에 정령은 없지만 그래도 입자에 섞인 마력은 극단적으로 희박했다.

　아무리 마석을 가지고 있어도 이 대륙에서는 본래 실력을 발휘할 수 없을 것이다.

게다가 마황검의 힘도 끌어내지 못하는 상황이라면 더더욱 히로를 이길 수 없었다.

"그러니 항복해 줬으면 좋겠어. 나쁘게 대하지는 않을 거야."

거짓말이었다. 향후 전개에 따라서는 투항한 그들을 혹사하게 된다.

그것을 바보처럼 솔직하게 말해 버리면 오기가 생겨서 저항이 심해질 것이 틀림없었다.

거짓말임을 간파했는지 아닌지는 확실하지 않으나 가더는 수긍하지 않고 실소로 대답했다.

"훗. 그럼 힘으로 항복시켜 봐라. 네놈이 날 이길 수 있다면 쉬운 일이잖아?"

그렇게 말할 줄 알았기에 다음 수단도 생각해 두었다. 가더의 투쟁심을 꺾는 것이었다.

그러려면 그를 동요시켜야 했다.

"아까부터 뒤쪽을 신경 쓰고 있네."

가더는 무표정을 관철했지만 한순간 어깨가 움찔한 것을 히로는 놓치지 않았다.

"혹시 본진에 소중한 사람이 있는 건가?"

한창 싸우는 중에 가더의 집중이 끊어질 때가 몇 번 있었다.

지금도 그랬다. 가더는 목숨이 위험한 상황에 있으면서도 줄곧 등 뒤에 주의를 기울였다.

"닥쳐."

가더가 분노를 감추려 하지도 않고 쏘아보았다. 그래서는 자백한 거나 다름없었다.

히로는 순식간에 생각을 끝내고 크게 외쳤다.

"리즈! 일어날 수 있어?"

"어, 응, 괜찮아…… 아까보다 훨씬 나아진 것 같아."

"그럼 적의 본진으로 가서 기두(旗頭)#2 소녀를 잡아 와 줬으면 좋겠어."

히로가 그렇게 말하자 마족에게서 예상대로의 반응이 돌아왔다.

"그렇게 둘 것 같나?"

가더의 투기가 부풀어 오르며 주위 공간이 일그러지기 시작했다.

무시무시한 마력의 격류였다. 피부를 태울 듯한 열기가 엄습했다.

히로는 살짝 놀랐다. 가더가 다른 종족을 소중히 여기는 것이 희한했기 때문이다.

기본적으로 마족은 순혈이 아닌 종족을 열등종이라고 깔보았다.

적어도 1000년 전에는 마족의 종족 차별이 현저했었다. 다른 종족은 노예이며 멸시의 대상이고 마족이야말로 지고하며 절대적인 우월종이라고 주장했다. 그 오만함 때문에 4종족 연합에 의해 멸망당했다고도 할 수 있었다. 가더가 괴짜일 가능성도 완전히 버릴 수는 없지만, 소녀를 소중히 여기고 있다

#2 기두(旗頭) 기를 들고 신호하는 일을 맡은 사람.

면 서둘러야 했다.

"리즈. 여긴 나한테 맡기고 가 줘."

반란군의 본진은 포위되어 있었다. 이대로는 소녀의 목숨이 위험했다.

만약 그의 원동력이 소녀라면, 그녀에게 무슨 일이 생길 시 마족이 항복이라는 선택지를 고르는 일은 없을 것이다. 그렇게 되면 싸움은 어느 한쪽이 전멸할 때까지 계속되게 된다.

거시적으로 보자면 그것은 바람직하지 않았다. 이미 이 땅에서 전투가 시작되었다는 사실은 리히타인 공국 측에도 전달되었을 터였다. 지금 측면에서 공격해 온다면 강인한 제4황군이라고는 해도 버틸 수 없었다.

'점수를 벌기 위해서라도 현저한 손해는 피해야 해.'

그러려면 중앙 귀족들이 이의를 제기할 여지도 없는 승리가 필요했다.

그러니 우선은 반란군을 항복시키는 것이 선결. 그 후에 리히타인 공국군을 요격하는 것이 최상.

"리즈, 부탁할게."

"알겠어."

짧은 대답을 보낸 리즈는 말에 올라타 적 본진을 향해 말 머리를 돌렸다.

"가게 둘 리가 없잖아!"

쫓아가려는 가더 앞을 가로막은 히로는 『천제』의 칼끝을 겨눴다.

"내가 쫓아가게 할 거라고 생각했어? 당신은 여기서 붙잡힐 거야."

그의 원동력은 알아냈다. 리즈라면 소녀를 잘 잡아 와 줄 것이다.

"흥, 날 붙잡고 싶으면 양발을 잘라 내야 할 거다!"

히로는 돌격해 오는 가더의 겨드랑이로 파고들었다.

"끝내도록 할까. 잠시만 자고 있어 주겠어?"

가더에게 육박한 히로는 그의 얼굴에 주먹을 내질렀다. 등을 뒤로 젖힌 마족의 목을 잡아당겨 배에 무릎을 처박고, 몸을 회전시켜서 그의 목에 발뒤꿈치를 힘껏 내리쳤다.

"억, 으억!"

비틀거리는 마족의 안면을 붙잡아 땅으로 내동댕이쳤다. 누런 모래 먼지가 대량으로 일어났다.

먼지를 몰아내듯 발을 치켜들어 마족의 명치로 떨어뜨리자 거구가 사막에 가라앉았다.

정신을 잃은 마족을 힐끔 보고 히로는 근처 병사에게 말했다.

"그가 도망치지 않도록 단단히 묶어 둬 주세요."

그리고 『천제』의 칼자루를 세게 움켜진 뒤, 히로는 저항을 이어가고 있는 반란군에게 달려들었다.

"힉?!"

"이, 이쪽으로 오지 마!"

가더가 패배한 것을 본 반란군은 벌벌 떨고 있었다.

개중에는 도망치려는 자도 있었지만 포위된 상황에서 그것은 불가능했다.

"도망치지 마! 대장을 구해 내는 거다!"

도망칠 수 없다면 저항할 수밖에 없으나 모습이 안 보이는 적이 상대여서야 어떻게 할 수도 없었고, 반란군은 눈 깜짝할 사이에 베여 갔다.

칼바람이 불 때마다 절규가 터져 나오며 피가 튀었다. 사막에 수많은 피 웅덩이가 만들어졌고, 침몰해 가는 적을 보며 아군은 환희했다.

시체로 된 산이 완성되었을 무렵에는 제2진 전방에서 승리의 함성이 일었다.

패배를 깨달았는지 주위 반란군의 저항이 약해지기 시작했다.

"……남은 건 리즈가 소녀를 데려오길 기다리는 것뿐이네."

판세는 결정되었지만 아직 패배를 인정하지 않는 무리가 있었다.

노예 해방군이 무기를 버리게 하려면 가더와 기두 소녀가 필요했다.

무기를 버리고 투항하기 시작한 반란군 사이를 빠져나간 히로는 가더가 있는 곳으로 발걸음을 옮겼다.

하지만 가더는 대제국 병사들에게 둘러싸여 있어서 모습을 확인할 수가 없었다.

반란군이 다시 데려갈 수 없도록 경계하는 것치고는 유난스러운 숫자였다.

히로가 병사들 사이를 누비며 중앙으로 나오니—.

"마족이 인족에게 반항하고 이 세계에서 살아갈 수 있을 것 같아?"

고급스러운 갑옷을 걸친 귀족 자제가 마족을 발로 차고 있었다.

그 밖에도 그에 편승한 병사들이 가더에게 폭행을 가했다.

"『시신』이 용서하지 않았다면 네놈들은 『군신』의 손에 뿌리 뽑혔을 거라고! 그 은혜도 잊고서 인족에게 대들다니, 이 배은망덕한 하등 종족이!"

그들의 기분을 모르는 바도 아니었다. 많은 동료가 죽었으니 감정적으로 되는 것도 어쩔 수 없는 일이었다. 곰곰이 생각하고서 한 행동이었다면 히로는 못 본 척 넘어갔을지도 모른다.

그러나 단순히 한때의 울분을 풀기 위해, 군대 전체에 지장을 줄 만한 행위가 태연하게 이루어지는 것은 절대 허락할 수 없었다.

"거기까지만 해 둬."

히로가 엄격한 음색으로 말하자 거리낌 없는 시선이 집중되었다.

"애송이. 누구한테 말하는 거냐?"

"당신과 그 측근들한테 말하는 거야."

"……내가 누군지 알아?"

"모르니까 가르쳐 줬으면 좋겠어. 부대라도 이끌고 있는 유명한 장수야?"

"제26부대를 이끄는 다니엘 폰 에두아르트 백기장이다."

다니엘 경은 제1진의 후방에라도 있었는지…… 만약 히로가 싸우는 장면을 목격했다면 이렇게 거만한 태도는 취하지 못했을 것이다. 실제로 히로의 전투 모습을 아는 주변 병사들은 얼굴을 굳히고 뒷걸음질 치고 있었다.

마족을 붙잡았다는 소식을 듣고 여기까지 올라온 것일지도 모른다.

독단적인 행동을 포함하여 포로에 대한 과잉 학대까지 더한 군율 위반은 그냥 넘어갈 수 없었다.

"……망할 새끼, 죽을지 노예가 될지 골라라."

신상필벌(信賞必罰)[#3], 규율을 다잡기에도 적당한 지위였다. 앞으로의 일을 생각하면 그의 목숨은 가터보다 못했다. 그렇게 생각을 끝낸 히로가 내린 결론은— 향후 책략에 이 남자는 필요 없다는 것이었다.

"아쉽게 됐네. 당신은 선택권을 줄 수 없어. 분대장이라면 대신할 사람이 있으니까."

"뭐?"

"못 들었어? 네 목숨에 가치는 없다고 말한 거야."

"무슨— 윽?!"

히로에게 달려들려던 다니엘 경의 목이 선혈을 흩뿌리며 허공을 날았다.

#3 신상필벌(信賞必罰) 공이 있는 자에게는 반드시 상을 주고, 죄가 있는 사람에게는 반드시 벌을 준다는 뜻으로, 상과 벌을 공정하고 엄중하게 하는 일을 이르는 말.

분노한 형상 그대로 목이 지면에 툭 떨어지며 피를 퍼뜨렸다.

"아아, 미안. 가치는 있었네. 죽는 걸로 말이지."

모두의 말문이 막힌 가운데, 히로는 가더에게 다가가 허리를 굽혔다.

"괜찮아?"

"정신 차리기에는 딱 좋았어."

"당신이 죽으면 곤란하거든. 더는 누구도 손대지 못하게 할게. 안심해."

"네놈을 보고 있으면 이 녀석들 쪽이 그래도 낫다는 생각이 드는군."

"하하! 칭찬으로 받아들일게."

그럼— 하고 허리를 편 히로가 주위를 둘러보았다.

겨우 정신을 차린 병사들이 금방이라도 칼을 뽑을 듯이 칼자루를 쥐고 있었다.

"아아, 검은 뽑지 않는 편이 좋아. 불경죄가 되고 싶지는 않잖아?"

그렇게 충고한 히로의 곁으로 『질룡』이 병사들을 위협하면서 다가왔다.

히로는 『질룡』의 옆구리에 매단 막대기 하나를 뽑아 땅에 푹 찔렀다.

막대기에 감아 두었던 천이 바람에 날리며 하늘 아래에서 크게 펼쳐졌다.

그것은 일찍이 한 남자가 내걸었던 문장기였다.

지금은 전승으로 남아 있을 뿐이라 회화 세계에서만 볼 수 있었다.

그만큼 그란츠 대제국의 국민에게는 신성한 것이었다.

—검은 바탕에 백은빛 검을 움켜쥔 용이 그려진 문장기.

제2대 황제이며 그란츠 열두 대신 중 하나인 『군신(마르스)』이 내걸었던 신기(神旗)(사슬).

모두가 눈을 크게 떴다. 전설의 생물을 마주하기라도 한 것처럼 깃발과 히로를 번갈아 보며 입을 쩍 벌릴 뿐, 아무 말도 하지 못했다.

그런 정적을 깬 것은 가더였다.

"하하하하하! 이걸로 전부 납득이 갔다!"

갑자기 가더가 웃기 시작하자 히로는 의아한 표정을 지었다. 가더는 하늘을 향해 포효했다.

"이용한 건가! 이것을 위해 살려 놓은 건가! 당신이 바라던 게 이건가!"

웃기지 마! 하고 가더는 마지막으로 외쳤다. 그 순간, 마황검이 빛나더니 공기에 녹아드는 것처럼 사라졌다. 그것을 알아차린 가더가 분함에 얼굴을 찌푸린 것은 한순간, 곧 달관한 듯하면서도 피로해 보이는 미소를 지었다.

"……충실하기도 하지."

그의 표정을 보고 히로는 깨달았다. 마황검이 가더를 버렸음을—.

"이걸로 당신은 평범한 마족이야. 그래도 마석 소유자이니 충분히 강하겠지만."

"만족했나?"

"어떨까. 나로서는 어느 쪽이든 좋았어."

마황검이 가더를 버렸어도 향후 계획에 지장은 없었다.

히로는 병사들을 둘러보았다. 그들은 완전히 당황하여 히로를 멍하니 바라보고 있었다. 언제까지 이렇게 정신 놓고 있을 셈일까.

히로는 탄식하고서 병사들에게 말을 던졌다.

"내 이름은 히로 슈바르츠 폰 그란츠. 『군신』이기도 한 제2대 황제의 후손이다. 제4황자로 그란츠 황가의 일원이 됐어."

히로의 목소리는 크지 않았지만— 소란스러움 속에서도 그 목소리는 잘 울려 퍼졌다.

"나는 황가의 인간으로서 군율을 어지럽히는 자를 용서할 수는 없다. 조금 전 다니엘 경은 포로를 과하게 학대했어. 나는 그에 대한 벌을 준 건데, 불복하는 자는 앞으로 나와 주겠나?"

특별히 미성은 아니었지만, 그럼에도 듣는 자를 따르게 하는 힘이 담겨 있었다.

"없지? 그럼 거기 두 사람을 붙잡아."

히로가 가리킨 것은 다니엘 경과 함께 가더에게 폭력을 가했던 자들이었다.

지명 받은 병사들이 경악한 얼굴로 뒷걸음질 쳤지만 명령을 따른 병사들에게 구속되었다.

"이, 이거 놔!"

"그게 잘못이야?! 마족은 동료를 죽였다고! 너희도 마족이 밉잖아!"

다니엘 경을 처벌했으니 그들을 무죄 처리할 수도 없었다.

그래서는 사기에 영향을 주었고 병사들의 이해도 얻지 못한 채 불만이 쌓일 뿐이었다.

그들도 상응하는 벌을 받아야 했다.

"후방으로 연행해. 그리고 각 부대에 통지해 줘. 투항한 자에 대한 과잉 학대가 일어나지 않도록 신경 쓰라고 말이야."

명령을 받고 병사들이 신속하게 움직이기 시작한 것을 일별하고서 히로는 가더를 내려다보았다.

"슬슬 당신이 소중히 여기는 소녀가 이리로 올 거야."

"조금이라도 다쳤으면 네놈을 죽이겠어."

"……그렇게 소중해? 괜찮다면 이유를 가르쳐 줄 수 있을까?"

가더는 살짝 망설였지만, 얼버무려도 의미가 없음을 깨달았는지 입을 열었다.

"……마족이 인족을 이끌려면 조금 불편한 점이 많아서 말이지. 그래서 그녀를 이용했어. 내 이기적인 행동인데도 그녀는 따라 줬지. 적어도 무사히 고향에 데려다주고 싶었지만 이 꼴이어서야. 그것도 마음대로 안 되겠군."

"그럼 나한테 제안이 있는데."

"제안이라고?"

"그래. 당신이 앞으로 내 명령에 따라 준다면 소녀를 무사히 고향까지 데려다줄게."

수상쩍다는 듯이 눈썹을 찌푸린 가더를 향해 히로는 말을 이었다.

"나쁘지 않다고 생각하는데. 마황검을 잃은 당신이 소녀를 구해 전장에서 도망치는 건 어려울 테고, 그런 안이한 행동을 할 만큼 당신은 어리석지 않잖아."

"그게 정말이더라도 어떻게 증명할 셈이지? 네놈이 무사히 데려다준다는 보증은 어디에도 없어."

"정령검에 맹세할게."

히로는 그렇게 말하고 남쪽으로 시선을 주었다. 말 한 마리가 이쪽을 향해 오고 있었다.

말에 탄 주인은 리즈였다. 그녀는 말의 속도를 늦추더니 히로의 앞에서 고삐를 당겨 정지했다.

"소녀를 잡아 왔어."

리즈의 앞에는 검은 후드를 뒤집어쓴 소녀가 앉아 있었다.

"수고했어. 그녀가 기두 소녀야?"

"노예 해방군의 지휘관 미르에입니다."

검은 로브를 쓴 소녀가 대답했다.

가까이 다가간 히로는 그녀의 얼굴을 들여다본 순간— 기시감을 느꼈다.

"아저씨!"

히로가 당황하고 있는 사이에 미르에는 말에서 뛰어내려 가더에게 안겼다.

"미안. 내 힘이 부족해서……."

"아니야. 무사해서 다행이야."

"다치진 않았어?"

"응. 언니가 지켜 줬으니까."

"그런가……."

히로는 재회를 기뻐하는 두 사람을 내버려 둔 채 리즈를 보았다.

"앞으로의 일을 얘기하기 전에 전선의 상황을 가르쳐 줄래?"

"내가 반란군 본진에 도착했을 때는 그 아이의 친위대밖에 안 남아 있었어."

"친위대만?"

"응, 다른 녀석들은 싸움이 시작되자마자 전장을 이탈한 모양이야. 적 후방의 몇몇 부대도 곧장 도망친 것 같거든. 그래서 별 저항 없이 간단히 미르에를 붙잡을 수 있었어."

"어디로 도망쳤는지 알아?"

"동쪽이라고 들었어."

"고마워. 잘 알았어."

히로는 동쪽을 보았다. 반란군의 후군이 도망친 곳은 아즈바 성채가 있는 방향이었다. 완만한 오르막이라서 건너편을 내다볼 수는 없었다. 히로는 다시 가더에게 시선을 돌렸다.

"가더. 후군에는 용병을 모아 뒀었어?"

"그래, 그리고 노예보병을 조금 붙여 뒀었어."

확정이다. 후군이 리히타인 공국에 매수된 것은 확실하리

라. 언제 어디서 매수됐는지 생각하고 있을 상황은 아니었다. 후군이 모습을 감춘 것은 사실이니 그 대책이 필요했다.

"리즈. 네가 지휘하고 있는 병사의 수는 2천이었을 텐데, 지금은 트리스 씨에게 지휘를 맡긴 거야?"

"그래, 맞아."

리즈의 대답을 듣고 히로는 말을 탄 기병 둘을 불렀다.

"무슨 일이십니까!"

"미안하지만 전령 대리를 부탁해. 우익에 가서 트리스 경에게 동쪽으로 부대를 전개하라는 말을 전해 줘. 세리아 에스트레야 전하의 명령이라고 하면 이해할 거야."

"예!"

"그리고 너는 본진에 가서 키로 장군에게 전해 줘. 동쪽에서 리히타인 공국군이 나타날 테니 예비 부대를 이쪽으로 돌려달라고. 이건 제4황자의 명령이라고 전하면 될 거야."

"알겠습니다!"

그리고 히로는 리즈를 보았다.

"리즈. 너는 서둘러 트리스 씨와 합류해서 우익을 지휘해."

"히로는 어쩔 거야?"

"적이 돌격해 올 테니 먼저 기선을 제압하겠어. 조금은 시간이 벌릴 거야."

히로는 자신의 문장기를 들고 『질룡』에 올라탔다.

"나랑 미르에는 어떻게 하면 되지?"

가더가 대화에 끼어들었다.

"미르에는 리즈와 함께. 당신은 낙타를 타고 그 뒤를 쫓아가도록 해."

히로는 백은빛 검을 번뜩여 가더를 묶고 있던 밧줄을 잘랐다.

"나를 자유롭게 둬도 괜찮은 건가? 거기 있는 계집을 죽이고 도망칠지도 몰라."

"마황검을 잃은 지금의 당신은 리즈한테 못 이겨. 아까도 말했지만 미르에를 데리고 여기서 도망치는 건 무리고."

게다가 여기 두고 가면 무슨 일이 벌어질지 알 수 없었다. 도망쳐도 곤란하지만 죽어도 곤란했다. 이렇게 할 수밖에 없었다. 그리고 히로는 가더가 도망치지 않을 거라고 생각했다.

왜냐하면 미르에가 있기 때문이다. 리즈에게 맡겨 두면 가더도 섣불리 움직일 수 없었다. 얌전히 따를 것이다.

"그럼 나는 갈게."

완만한 고개 위, 그 건너편에서 대량의 모래 먼지가 일어나 하늘을 향해 올라가고 있었다.

히로는 표정을 굳히고 『질룡』의 배를 차 모래벌판을 달리기 시작했다.

＊

리히타인 공국군은 반란군과 제4황군이 교전하던 곳에서 엎어지면 코 닿을 거리까지 와 있었다. 그 수는 5천. 낙타기병을 1천씩 양 날개에 배치하고, 선봉은 노예보병 1천으로 굳히고,

본진과 후군은 합쳐서 2천의 경장보병으로 구성되어 있었다.

그 군을 이끄는 이는 공작가의 차남, 카를 오르크 리히타인.

그리고 부관으로서 카를을 보좌하는 것은 란킬 칼리굴라 질베리스트.

나란히 말을 달리는 두 사람의 표정은 어두웠다.

"……설마 여기까지 와서 귀족들이 겁을 먹을 줄이야."

란킬 후작이 그렇게 불만을 입에 담았다.

막바지에 이르러 어떤 기별이 도착한 것은 어제였다. 제4황군의 별동대가 마을들을 불태우고 있다는 내용이었다. 영내 깊숙한 곳까지 쳐들어왔으니 그것은 당연한 일이기도 했다. 하지만 영지를 지키고 싶은 귀족들은 소극적이 되어 버렸다.

그란츠 대제국에 항복해야 한다, 교섭해야 한다고 떠들기 시작했다.

그것을 설득하는 데 시간이 걸려서 여기 오는 것이 늦어지고 말았다.

"한심하군. 자신들이 초래한 결과인데."

하지만 그란츠 대제국과 개전을 결단했던 당시 귀족들은 반란군과의 싸움에서 모두 전사했다. 그리고 항복은 논외로 치더라도, 교섭하려면 제4황군을 때려잡아야 했다. 국가라는 체재를 유지하기 위해서는 더욱 좋은 조건을 이끌어 내야 했다. 싸우지도 않고 지는 것을 선택하면 타국의 비웃음을 사게 된다.

"카를 님. 지금부터가 중요합니다."

"그래. 전부 그대에게 맡기지. 부탁하네."

란킬은 고개를 끄덕였다. 그런 그의 곁으로 전령이 달려왔다.

"각하! 반란군 일부가 이쪽으로 오고 있습니다!"

"그런가. 용병들은 잘 이탈했나 보군."

"합류시킬까요?"

"아니, 별동대로 움직이도록 하지."

늦은 것을 만회하기 위해서라도, 합류하느라 행군 속도를 늦출 수는 없었다.

애초에 란킬은 용병이라는 족속을 믿지 않았다. 그들이 싸우는 이유는 나라를 위해서도, 누군가를 위해서도 아니었다. 그저 돈에 따라서— 언제 배신당할지도, 언제 도망칠지도 알 수 없었다. 그런 자들을 합류시켜 봤자 방해만 될 뿐이었다.

"저쪽 전황도 신경 쓰여. 용병단장한테 얘기를 듣고 싶다. 이리로 데려와 주겠나?"

"존명!"

전령이 떠나고 잠시 후, 경장갑을 걸친 남자가 다가왔다.

갑옷에 피가 말라붙었고, 더러워진 얼굴에서는 지성을 찾아볼 수가 없었다. 용병이라고는 하지만 이래서는 도적과 매한가지였다. 란킬은 남자의 풍모를 관찰하다가 눈썹을 찡그리게 되었다. 자세히 보니 그 용병이 입고 있는 것은 리히타인 공국의 갑옷이었다.

말라붙은 피의 상태로 볼 때 최근에 묻은 것이 아니라 긴 시간이 지났음을 알 수 있었다.

용병은 원래 반란군에 속해 있었으니 쉽게 짐작이 갔다.

아마 공작이 대패한 전쟁에서 손에 넣은 전리품이리라.

그것을 보고 란킬의 마음도 평온할 수는 없었다. 가슴속에서 분노가 치솟았다.

"이거 참, 매번 고맙습니다."

란킬의 기분을 상하게 했다는 것도 모르고 간사스럽게 웃은 남자는 뒤통수를 긁적이며 말 위에서 고개를 숙였다. 란킬은 예의도 모르는 남자를 이 자리에서 베어 버리고 싶었지만 크게 숨을 내쉬어 힘껏 화를 억눌렀다.

옆에 있는 카를이 그 기색을 눈치챘는지 대신 대답했다.

"수고했다. 나는 카를 오르크 리히타인이라고 한다. 함께 싸워 주는 것을 기쁘게 생각해."

"헤헤, 저야말로 큰돈을 받았으니 말입죠. 그에 상응하는 일은 해 보이겠습니다."

"그래서 전황 쪽은 어떻지?"

"예이, 반란군이 밀리고 있습죠. 항복하는 것도 시간문제일 겁니다."

"상황이 안 좋군. 란킬 후작, 서둘러야겠어."

카를의 말을 듣고 마음을 추스른 란킬은 고개를 끄덕여 대답했다.

"그렇군요. 어이, 용병."

"예이?"

"전장까지 선도해라. 우리 척후는 아직 거기까지 조사를 못

했거든. 제4황군의 측면을 찌를 수 있는 곳까지 부탁한다."

란킬의 말에 카를은 고개를 갸우뚱했다. 무리도 아니었다. 척후의 보고는 끊임없이 도착하고 있었다. 무엇보다 제4황군과 반란군이 싸우는 곳에 관한 정보도 입수한 상태였다.

"그럼 부탁하마."

"예이, 맡겨 주십쇼. 녀석들한테 한 방 먹여 주자고요!"

용병이 떠나는 것을 지켜본 뒤, 카를은 란킬에게 말했다.

"왜 그런 말을 한 거지?"

"거짓말한 것 말씀입니까?"

"그래. 저 용병은 분명 속으로 비웃고 있을 것이 틀림없어. 리히타인 공국군의 척후 능력은 형편없다고 말이야."

"그렇게라도 하지 않으면 그들이 선도해 주지 않을 테니까요."

"그것이 수치더라도 말인가?"

"지금부터 국가의 명운이 걸린 전쟁이 시작됩니다. 나라가 멸망하는 것보다 더한 수치는 없을 겁니다. 비웃고 싶은 자는 비웃으라고 하면 됩니다."

"흠…… 그렇군. 역시 란킬 후작, 감정 제어도 뛰어나. 하지만 나는 간단히 떨쳐 낼 수가 없을 것 같네."

여전히 불만스러운 얼굴인 카를을 보고 란킬은 끙 소리를 내고서 말을 토해 냈다.

"그보다도, 아까 그 용병이 입고 있던 것이 우리나라 갑옷이라는 건 눈치채셨습니까?"

"그야 물론. 더러워지긴 했으나 잘못 볼 리도 없어. 어느 상인한테서 산 거겠지."

"아니요. 공작을 무찔렀을 때 시체에서 벗긴 갑옷일 겁니다."

"그게 정말인가?"

"양질의 철이 사용되어 있었습니다. 아마 이름 있는 귀족의 물건이겠죠. 지저분해져서 문장이 안 보였기에 특정할 수는 없습니다만."

"용서할 수 없군. 이 전쟁이 끝나면 녀석들을 처벌해야겠어."

카를은 화가 머리끝까지 나서 씩씩거렸다. 고삐를 세게 움켜쥐고, 보이지 않게 된 용병을 노려보았다. 란킬은 그런 카를을 달래듯이 입을 열었다.

"그래서 앞장서게 한 겁니다."

"뭐라?"

"반드시 용병이 제일 먼저 싸우게 될 겁니다. 화살받이로라도 쓰고 처분하자 싶어서 말이죠. 운 좋게 살아남는다면 정식으로 처벌을 가하면 됩니다."

"흠. 그거 좋은 생각이군!"

"그리고 카를 님은 오해하고 계십니다."

"오해?"

"그렇습니다. 조금 전 카를 님은 제가 감정 제어에 뛰어나다고 말씀하셨지만, 저는 그렇게 고상한 인간이 아닙니다."

어깨를 으쓱인 란킬은 말을 이었다.

"저도 분노가 없지는 않습니다. 그 자리에서 목을 꺾어 버리고 싶었지만, 크게 본다면 설령 쓰레기라도 쓸모는 있지요. 그래서 전선에 내보내면 조금은 기분이 풀리려나 싶었던 겁니다."

사악하게 웃는 란킬을 보고 카를은 어안이 벙벙해졌다.

이 남자도 격정에 사로잡히는 일이 있는 건가 싶어서 놀랐을 것이다.

"그래도 책략에 이용하고자 하는 그 기지는 대단해. 나는 그러지 못했을 거야. 분명 그 남자를 죽였겠지."

"낯간지럽군요. 그 이상 칭찬하지 말아 주셨으면 좋겠습니다. 가능하다면 이 전쟁에 승리했을 때를 위해 간직해 주십시오."

란킬은 목을 문지르면서 난처한 표정을 지었다.

마침내 분노가 지나갔는지 카를은 작게 웃음을 흘렸다.

"그도 그렇군. 우선은 이겨야 해."

결의를 가슴에 품고 카를이 얼굴을 들어 앞을 보았다. 란킬은 만족스럽게 고개를 끄덕였고 두 사람은 계속 말을 몰았다. 그렇게 안심한 것도 잠시. 앞장세웠던 용병단에서 이변이 일어나기 시작했다.

도검을 두드려 울리는 격렬한 소리. 기합을 실은 우렁찬 외침이 대기를 진동시켰다.

용병은 상대를 위협할 때 도검으로 방패를 때리고 크게 소리를 질렀다.

그러나 리히타인 공국군이 상정했던 전장은 이보다 더 앞이었다.

란킬이 이상하게 여기고 있는데 전령이 허겁지겁 다가왔다.

"전투가 시작됐습니다!"

"뭐라고……? 어떻게 된 거지?!"

란킬은 미간에 깊은 주름을 새기며 전방을 응시했다.

그러나 모래 먼지가 방해해서 자세한 전선 상황을 파악할 수는 없었다.

"수는?"

"그것이…… 한 명입니다."

"……뭐?"

란킬은 무심코 멍청한 소리를 냈다.

잘못 들었나 싶어서 입가를 실룩이며 다시 한 번 말했다.

"상대의 수를 묻고 있다만."

"한 명입니다. 갑자기 진로 상에 나타나더니 선봉인 용병단으로 돌입했습니다."

"1천을 상대로 혼자 공격했다고?"

시간 벌이라고 하기에는 어처구니없는 생각이었다. 혼자서 뭘 할 수 있단 말인가.

어쩌면 어딘가에 복병을 숨겨 뒀을지도 모른다. 주의를 돌리기 위해 혼자서 돌격하는 무모한 짓을 했을 가능성도 있었다. 거기까지 생각하고 란킬은 일소했다.

"아니, 그럴 리는 없어."

제4황군이 묘한 움직임을 보였다면 척후가 알아차렸을 터였다. 감시의 눈을 빠져나가는 것은 쉬운 일이 아니었다. 탁 트여 있는 사막이라면 더더욱. 이해할 수 없는 상황 때문에 머리가 혼란스러웠지만 란킬은 자신의 뺨을 때려 정신을 차렸다. 이렇게 혼란에 빠뜨리는 것이 목적일지도 모른다.

시간을 벌어 행군 속도를 늦추는 것이 상대가 노리는 바라면 저쪽에도 상당한 책사가 있는 모양이군, 하고 란킬은 웃었다.

"꽤 하는데. 내가 아니었다면 많은 장수가 경계해서 행군을 멈췄을지도 모르지. 아니, 신중한 나이기에 마음에 걸렸다고 해야 할까……."

"괜찮은 건가?"

카를이 불안한 얼굴로 물어보았다.

란킬은 고개를 끄덕이고서 과장되게 팔을 벌리며 안심시켰다. 상대의 목적이 무엇이든 간에 읽어 내 보이겠다. 무엇보다 혼자서 뭘 할 수 있단 말인가.

"문제없습니다. 이대로 진군하도록 하죠. 복병도 걱정할 필요 없을 겁니다."

그러나 란킬의 자신감은 산산이 부서졌다. 잠시 후 선봉이 완전히 멈춰 버린 것이다. 란킬은 카를을 본진에 대기시키고 선봉에 합류했다.

"뭘 하는 거냐! 쉬고 있을 시간이 없다! 계속 전진하라!"

란킬은 호통쳤지만 이내 선봉의 분위기가 이상하다는 것을 알아차렸다. 노예들의 얼굴은 전부 파랗게 질려서 당장에라도 쓰러질 것처럼 핏기가 없었다.

란킬은 말을 몰아 근처 노예에게 다가가 큰 목소리로 물었다.

"무슨 일이 있었지?!"

전열에 있는 노예가 목소리를 떨며 대답했다.

"……『끝없는 절망』."
^{데스퍼레이션}

그 섬뜩한 말에 란킬은 간담이 서늘해지는 것을 느꼈다.

밤늦도록 깨어 있는 아이를 야단치기 위해 부모가 읽어 주는 옛날이야기였다. 이 이야기가 언제 세상에 나왔는지는 아무도 몰랐다. 알게 모르게 귀족에게서 서민, 그리고 노예까지 폭넓게 침투해 있었다. 이름 없는 음유시인이 전파했다고도 하고, 중앙 대륙 남서쪽 끝에 있는 나라인 기사왕국에 전해지는 요정 신화에서 파생된 것이라는 말도 있었다.

"같잖군. 뭐가 『끝없는 절망』인가. 그런 건 당연히 미신이잖아."

란킬은 웃어넘겼으나 몸 깊숙한 곳에서는 경종이 울리고 있었다. 더울 텐데도 흐르는 땀이 차가워져서 체온을 앗아 갔다. 란킬은 목울대를 울리고 조심조심 전방으로 시선을 이동시켰다가 숨을 삼켰다. 열기가 넘실거리는 전장에서 무언가가 춤추고 있었다.

마치 유혹하듯이, 끌어들이듯이―.

―『흑아(黑鴉)』가 날개를 펼치고 있었다.
^{코르닉스}

『흑아』란 요정 신화에 등장하는 신의 이름이었다. 『흑신』이^{빌라티르}라고도 불렸는데, 죽음과 파괴를 관장하며 세계를 종말로 이끄는 신이라고도 전해졌다.

"뭐야…… 이건 현실인가?"

격노한 날개에 베인 용병이 한 사람, 또 한 사람, 계속해서 하늘 높이 선혈을 내뿜었고, 대량의 피를 모래에 흩뿌리며 맥없이 쓰러져 갔다. 울부짖는 용병들의 비통한 목소리가 란킬의 귀에 닿았다. 유명한 불량배도 있었을 것이다. 검술에 뛰어난 자도 있었을 것이 틀림없다. 하지만 그 전부가 검은 날개 앞에서는 어린애 장난이라는 한마디로 정리되었다.

용병들이 검을 휘두르며 맞섰지만 쓸데없이 목숨만 잃으며 끝났다. 이용하자고는 생각했으나 이토록 무참히 살해당하는 모습을 보니 동정심이 일었다. 하지만 돕자는 생각은 들지 않았다. 정체 모를 생물을 목격하자 공포가 몸을 옭아매 움직일 수 없었다. 말을 잇지 못하는 란킬의 발밑으로 어떤 이의 목이 날아왔다.

그것은 죽이고 싶을 만큼 증오스러웠던 용병단장의 목이었다.

그러나 란킬의 시선은 단 한 곳에 빼앗겨 있었다. 다른 데에 정신 팔리면 죽는다는 강박 관념도 한 가지 이유였지만…… 가장 큰 원인은 용병단장의 목을 벤 소년이 이쪽을 보고 있었기 때문이었다. 이 거리라면 소년이라고 판단할 수 없었고, 표정도 보일 리가 없었다. 뇌가 환각을 보여 준 걸지도 모른다. 공포로 머리가 이상해졌을지도 모른다.

하지만 란킬은 분명히 보았다.

소년이 비웃고 있는 것을—.

용병들이 허둥지둥 도망치기 시작했다. 도움을 구하며 이쪽으로 도망치는 것이 보였다.

"화살을 쏴라! 용병들을 접근시키지 마!"

궁병은 란킬의 명령을 충실히 따랐다. 천 개가 넘는 화살이 공기를 가르며 날아가 포물선을 그리며 용병들을 덮쳤다. 화살비에 노출된 용병들이 고통에 몸부림치며 죽어 갔다. 물론 검은 옷을 입은 소년에게도 화살은 쇄도했지만 놀랍게도 상처 하나 없었다.

"괴물인가!"

저것은 그야말로 요정 신화에 나오는 『흑신』^{빌라티르}이라고 생각할 수밖에 없었다. 그게 아니라면 어떻게 설명한단 말인가! 저것을 인간이라고 부를 수 있나!

그때 란킬은 주위 상황을 깨달았다. 노예들이 무릎을 꿇고서 신에게 용서를 빌고 있었다. 참회를 입에 담는 자까지 있었다. 선봉은 전의를 상실하고 있었다.

"……이대로는 안 돼."

란킬은 활기를 불어넣고자 배에 힘을 주고 크게 입을 벌렸다. 하지만 그것은 곧 닫히게 되었다. 흑의를 나부끼며 소년이 등을 돌렸기 때문이다. 좋은 기회라고 생각했다. 등을 돌린 지금이라면 화살 하나라도 맞을 것이다. 등에 눈이 달린 인간 따위 없다. 무엇보다 이것으로 인간인지 괴물 종류인지 확증을 얻을 수 있었다.

"지금이다! 다시 한 번 화살을 쏴라!"

전방으로 팔을 힘차게 뻗었다. 대량의 화살비가 다시 하늘을 지배했다.

화살은 쥐새끼 한 마리 놓치지 않을 만큼 밀집해 있었지만 소년의 흑의가 모조리 튕겨 냈다.

란킬은 눈이 휘둥그레졌으나, 털썩하는 묵직한 소리가 여럿 들려서 주위를 둘러보게 되었다. 가슴에 구멍이 뻥 뚫린 채 노예들이 뒤로 쓰러지고 있었다.

죽은 자의 표정을 보건대 무슨 일이 일어났는지조차 몰랐을 것이다. 공포, 절망, 두려움— 짓고 있는 표정은 제각각이지만 고통스러워하는 표정을 지은 자는 한 명도 없었다.

아픔을 느끼지 않고 세상을 떠날 수 있었으니 생각하기에 따라서는 행복했을지도 모른다.

란킬은 멍하니 있다가 뺨에 날카로운 통증을 느끼며 제정신으로 돌아왔다.

손을 대 보니 축축한 감촉이 전해졌다.

"……왜, 내가 피를 흘리고 있지?"

떨리는 손끝에 묻은 피를 보고 퍼뜩 놀란 란킬은 소년에게 시선을 옮겼다.

하지만 그곳에 소년의 모습은 없었다. 무참한 모습으로 용병들의 시체가 굴러다니고 있을 뿐이었다.

열풍이 지나가면서 몸은 체온을 되찾아 갔다. 머리가 다시 맑아지자 소리 지르고 싶을 정도의 공포가 엄습했다. 심장이 크게 고동치고 있었다. 두근거리는 심장 소리를 진정시키기 위해 란킬은 주먹으로 가슴을 눌렀다.

"크하하하…… 그렇군. 저게 보고에 등장했던 검은 옷의 남자인가."

몰랐던 것은 아니다. 적자와 삼남을 잃은 무능한 귀족들이 전쟁에서 패배한 것에 대한 규탄을 모면하고자 거짓말했다고 판단했을 뿐이었다. 여전히 믿을 수는 없으나 자신의 눈으로 봐 버렸으니 믿을 수밖에 없었다. 거짓말이라고 단정 짓지 말고 머리 한편에라도 담아 뒀어야 했었다.

이제 와서 말해 봤자 소용없지만 어쨌든 검은 옷을 입은 남자에 대한 대책은 필수였다. 곰곰이 검토하고 싶으나, 적은 기다려 주지 않는다. 그리고 노예들이 신들의 이름을 중얼거리면서 떨고 있었다. 이래서야 향후 지장이 생길 것은 확실했다.

"그렇다면…… 녀석을 봉쇄해 줘야겠군. 전쟁은 혼자 하는 게 아니야."

란킬은 일단 물러나기로 했다. 허둥대는 노예들을 어떻게든 진정시켜야 뭐라도 할 수 있었다. 전쟁은 시작이 가장 중요했다. 여기서 차질이 생기면 앞날이 불안해진다.

란킬은 전군에게 퇴각을 지시하고 본진으로 돌아갔다.

*

제4황군의 좌익은 동쪽을 향해 전개를 끝낸 상태였지만 여기까지 오는 강행군과 반란군과의 전투로 병사들의 사기는 몹시 낮았다. 그래도 불만의 목소리는 나오지 않았고, 대열을 흐트러뜨리지 않으며 정연하게 늘어서 있었다. 징병된 병사였다면 이렇게 빨리 전개할 수 없었을 것이며 겁을 먹고 탈주하는 자가 끊이질 않았을 것이다.

그런 긴박한 분위기가 흐르는 좌익에, 지휘를 맡은 제6황녀의 모습이 있었다.

태양처럼 눈부신 붉은 머리는 먼지 범벅이 되어 빛이 바래 있었다.

그렇다고 그녀의 매력이 반감되지는 않았다. 오히려 전투 처녀 <small>팔라디아나</small>처럼 요염한 모습은 사기 저하를 억제했다.

"하아······."

리즈는 괴롭게 한숨을 쉬었다. 전장에서 남편이 돌아오길 기다리는 아내— 혹은 이제나저제나 아이의 귀환을 기다리는 엄마 같은 애정 가득한 탄식이었다.

"언니, 괜찮아. 그 오빠는 강하잖아?"

그런 그녀의 앞에는 한 어린 소녀가 있었다. 갈색 피부를 가지고 있지만 커다란 로브에 가려져 보이지 않았다. 게다가 로브에 달린 후드가 얼굴 전체에 그림자를 드리우고 있어서 표정조차 엿볼 수 없었다. 소녀는 반란군— 노예 해방군의 기두였다. 그렇기에 원한을 가진 자는 많았고, 리히타인 공국 입장에서는 죽이고 싶을 만큼 증오스러운 상대였다. 제4황군도 예외는 아니었다. 그래서 제6황녀인 리즈가 괘씸한 족속들로부터 소녀를 지키기 위해 행동을 함께하고 있었다.

"그렇긴 하지만. 무모한 짓을 하는 사람이니까 걱정돼. 히로······ 다치지 않으면 좋겠는데."

"그 애송이라면 걱정할 필요 없을 겁니다."

그렇게 리즈의 말에 반응을 보인 것은 트리스였다.

"나도 걱정할 필요 없다고 말해 두지. 적이었던 내 말을 믿을지 말지는 네게 맡기겠다만……."

트리스 옆에는 가더가 있었다. 겉모습만 보자면 20대 초반이지만 마족인 그는 실제로 100살을 가볍게 넘기고 있었다.

"하지만 혼자서 적의 진군을 막겠다니, 아무리 히로라도 무모해."

걱정되지 않겠어? 라고 리즈는 마지막까지 말을 이을 수 없었다. 걱정의 씨앗이었던 소년이 돌아왔기 때문이다. 아직 거리는 있었지만 소년의 얼굴에는 피로의 색이 짙게 떠올라 있었다.

리즈는 물주머니를 잡고 외쳤다.

"길을 열어! 그를 통과시켜!"

잠시 후, 히로가 리즈 곁으로 왔다.

리즈가 말없이 물주머니를 건네자 히로는 감사를 표하고 물주머니 끝을 입에 댔다.

단숨에 들이켜는 히로를 보고 리즈는 「아!」 하는 소리를 냈다.

히로가 지금 들고 있는 것은 자신의 물주머니라서 몇 번이나 입을 댔던 물건이었다.

그 의미에 생각이 미쳤는지 머리색과 비슷하게 얼굴이 빨개졌다.

"~~~~?!"

소리 없는 비명을 지른 리즈는 부끄러움에 머리를 싸맸다.

이상한 반응을 보이는 황녀의 모습에 히로는 의아한 표정을 지었다.

　하지만 곧 살기를 알아차리고 그녀의 옆을 보게 되었다. 명백하게 언짢은 얼굴로 트리스가 히로를 노려보고 있었다. 히로는 곤혹스러워하며 꼴깍 목을 울렸다. 입가의 물기를 닦고 주위를 둘러보며 시선을 피했다.

　"어, 어라? 이것뿐이야?"

　"응?"

　리즈는 말뜻을 이해하지 못한 모양이었다.

　"아! 물이 부족한 거구나! 지금 당장 길어 올게!"

　착각을 입에 담더니 물을 보급하러 가려고 했다. 히로는 황급히 불러 세웠다.

　"아니, 아니, 기다려! 그게 아니야. 아직 남아 있으니까 충분해."

　"……아, 알고 있었어. 농담 한번 해 본 거야."

　리즈는 고삐에서 손을 떼고, 앞에 앉힌 미르에의 머리를 쓰다듬기 시작했다.

　미르에는 얌전히 머리를 내주고 있었지만, 목이 이상한 방향으로 꺾이는 것에 한계를 느꼈는지 조금 있다가 항의하는 목소리를 냈다.

　"언니, 아파."

　"미, 미안해! 하지만 머리가 가려워 보이길래!"

　"딱히 안 가려워."

"그렇지 않아!"

리즈는 들어주지 않았고, 후드 위로 계속해서 머리를 문질문질 쓰다듬었다. 후드에 가려져 표정을 엿볼 수는 없었지만 거칠게 다뤄지는 것에 소녀가 무슨 생각을 하고 있을지 히로는 쉽게 알 수 있었다.

그런 제6황녀의 추태를 보다 못했는지 트리스가 헛기침을 하고서 도움의 손길을 내밀어 주었다.

"크흠! 공주님, 애송이는 병사의 수가 이것뿐이냐고 물어본 걸 겁니다."

"그, 그렇지. 알고 있었어!"

리즈는 미르에의 머리를 놓아주고 히로에게 손가락을 척 내밀었다.

"더워서 멍해졌었나 봐!"

쓰게 웃은 히로는 고개를 가로저었다.

"아, 아니. 딱히 상관없어. 어중간하게 말했던 내 잘못이니까."

"……긴장감 없는 녀석들이네."

가더의 통렬한 말을 히로는 못 들은 것으로 쳤다.

그리고 다시금 질문을 입에 담았다.

"그래서…… 이것밖에 안 모인 거야? 예비 병사는 어떻게 됐어?"

횡진을 이루어 급습에 대비하고 있는 것은 좌익뿐이었다.

이곳을 떠나기 전에 히로는 예비 부대를 내어 달라고 키로 장군에게 전령을 보냈을 터였다. 그러나 예비 부대는 어디에도 없었고, 좌익의 배후에서는 병사들이 포로에게서 무기를 빼앗아 몇 군데에 모으고 있는 모습이 보였다. 개중에는 주저앉아 휴식하고 있는 자도 많았다.

"뭔가 생각이 있는 거라면…… 이걸로도 상관없지만."

방심하고 있는 척하는 책략일 수도 있으나, 그런 지시를 받았다고는 생각할 수 없을 만큼 완전히 해이한 모습이었다.

의아한 표정을 짓는 히로를 보고 리즈는 어렵게 입을 뗐다.

"그게 있지…… 사령관은 본인이니까 제4황자라는 사람의 지시는 들어줄 수 없다는 대답이 돌아왔어……."

리즈가 양쪽 검지를 톡톡 마주 대며 미안한 얼굴을 했다.

"나도 몇 번 전령을 보냈는데, 리히타인 공국의 약졸 따위는 기마 2천으로 충분하다는 식으로 이런저런 말을 듣고 설득은 못 했어…… 미안."

"그런가. 리즈는 아무 잘못도 없어. 신경 쓰지 않아도 돼."

냉담하게 말한 탓인지 리즈는 침울해져서 고개를 숙였다.

트리스의 노기가 전해졌다. 당장에라도 검을 뽑을 기세였다.

히로의 대답 때문인지, 아니면 키로 장군의 무례한 대응 때문인지, 어느 쪽인지 확인할 용기를 히로는 가지고 있지 않았다.

"……리즈. 아무튼 본진으로 가자. 키로 장군과 얼굴을 익혀 두는 편이 좋을 테니까. 그리고 네가 없으면 장군과 면회하긴 어려울 것 같아. 부탁할게."

"응, 맡겨 줘!"

히로가 자신을 의지하는 것이 기쁜지 리즈는 꽃처럼 활짝 웃었다. 히로는 안도하여 가슴을 쓸어내렸다.

"히로의 좋은 점을 잔뜩 알려 줘야지."

"아니, 가볍게 소개만 해 줘도 돼."

"미르에도 데려갈 건가?"

불만스러워하는 가더의 목소리가 바람에 실렸다.

"너희의 얘기를 듣자 하니 키로 장군이라는 녀석은 그다지 신용할 수 없는 인물 같군. 그런 곳에 미르에를 데려가는 건 위험하지 않나?"

"하지만 데려가지 않으면 당신이 미르에를 데리고 도망칠지도 모르잖아."

가더를 곁눈질로 흘겨본 리즈의 시선은 차갑게 혐오감을 드러내고 있었다.

"나는 어린 소녀를 이용한 당신을 절대로 용서하지 않아. 그러니 같이 데려갈 거야. 당신이 이 아이를 데리고 또다시 전란을 일으키지 않도록 말이야."

가차 없군, 이라고 중얼거린 가더는 어깨를 으쓱였다.

그리고 히로만이 미르에의 모습을 알아차렸다. 히로가 있는 각도에서 미르에의 입가가 보였던 것이다. 입을 삐뚜름하게 만든 것을 보니 불만스러운 듯했지만 리즈의 주장이 옳다고 생각하는지 아무 말도 하지 않았다. 나이에 비해 총명한 아이라고 히로는 생각했다.

이 이상 분위기가 험악해지지 않도록 히로는 이야기를 진행하기로 했다.

"트리스 씨, 병사들에게 휴식하라고 지시해 주세요."

"괜찮은 건가? 리히타인 공국이 공격해 올지도 모르네."

"반대예요. 다른 쪽이 쉬고 있는데 좌익만 경계하고 있으면 지휘 계통의 혼란이 알려져서 공격받게 돼요."

"음…… 하지만 경계하고 있지 않으면 괜히 더 공격받지 않겠나?"

"그럴 일도 없어요. 용맹하다면 돌격해 올지도 모르지만, 이번 상대는 매우 냉정한 인물인 것 같으니 열심히 의심하게 해서 시간을 벌기로 하죠. 그리고 병사들도 그렇지만— 조금이라도 말이 쉴 수 있게 해 주세요."

견제 삼아 한번 싸운 것도 도움이 되었다. 이쪽이 섣불리 움직이지 않는다면 신중하게 행동할 것이다. 키로 장군이 예비 부대를 내주지 않은 것은 오산이었지만, 반대로 상대의 경계심을 부추기는 의미에서는 효과적이었다. 트리스가 납득했기에 히로는『질룡』의 목을 가볍게 두드렸다.

"그럼 그렇게 부탁드릴게요."

"음. 여긴 내게 맡기고 키로 장군에게 한마디 해 주고 오게!"

히로는 등을 세게 얻어맞았다.

옛날 방식으로 기운을 받은 히로는 콜록거리면서 본진으로 향했다.

∗

　뜨거운 햇볕이 제4황군 본진을 비추고 있었다. 그러나 흐르는 공기는 온화했다. 담화하는 병사의 모습도 보였고, 근처에서 적을 발견했다고는 생각할 수 없을 만큼 태평한 광경이었다. 그 중앙에 먼지를 피하기 위한 막사가 갖추어져 있었다.

　안에는 지도를 펼친 간이 책상, 그리고 그 주위를 에워싼 키로 장군과 참모들이 있었다.

　"척후의 보고에 의하면 리히타인 공국군은 후퇴하여―."

　참모 한 사람이 말 하나를 지도 위에 놓았다.

　"여기서 모습을 살피고 있다고 합니다. 상대방도 척후를 보낸 모양이라 이쪽의 모습은 낱낱이 전달되고 있을 듯합니다."

　얼굴을 든 참모가 키로 장군을 보았다.

　"그러셔도 괜찮았던 겁니까? 제4황자는 예비 부대를 돌리라고 명령했습니다만."

　"상관없다. 신분도 확실하지 않은 자의 지시를 들을 필요는 없어. 적의 간첩이면 어쩔 건가?"

　"하오나 리히타인 공국군이 이곳에 왔던 것은 분명합니다. 아무리 그래도 기마 2천은 불안합니다."

　"너는 쓸데없이 걱정이 많군. 키구이라면 그런 말은 안 했어."

　키구이― 키로 장군을 보좌하던 부관의 이름이었다.

　그는 무모하게도 마족에게 맞섰다가 전사했다. 그의 죽음을 안 키로 장군은 분노로 이성을 잃을 뻔했지만 참모들이 필사적으로 달래서 아무 일 없이 끝날 수 있었다.

"그리고 제4황자라는 녀석은 제2대 황제 폐하의 문장기를 내걸고 있었잖은가?"

"그렇다고 들었습니다."

"그 남자가 진짜 제2대 황제 폐하의 후손이라면 전승대로 활약을 펼칠 수 있겠지."

"만(萬)을 이끌면 하늘에 적이 없고, 천(千)을 이끌면 땅에 적이 없으니, 『군신』의 군략은 삼천 세계를 지배한다— 였던가요."

"그래. 어처구니없는 이야기지만, 후손이라면 2천으로 충분하겠지. 땅에 적이 없을 테니까."

키로 장군은 큭큭 웃었다. 깔보고 있다는 것이 훤히 드러났다.

악취미라고 참모는 생각한 것 같았지만 얼굴만 찡그리고서 담담히 말했다.

"그것은 신화이고 실제로 어땠을지는 알 수 없습니다. 무엇보다 정말로 『군신』의 후손이라면 어쩌실 겁니까. 국민은 물론이고 제4황군 안에도 신앙하는 자가 많습니다. 그들이 알게 되면 키로 장군의 입장이 위험해질 겁니다."

이 참모도 신앙하는 사람 중 한 명이라는 것은 말 한 마디 한마디에서 잘 전해졌다.

키로 장군은 웃음을 지우고 노기를 팽창시켰다.

"닥쳐라. 도리쿠스. 네놈의 계급은 뭐지?"

"2급 무관입니다."

"알고 있다면 그만 물러나라."

키로 장군은 과장되게 손을 휘저어서 도리쿠스라고 불린 참모에게 나가기를 촉구했다.

"머리 좀 식히고 와라. 네놈에게 이 자리의 공기는 조금 무거운 모양이야."

"……실례하겠습니다."

다른 참모들이 딱하다는 얼굴로 도리쿠스의 등을 배웅했다.

그러나 퇴출을 명받은 도리쿠스는 밖으로 나갈 수 없었다.

왜냐하면—.

"도리쿠스 2급 무관. 이 자리에 머무르는 걸 허락하겠다."

막사 입구에 소녀가 서 있었기 때문이다.

붉은 머리의 소녀. 『염희(炎姬)』가 등장하자 참모들이 일제히 머리를 숙였다. 키로 장군도 가볍게 인사하고 가식적인 미소를 지었다.

"이런 곳에 어쩐 일이십니까. 리히타인 공국의 급습에 대비해 좌익을 멋대로 움직이고 계셨을 텐데요?"

빈정거림을 담은 말투에 리즈는 욱하여 눈썹을 찌푸렸다.

"그에 관해 할 말이 있어. 거듭 요청했음에도 불구하고 예비 부대를 넘겨주지 않은 이유가 뭐야?"

"제4황군의 사령관은 당신이 아닙니다. 그 이상의 이유는 없군요."

키로 장군은 가벼운 무시를 담아 코웃음 쳤다가 제6황녀 옆에 있는 소년의 존재를 알아차렸다.

"이런 중요한 장소에 외부인을 들이시면 곤란합니다. 황족이라고 해도 허락될 행위가 아닙니다."

자세히 보니 제6황녀의 등 뒤에 한 명이 더 있었다.

후드를 써서 남자인지 여자인지 알 수 없었지만 신장을 보면 어린아이거나 여자였다.

"일개 병졸이 이랬다면 엄벌에 처할 테지만, 아쉽게도 황족이니 제가 어떻게 할 수가 없군요. 불문에 처하겠습니다. 앞으로는 조심해 주십시오."

언짢은 얼굴로 세 명을 노려본 키로 장군은 가식적으로 탄식하고서 개를 쫓아내듯 손을 휘저었다.

"아셨으면 좌익 지휘로 돌아가십시오. 이곳은 어린애 놀이터가 아닙니다."

"키로 장군, 당신은—."

리즈가 따지려고 했지만 그 어깨에 손을 얹어 말리는 자가 있었다.

"리즈, 기다려. 내가 할게."

소년이 제6황녀를 애칭으로 부른 것을 듣고 키로 장군은 미심쩍다는 표정을 지었다.

하지만 답을 찾아내지 못한 채, 눈앞까지 다가온 소년과 마주했다.

"처음 뵙겠습니다. 당신이 키로 장군인가요?"

흑발흑안. 그란츠 대제국에서는 쌍흑이라고 불리며, 이 세계 인간에게는 존재하지 않는 색이었다. 게다가 기묘하게도 소년의 얼굴 절반 이상을 안대가 덮고 있었고, 흑의로 몸을 감싼 모습은 신화 속 『군신』을 상기시켰다.

"제 이름은 히로 슈바르츠 폰 그란츠. 그란츠 대제국의 제4황자입니다."

히로가 오른손을 내밀어 악수를 청했다.

"아아…… 맞다. 제4황자라고는 해도 제 계급은 3급 무관입니다."

히로는 퇴출을 명받았던 도리쿠스를 힐끗 봤다가 키로 장군에게 시선을 돌리고 즐겁게 말했다.

"계급이 낮으니 악수에는 응해 주실 수 없으려나요."

"아, 아니, 그렇지는…… 않습니다."

의심의 눈길은 여전히 강했으나 키로 장군은 악수에 응하고서 입을 열었다.

"실례지만 증거는 가지고 계십니까?"

"이 머리카락과 눈이라고 하고 싶지만 변장이라고 하면 그만이니…… 이 흑의가 증명이 되겠네요."

히로가 가슴팍—『흑춘희』를 두드리자 옷자락이 화살처럼 뾰족해지더니 키로 장군을 날려 버렸다.

갑작스러운 일에 낙법도 취할 수 없었다. 키로 장군은 지면에 세게 내동댕이쳐져서 크게 숨을 토해 냈다. 단련되어 있는 만큼 키로 장군은 곧장 일어섰지만 호흡할 수가 없는지 비틀거렸고 고통에 얼굴을 일그러뜨렸다.

"무, 무슨 짓인가!"

키로 장군의 분노에 호응하여 참모들이 허리에 찬 칼자루로 손을 뻗었지만—.

"죄송합니다. 기분이 별로 안 좋은 모양이라 호전적인 태도를 취해 버린 것 같아요. 그리고 『흑춘희』는 겁이 많거든요. 검을 뽑으면 제어가 되지 않아요. 주인인 저도 멈출 수 없죠."

조용히 웃은 히로가 참모들을 둘러보았다.

"시험해 보시겠어요?"

고개를 끄덕이는 자는 전무했다. 무엇보다 『흑춘희』라는 이름을 들어본 적이 있는지, 히로를 제외하고 이 자리에 있는 모두가 흑의에 시선을 빼앗겼다. 제2대 황제만이 입는 것을 허락받았던 『왕권』을 가까이서 보고 어안이 벙벙해진 듯했다.

히로는 막사 안에서 살의가 사라진 것을 가늠하고 품을 뒤적이더니 양피지 한 장을 꺼냈다.

"『흑춘희』로도 믿을 수 없다면 이걸 읽으시면 될 겁니다."

키로 장군이 신중한 걸음으로 다가왔다. 그토록 고압적이었는데 갑자기 얌전해지니까 우스꽝스러웠다. 하지만 그런 공격을 받았으니 이런 태도를 보이고 마는 것도 당연하다면 당연한 일이었다.

양피지를 든 키로 장군은 얼굴을 찡그렸다. 황제의 편지임을 알아차렸을 것이다. 재빨리 훑어본 그의 얼굴에서 순식간에 핏기가 가셨다.

천천히 고개를 든 키로 장군은 멍하니 히로를 바라보았다.

"……이건."

어떻게 말로 표현하면 좋을지 모르겠다…… 키로 장군은 그렇게 눈동자에 동요를 드러냈다.

히로는 키로 장군의 어깨를 가볍게 두드렸다. 그리고 황제의 편지를 돌려받아 양피지를 말면서 새침한 얼굴로 말했다.

"당신이 한심스럽다면 제게 지휘권을 양도하라는 폐하의 명령입니다. 저로서는 새로운 사령관으로 세리아 에스트레야 제6황녀를 두고, 제가 그 보좌가 될 생각입니다만……."

"우, 웃기지 마!"

분노로 몸을 떤 키로 장군이 히로의 말을 막았다.

"네놈 같은 애송이한테 지휘권을 양도하라고?!"

"제가 아니라 세리아 에스트레야 제6황녀에게요."

"똑같은 소리다!"

안 그래도 끈적거리게 더운데, 키로 장군이 흥분하면서 공기는 더욱 열기를 띠어 갔다. 그는 『흑춘희』의 공격을 받았을 때 이상으로 격앙하고 있었다.

참모들이 몸을 움츠리고 두 사람의 모습을 흠칫흠칫 살폈다.

히로는 어깨를 으쓱이고서 오른손을 들어 검지를 입에 댔다.

"조용히 해. 떠들어 봤자 아무것도 바뀌지 않아. 달게 받아들여."

"뭣이—! 이, 이런 굴욕은……! 결단코 인정할 수 없다!"

"입 다물라고 했잖아."

번뜩이는 하얀 선이 공기를 갈랐다. 키로 장군의 목에 칼날이 들이대졌다.

"윽……."

"나는 당신에게 몇 번이나 기회를 줬어. 그런데 당신이 한 일이라고는 걸리적거리게 방해한다는 어리석은 행위뿐이야. 그런 무능한 자가 나에게 말대답하지 마."

"아, 뭐……."

"당신의 처분은 추후 알리겠어. 지금은 그럴 상황이 아니니까."

히로는 『천제』를 검집에 되돌리고, 키로 장군에게서 참모들에게로 시선을 옮겼다.

"지휘관에게 간언하지 않고 그저 따를 뿐인 당신들도 동죄(同罪)야. 고개만 끄덕일 뿐인 참모는 필요 없어."

자신들보다 훨씬 어린 소년인데도 뿜어져 나오는 위압감은 오랜 경험을 쌓은 위인이 갖는 그것이었다. 참모들은 모두 숨을 삼키고 얼굴에 공포를 드러낸 채 사죄를 입에 담았다.

키로 장군은 출세 계획이 틀어졌다는 점도 있겠지만, 애송이라고도 할 수 있는 히로에게 호된 말을 듣고 망연자실한 상태였다. 거기에 히로가 최후의 일격을 가했다.

"머리 식히러 밖으로 나가도 상관없어요."

키로 장군은 얼굴이 새빨개지더니 말없이 그 자리에 픽 쓰러졌다.

"장군?! 정신 차리십시오!"

"어서 군의에게!"

두 참모의 부축을 받아 키로 장군이 옮겨졌다.

정신을 잃을 만큼 충격받을 줄은 몰랐지만 망가지지는 않았을 터였다.

히로가 리즈에게 눈짓하자 그녀는 작게 고개를 끄덕이고 책상으로 걸어갔다.

"군의를 시작하자. 사양할 필요는 없어. 적극적으로 의견을 내줘."

리즈의 선언을 듣고 참모들이 표정을 다잡고서 등을 곧게 폈다.

군의를 끝내고 밖으로 나오자마자 히로는 눈부신 햇살과 마주했다.

밖에서는 많은 병사들이 분주하게 돌아다니고 있었다. 지면이 몇 번이나 밟히면서 공기 중에 모래가 섞였고 바람과 함께 흩어졌다.

하늘에서 기수가 든 문장기를 희롱하던 바람이 흑의 자락을 흔들고 갔다.

그때 히로는 문장기의 변화를 알아차렸다.

"일 처리가 빠르네."

본진에 있었던 키로 장군의 문장기가 모조리 내려가고 대신 빨간 바탕에 백합— 제6황녀의 문장기가 세워져 있었다. 리즈가 키로 장군에게서 지휘권을 빼앗았음을 의미했다. 그러나 지휘권을 빼앗아 봤자 이 전쟁에서 승리하지 않으면 의미가 없었다.

"히~로~."

생각에 잠겨 있던 히로의 등을 어떤 여성이 끌어안았다.

돌아보지 않아도 알 수 있었다. 히로는 쓰게 웃었다.

"리즈, 갑자기 왜 그래?"

"오랜만에 재회했는데 좀 더 기뻐해도 되지 않아?"

입을 삐죽인 리즈는 불만스러운 얼굴로 팔에 힘을 주어 항의의 뜻을 나타냈다.

"물론 기뻐. 네가 무사해서 다행이야."

"음, 뭔가 부족하단 말이지~ 응, 히로는 말이 부족해. 좀 더 적극적으로 굴어도 돼. 그 왜, 행동으로 나타낸다든가."

어째선지 리즈가 들떠서 달라붙어 왔지만, 히로는 병사들의 시선이 신경 쓰여서 견딜 수가 없었다. 하지만 리즈는 신경 쓰지 않고 지금도 부족하다는 듯이 히로의 목덜미에 뺨을 댔다.

"리즈…… 여긴 다른 사람들 눈도 있으니까 그만두자."

싫지는 않았으나 민망했다. 히로가 넌지시 말하니 리즈의 몸이 떨어졌다.

"그것도 그렇네. 그럼 이다음은 오늘 밤에!"

정열적이다 싶으면 간단히 떨어지고, 마치 고양이처럼 변덕스러웠다.

"아니, 저기…… 그게, 무슨―."

히로는 되물으려고 했으나―.

"다들 피곤하겠지만 조금만 더 힘내자!"

리즈는 미르에를 데리고 자루에 모래를 담고 있는 병사 무리 속으로 들어갔다.

"공주님, 이런 잡일은 저희끼리⋯⋯."

"괜찮아. 내가 하고 싶어서 하는 거야. 신경 쓰지 말고 작업을 계속해 줘."

"알겠습니다⋯⋯."

부대장이 감격으로 몸을 떨며 크게 외쳤다.

"공주님께 수고를 끼치지 마라! 얼른 끝낸다!"

그 광경을 보고 쓰게 웃은 히로의 시야 끝에 어떤 인물이 잡혔다.

히로는 그에게 다가가 말을 걸었다.

"잠깐 괜찮을까요?"

"저, 저 말씀이십니까?!"

등을 곧게 편 그는 키로 장군에게 반론해서 쫓겨날 뻔했던 도리쿠스라는 참모였다. 막 나가려던 차에 리즈가 등장하여 구원받은 형태가 되었다.

황족이 말을 걸어서― 라기보다도 제2대 황제의 후손과 만났다는 것에 긴장한 모양이었다. 히로는 명랑하게 웃어 보인 뒤, 그의 어깨를 두드려서 자세를 편히 하도록 했다.

"아까 얘기했던 내용과는 별개로 당신이 해 줬으면 하는 일이 있어요."

히로는 조금 전 군의에서 신속히 후퇴하라고 지시했다. 리즈와 병사들이 하고 있는 작업은 그를 위한 것이었다. 상대에게 들켰을 때를 대비해 몇 가지 방책을 세워 두고 후퇴할 생각이었다.

물러나지 않고도 이길 수 있는 계책이 있긴 하지만, 그러면 아군에게 적잖은 피해가 나오고 만다. 히로가 원하는 것은 완전한 승리— 상대를 굴복시켜서 이길 수 없다고 생각하게 만들고, 이후로 연결하기 위한 싸움을 해야 했다.

"무엇을 하면 됩니까?"

"키로 장군에게만 올라온 보고서를 가져와 주시겠어요?"

히로가 말하려는 바를 깨달았는지 도리쿠스의 표정이 굳었다.

"……알겠습니다. 금방 가져오겠습니다."

멀어져 가는 도리쿠스의 등을 지켜본 후 히로는 발걸음을 옮겼다. 리즈와 병사들의 작업을 돕기 위해서다. 지휘관뿐만이 아니라, 남의 위에 서는 자는 본보기가 되어야 했다. 그저 명령하기만 해서는 사람이 따라오지 않았다. 이번처럼 적지 깊숙이 진군했다면 그것은 매우 중요했다. 식사는 병사보다 나중에, 불만을 입에 담지 않고 묵묵히 직무를 다하는 것.

단순하지만 사기에 영향을 주는 중대한 일이었다. 눈에 보이지는 않으나 그것은 나중에 극적인 효과를 낳을 것이다.

"리즈, 나도 도울게."

작업하던 손을 멈춘 리즈가 뒤돌아 봤다. 이마에 맺힌 땀을 닦고서 고개를 갸웃했다.

"히로는 따로 할 일이 있잖아."

"사령관을 교체한다는 뜻을 각 부대장에게 통달했고, 향후 지시도 보냈어. 그리고 보아하니 혼란도 없는 것 같으니까. 남은 건 척후가 돌아오길 기다리는 일뿐이야."

듣자 하니 리즈는 각 부대장과 몰래 연락을 취하고 있었던 모양이었다. 마음속으로 무슨 생각을 하고 있는지는 모르지만, 아무튼 그 덕분에 반항심을 겉으로 드러내는 자는 나오지 않았다.

명령대로 움직이고 있음을 여기서도 확인할 수 있었다. 남은 일은 척후가 돌아오길 기다리는 것뿐이었고, 그때까지 히로는 할 일이 없었다.

그래도 납득하기 어려운지 리즈가 불만스럽게 말했다.

"지금부터는 히로를 의지해야 해. 조금이라도 체력을 남겨 뒀으면 좋겠는데…… 그렇게나 싸웠는걸. 조금은 피곤하지 않아?"

"안 피곤하다고 하면 거짓말이지만, 나 혼자 아무 일도 안하는 것도 그렇잖아."

히로가 어깨를 으쓱이니 리즈는 난처한 얼굴을 했다.

"음~ 억지로 쉬게 해도 어디선가 일할 것 같아. 눈에 보이는 데 있는 편이 안심되려나?"

"하하! 어린애도 아니고……."

"그래? 히로는 눈을 떼면 금방 없어지잖아."

"……자, 얘기는 그만하고 일하자."

이 이상 건드리면 무슨 말이 튀어나올지 알 수 없었다. 히로는 병사들 사이에 섞여 작업을 시작하며 얼버무렸다.

얼마 지나지 않아 척후가 돌아왔다.

"히로 전하. 명령하신 대로 적군의 모습을 살피고 왔습니다."

"수고하셨어요."

히로는 물주머니를 건네고 척후가 숨을 가다듬길 기다렸다.

"히로 전하의 예상대로 적군에 편성된 노예의 전의는 상실되고 있는 듯했습니다."

"바로 움직일 수 없을 것 같았나요?"

"아뇨. 노예를 후방에 배치하고 낙타기병을 전면에 내세운 상태입니다. 언제든 돌격할 수 있도록 태세는 갖추고 있는 것 같았습니다."

"이쪽이 빈틈을 보이면 달려드는 건가……."

"그럴 겁니다."

"하지만 방침은 확정되지 않은 모양이네. 이쪽 준비도 끝나가고 있으니 동요시키도록 할까."

히로는 손을 들었다. 북을 든 병사에게 신호를 보낸 것이다. 요란하게 북이 울렸다. 북소리가 공기를 진동시키며 각 부대로 전파되었다.

히로는 조금 전 작업으로 만든 것을 짊어지고 『질룡』을 불러서 그 등에 올라탔다.

"리즈, 이 뒤는 군의에서 설명한 대로야."

"알겠어. 조심해."

"응. 부탁할게."

"다들 작전 개시야! 신속히 행동해!"

리즈의 목소리를 뒤로하고 히로는 『질룡』을 동쪽으로 몰았다.

"응. 바람도 딱 좋게 불고 있어."

히로는 하늘 높이 울려 퍼지는 북의 음색에 귀를 기울이며 미소 지었다.

*

제4황군 쪽에서 울리는 북소리를 듣고 리히타인 공국의 진영은 우왕좌왕하고 있었다.

"적습! 적의 기마가 온다!"

"노예들을 앞으로 내보내서 벽으로 삼아라! 그리고 궁병대도 앞으로 보내서 화살을 쏘게 해!"

란킬 후작은 안색이 바뀐 귀족들을 질렸다는 눈으로 둘러보고서 짜증스럽게 어금니를 악물었다.

"선수를 뺏겼군……."

제4황군의 사령관이 교체되었음을 안 것이 두 시간쯤 전. 란킬 후작은 적장을 알려고 했다. 낙타기병을 전면에 내세워 상대가 어떻게 나올지 살폈다. 이어서 상대가 경계하지 않는다는 것을 알고, 적의 동향을 살피고자 소수 부대를 부딪치려던 차에— 적의 기마대가 전진을 개시한 것이다.

"흐름은 저쪽에 있나."

절묘한 타이밍으로 선수를 빼앗기고 있었다. 이것이 제6황녀의 실력이라면 장래가 두려웠다. 설령 그렇지 않더라도 유능한 자가 가담한 것은 확실했다.

역시 천하의 패권을 장악한 그란츠 대제국. 인재 역시 풍부

할 것이다.

그러나 감탄만 하고 있을 수도 없었다.

"당황하지 마라! 낙타기병을 좌우로 전개해!"

어떤 의도가 있든지 포위되는 것만큼은 피해야 했다.

"궁병을 앞으로 내보내라! 저쪽에서 친히 나와 줬다. 이건 좋은 기회다!"

그리고서 깨달았다. 기마의 선두에 있는 이는 그 남자였다.

"역시…… 나왔나."

검은 옷의 남자가 남긴 상처는 아직도 깊었다. 노예는 물론이고 정규병에게도 이야기가 전해졌는지 얼굴이 공포에 질려 있었다. 그것을 없애려면 자신감을 심어 줄 수밖에 없었다. 마음껏 이용해 주지— 란킬은 불안을 억누르며 자신을 독려했다.

"궁병대, 준비!"

그렇게 란킬이 지시했을 때, 눈앞에서 이상한 광경이 펼쳐졌다. 적의 기마군이 옆으로 퍼지며 분산된 것이다. 모래 먼지가 크게 일어났고 하늘이 갈색으로 물들었다.

"바람이 부는 쪽인가……."

기마군이 모래 먼지에 휩싸이며 모습을 감췄다. 쩌렁쩌렁하게 울리는 말발굽 소리와 우렁찬 외침만이 들려왔다. 그다지 기뻐할 수 없는 상황이지만, 검은 옷을 입은 남자의 모습이 보이지 않게 된 것은 반가운 일이었다. 병사 대다수는 녀석의 존재를 눈치채지 못했다.

"그건 그렇고, 모래 속에 숨어 포위전을 펼치려는 속셈인가? 그렇다면 아주 얕보인 모양이군."

란킬은 사방을 둘러보며 크게 외쳤다.

"좌익과 우익을 전진시켜라! 제1진은 후퇴한다!"

반대로 이쪽에서 포위하고자 란킬은 지시를 날렸다.

그리고 잠시 시간이 지난 후—.

"……적이 안 오잖아?"

이변을 알아차렸다.

그러나 북소리, 병사의 함성, 우레 같은 말발굽 소리는 여전히 고막을 뒤흔들고 있었다.

"아니…… 멀어지고 있는 건가?"

속았다고 생각했을 때는 이미 늦었다. 모래 먼지가 걷힌 곳에 기마군의 모습은 없었다. 무슨 목적으로 이런 짓을 했는지 란킬은 생각하려 했으나 병사의 목소리 때문에 중단할 수밖에 없었다.

"거, 검은 옷의 남자다! 또 녀석이 나타났어!"

전열에서 그런 외침이 들렸다. 혼란이 급속도로 아군에게 퍼져 갔다.

"뭐라고……."

생각할 시간조차 주지 않았다. 란킬이 깜짝 놀라서 얼굴을 들었을 때, 주변은 소란스러웠고 대열에 빈틈이 생기고 있었다. 그뿐만이 아니었다. 병사들의 발이 완전히 멈췄다.

란킬은 두통을 느끼고 이마를 짚으며 병사들과 똑같은 곳으로 시선을 주었다.

검은 옷을 펄럭이는 남자가 우두커니 서 있었다.

1천의 병사가 도륙되는 광경이 머릿속에 되살아났다. 공포로 몸이 떨렸다.

그러나 사고가 정지될 만큼 란킬은 어리석지 않았다.

자신의 뺨을 때려 냉정함을 되찾은 란킬은 작게 숨을 들이마시고 입을 열었다.

"대열을 흐트러뜨리지 마라! 어차피 상대는 한 명이다. 두려워할 필요가 뭐 있나!"

"하, 하지만, 저 녀석은 혼자서 천 명이나……!"

"허둥대지 마라. 그에 대비해 준비는 해 뒀어."

검은 옷을 입은 남자에 대한 대책으로 노련한 병사 백 명을 모아 부대 하나를 만들었다. 혼자서 1천을 상대하는 자에게, 정예라고는 해도 백 명은 불안하지만 시간을 벌 수 있다면 문제없었다. 검은 옷의 남자를 이곳에 붙잡아 둔 사이에 녹초가 된 제4황군을 무찌르는 것이다.

어차피 중과부적(衆寡不敵)[4], 분산된 적을 혼자서 쫓아가는 일 따위 가능할 턱이 없었다.

"응보를 받아 줘야겠어."

란킬은 검을 뽑아 기수에게 칼끝을 보냈다. 선봉으로 선별된 낙타기병 1백이 앞으로 나왔다. 조금 거리를 두고 전군이 다시 전진을 개시했다.

#4 중과부적(衆寡不敵) 적은 수효로 많은 수효를 대적하지 못함.

"선봉대와 검은 옷을 입은 남자의 전투가 시작되면 제4황군을 강습한다. 그때까지는 들키지 않도록 선봉대 뒤를 따라가라."

"예! 각 부대에 통달하겠습니다."

"음. 부탁하마."

그러나 아무리 기다려도 전투가 시작되는 일은 없었다.

이상하게 여긴 란킬에게 전령이 돌아왔다.

"가짜였습니다! 검은 옷의 남자는 가짜였습니다!"

"뭐⋯⋯? 무슨 말이냐, 가짜라고?"

"모래 자루에 통나무를 동여매고 검은 천을 덮은 것이었습니다."

털썩 하는 묵직한 소리가 났다. 전령이 등에서 물건을 떨어뜨려 난 소리였다.

그것은 전령이 말한 대로 검은 천을 씌웠을 뿐인 통나무였다.

"⋯⋯하! 이건 뭐야."

너무 충격적이라 말이 나오지 않았다. 이런 뻔한 속임수에 걸릴 만큼 공포심을 품고 있다는 말인가, 진짜라고 잘못 볼 정도로?

"이것과 똑같은 것이 이 앞에 계속 있습니다."

"⋯⋯뭐라고?"

그곳은 제4황군과 반란군이 싸웠던 장소였다. 큰 구덩이 형태라 사방에서 내려다볼 수 있었다. 검은 천을 뒤집어쓴 많은 통나무가 시체 틈에 섞여 마치 묘비처럼 서 있었다.

"바보 취급하고 있는 모양이군."

하지만 실로 효과적인 책략이었다. 검은 옷을 입은 남자의 실력은 누구나 알고 있었다. 그가 통나무 뒤에 숨어 있을 수도 있고, 진짜가 섞여 있을 가능성도 있었다. 마찬가지로 지나치게 깊이 생각하는 자는 많이 있을 것이다. 그렇기에 망설이고 말았다.

"전부 여기서 물러나는 게 목적인가. 아니면 사방에 병사를 숨겨 뒀나. 어쨌든 이렇게나 잘 빠져나가다니."

묘지에서 시선을 돌리자 건너편에서 제4황군이 등을 보이며 후퇴하는 것이 보였다. 무심코 뒤쫓고 싶을 만큼 딱 좋은 먹잇감. 저들을 공격하기 위해서는 이곳을 직진해야 했다. 함정이라면 지형적 이점을 잃을뿐더러 사지로 향하는 것이 되었다.

게다가 검은 옷의 남자가 숨어 있다면 대참사였다. 확실하게 패배할 것이다.

"이곳을 크게 우회하여 상대를 추격해 봤자……."

상대는 요격 태세를 갖출 수 있었고, 이쪽은 대열이 흐트러진 채 전투를 벌일 가능성이 있었다. 참으로 교묘하게 짜여 있어서 견본처럼 아름다운 수법이었다.

"적지인데도 이렇게 자유자재로 전장을 다루다니…… 상대에게는 『군신』 같은 괴물이 있는 모양이야."

란킬은 작게 자조하고서 하늘을 올려다보았다. 밤의 장막이 내려오려 하고 있었다. 천시(天時)마저 내팽개쳐 버리면 기다리는 것은 멸망뿐일 것이다.

란킬의 표정에 그늘이 졌다. 승리를 향한 길이 어둡게 닫혀 버렸기 때문이다.

군대의 전의는 시들었고, 사기는 계속 떨어졌다. 이대로 타개책을 찾지 못하면 패배해 버린다.

란킬은 보이지 않는 벽이 크게 가로막고 있음을 알았다.

제5장 군신의 모략

해가 저물어 갔다. 피부를 태울 듯이 열기를 머금고 있던 바람이 냉기를 띠기 시작했다.

많은 화톳불이 피워져 있는 곳— 그곳에 500개가 넘는 천막이 마을처럼 한데 모여 있었다. 이곳은 제4황군의 야영지로 중앙에는 빨간 바탕에 백합이 그려진 문장기를 내건 한층 큰 천막이 있었다. 허나 그 안에 주인은 없었다. 제6황녀 리즈는 현재 병사들의 사기를 높이기 위해 분주히 뛰어다니는 중이었다.

그 천막에서 조금 떨어진 곳에 군의가 열리는 막사가 쳐져 있었다.

중앙에 긴 책상을 두고 상석에 앉은 사람은 제4황자인 히로였다. 그리고 키로 장군과 그를 보좌하던 참모들이 책상을 에워싸고 앉아 있었다. 맨 처음 입을 연 것은 히로였다.

"이렇게 모이게 한 이유 말입니다만…… 어렴풋이 헤아리고 계실 겁니다."

히로가 보고서 다발을 두드리며 뜸을 들이자 참모들의 안색이 창백해져 갔다.

누구도 얼굴을 들려고 하지 않았다. 지금부터 무엇이 벌어질지 알고 있었기 때문이다.

"키로 장군."

자신의 이름이 불릴 줄은 몰랐는지 키로 장군은 깜짝 놀란 얼굴로 히로를 보았다.

"제가 무슨 잘못이라도?"

"인근 마을에서 식량을 약탈하도록 당신이 몇몇 부대에 지시했다고 보고서에 적혀 있습니다."

"적국에서 식량을 조달하는 건 병법의 기본입니다."

"그렇죠. 하지만 그건 대가를 지불하는 게 전제입니다. 약탈이라니 하책이에요."

"허울 좋은 말이군요……. 어느 나라든 하고 있는 일입니다."

"그란츠 대제국은 군율을 중시합니다. 장군의 지위를 가진 자라면 더더욱 염두에 둬야 하죠. 그것을 거스른 당신의 행동은 도저히 용납할 수 없습니다."

히로는 담담히 말을 이었다.

"따라서 당신의 장군 지위를 박탈합니다."

"아, 아무리 황족이라고는 해도 그런 인사권이 있을 리가 없어! 무슨 권한으로 그런 짓을—!"

"확실히 그러네요. 하지만 제가 군무부에 보고하면 똑같은 지시가 내려질 겁니다."

"그, 그건…….."

"그게 싫다면 저를 독살하든가 야습하여 죽일 수밖에 없겠죠."

"말도 안 되는 소리 하지 말아 주십시오."

키로 장군의 얼굴이 굳었다. 정곡을 찔린 듯한, 가슴속을 간파당했다는 반응이었다. 알기 쉬운 남자라고 생각하면서도 히로는 조소를 겉으로 드러내지 않고 고개를 끄덕였다.

"확실히 조금 도가 지나쳤네요. 미안합니다, 잊어 주세요."

"절 허투루 보지 않으셨으면 좋겠습니다. 그런 발칙한 짓을 할 리가 없잖습니까."

"예, 그렇겠죠. 당신은 고결한 인물이에요."

히로는 아까와는 전혀 다른 태도로 키로 장군을 칭찬했다.

"그러니 당연히 눈치채고 있겠죠. 여기 있는 자들은 당신의 지시에 따랐던 참모들뿐입니다."

그 말을 듣고서야 처음 알았는지 키로 장군은 눈이 휘둥그레져서 참모들의 얼굴을 둘러보았다.

"확실히 그렇군요."

"그럼 제가 하고 싶은 말도 아시겠지요?"

"······무, 물론."

모르는 모양이었다. 이리저리 시선을 옮기며 당황하고 있었다. 히로는 키로 장군의 눈치 없음에 진심으로 어이없어하면서도 이야기를 진행하기 위해 도움의 손길을 내밀어 주기로 했다.

"제 입으로 말하지 않으면 믿지 못하실 테니—."

미소를 지으며 손을 들어 검지를 세웠다.

"당신이 앞으로 제 지시에 따른다면 불문에 부쳐도 상관없다는 겁니다."

"무슨—!"

"나쁘지 않은 얘기라고 생각해요. 향후 공적에 달려 있기는 하지만, 중앙에 초빙되도록 손써 줄 수도 있어요. 즉, 당신을 대장군으로 밀어주는 것도 가능해요."

"……정말입니까?"

"당신 같은 우수한 장군이 이런 변경 땅에서 썩는 건 아깝죠."

짐짓 탄식한 히로는 고개를 좌우로 흔들었다.

"하지만…… 이번의 여러 군율 위반은 도저히 다 숨길 수가 없습니다. 당신이 지시했던 부대에서 얘기가 퍼지고 있는 것 같아서 말이죠."

"그럴 수가……."

"그러니 키로 장군에게는 죄송하지만, 내일 결전에서 선봉을 이끌어 주셨으면 좋겠습니다."

"그건……."

키로 장군은 확연하게 당황한 기색을 보였다. 선봉대의 사상률은 높다. 그 지휘관이 되면 많은 적에게 노려질 것이다. 가볍게 수긍할 수 있을 리 없었다.

그래서 히로는 등을 떠밀어 주기로 했다.

"숫자는 이쪽이 많습니다. 걱정할 필요 전혀 없어요. 저는 아무 생각도 없이 당신을 선봉대에 배치하려는 게 아닙니다. 당신이 공을 세웠으면 싶은 거예요. 내일 결전에서는 틀림없이 승리합니다. 하지만 안전한 후방에 있어서야 공적을 세울 수가 없어요. 그래서는 중앙에 초빙할 수도 없죠."

"그도 그렇군요."

"이해해 주세요. 저는 당신 같은 우수한 사람이 대장군이 됐으면 좋겠습니다."

"……폐하의 귀에 반드시 좋은 소리가 들어가도록 해 주십시오."

"약속하죠. 반드시 전하겠습니다."

전사했다는 보고를— 이라는 말은 삼키고서 히로는 미소 지으며 오른손을 내밀었다.

키로 장군이 기뻐하며 맞잡았다.

"그럼 저도 전력을 다하겠습니다."

"납득해 주셔서 다행이에요. 지금까지의 일은 서로 없었던 것으로 치죠."

"그렇게 하지요."

의자에 고쳐 앉은 히로는 입을 다물고 있는 참모들을 향해 말했다.

"여러분도 선봉대에 참가해 주셨으면 좋겠습니다. 괜찮겠지요?"

키로 장군이 선봉대를 이끌게 되었다. 그들이 싫다고 말할 수 있을 리도 없었다.

"두 달 후, 여기 있는 자들은 대제도에서 영웅으로서 환영받을 겁니다."

이것이 결정타가 되었다. 참모들이 망설이다가 고개를 끄덕였다. 히로는 참으려고 했지만 결국 참지 못하고 엷게 웃어 버려서— 안대를 쓰다듬으며 얼버무렸다.

"그럼 내일에 대비해 여러분은 쉬어 주십시오."

"예! 히로 전하를 위해 반드시 공적을 세워 보이겠습니다!"

키로 장군은 들뜬 목소리로 말하고서 천막을 나갔다. 참모들도 그를 따랐다. 아무도 남아 있지 않은 곳에서 히로는 어둠이 서려 있는 구석으로 눈을 돌렸다. 점차 사람의 윤곽이 드러나더니 한 남자가 모습을 나타냈다. 키로 장군의 참모였던 도리쿠스였다. 히로에게 다가온 그는 무릎을 꿇었다.

"적진에 간첩이 잘 숨어들었습니다. 그리고 지시하신 대로 진지 밖에 낙타 1500마리를 준비해 두었습니다."

"예정대로네요. 이쪽 경비는 어떤가요?"

"그쪽도 문제없습니다. 엄중히 경계시키면서 구멍을 몇 개 뚫어 뒀습니다."

"적의 간첩은 숨어들었나요?"

"현재로썬 네 명의 침입을 확인했다고 보고받았습니다."

"그럼 그 네 명을 붙잡으라고 지시해 주세요."

"알겠습니다."

히로는 보고 후 떠나려고 하는 도리쿠스를 「잠시만요」 하고 불러 세웠다.

"더 하실 말씀이라도?"

"키로 장군과 그 측근이 쉬러 들어갔다고, 병사들 사이에 퍼뜨려 주겠어요?"

"확실히 실행하겠습니다."

말하지 않아도 그랬을 거라고 그의 표정이 이야기하고 있었다.

"그럼 실례하겠습니다."

이번에야말로 정말 아무도 없게 되었다. 히로는 크게 숨을 내쉬고 눈을 감았다. 병사들보다 먼저 잠든 키로 장군의 악평은 순식간에 퍼질 것이다. 그에 비해 리즈는 쉬지 않고 병사들을 치하하고 있었다. 이걸로 리즈에게 불만을 가지는 자는 확실하게 줄어들 것이다. 사기 향상과도 연결되리라. 즉, 일치단결— 모두가 리즈를 위해 목숨을 아끼지 않고 싸움을 계속할 것이다.

"그럼 이제 적의 수를 줄여야겠지."

히로는 일어나 밖으로 나갔다. 화톳불을 일렁이게 하는 밤바람이 뺨을 어루만졌다.

발걸음을 옮긴 곳은 가더를 붙잡아 둔 장소였다.

막사 밖에서 많은 병사가 경비를 서고 있었다. 히로는 수고한다는 말을 전하고 안으로 들어갔다.

히로를 알아차린 마족— 가더가 숙이고 있던 얼굴을 들었다.

"혼자인가?"

"그래. 중요한 얘기가 있거든. 다른 사람 눈이 있으면 속을 터놓을 수가 없잖아?"

"흥! 네놈의 속을 들여다 봐 봤자 시꺼메서 아무것도 안 보일 거다."

"가차 없네."

"그보다도 미르에는 무사하겠지?"

"괜찮아. 시녀로 위장해서 리즈에게 붙여 뒀어."

"그런가…… 무사하다면 됐어. 그래서 할 얘기란 건 뭐야?"

히로는 가더의 모습을 잠시 바라보다가 그를 묶고 있는 밧줄을 잘랐다.

지면에 떨어진 밧줄을 보고 가더가 의심스럽다는 얼굴을 히로에게 보냈다.

"무슨 생각이지?"

"그 모습으로는 느긋하게 얘기할 수도 없으니까."

"별난 놈. 포로를 상대로 대담한 것도 정도가 있다."

"칭찬으로 받아들일게."

히로는 땅바닥에 앉더니 흑의 안쪽에서 술병을 꺼냈다.

"마술인가?"

"나는 수납을 잘하거든."

히로는 어깨를 으쓱이고 술병을 가더에게 던졌다. 고개를 갸우뚱한 가더가 툭 내뱉었다.

"넌 안 마시나?"

"아쉽게도 나는 못 마셔. 아아, 의심받기 전에 말해 두는데 독은 타지 않았어."

"그런 걱정은 안 해. 네 실력이라면 그런 번거로운 수단을 쓰지 않아도 내 목 따위 쉽게 벨 수 있을 테니까."

술병의 뚜껑을 딴 가더는 벌컥벌컥 들이켠 뒤에 입을 열었다.

"그래서 용건은 뭐냐? 무슨 난제를 들이댈 셈이야?"

"기탄없이 말하자면, 내일 싸움에 노예 해방군도 참가해 줘야겠어."

예상하고 있었는지 가더는 동요하지 않고 반론을 입에 담았다.

"연계 따위 안 될 거야. 오히려 방해가 될 텐데…… 뭘 꾸미고 있는 거지?"

가더가 날카로운 시선을 날렸다. 히로는 시원스럽게 받아넘기고서 입을 열었다.

"앞으로의 일도 생각해서 이 이상의 손해는 피하고 싶어."

"노예 해방군만 싸우게 할 셈인가? 그런 짓을 하면 도망치는 자가 나올뿐더러, 반대로 귀족들에게 덤벼들 가능성도 있다."

"아니, 제4황군의 선봉대가 먼저 싸울 거야. 수는 1천 정도려나. 그러면 불만은 별로 없겠지."

"……흠."

"그리고 보상도 준비해 뒀어. 싸움이 끝나면 노예들을 해방할 거야. 용병도 말이지. 살 곳도 제공할 수 있어."

"그렇게 조건이 좋다면 뭔가 속내가 있을 것 같은데?"

"맞아. 하지만 어렵지는 않아."

"내용에 달렸어."

술병을 땅에 내려놓은 가더는 일거수일투족을 놓치지 않겠다며 진지한 눈길을 보내왔다.

히로는 품에서 종이 한 장을 꺼내 가더에게 건넸다.

"난전이 된 틈을 타 선봉대를 이끄는 키로 장군과 그 측근들을 죽여 줬으면 좋겠어. 자세한 내용은 그 종이에 적혀 있어."

"……제정신이 아니군."

"되도록 선봉대가 전멸하면 좋겠지만, 아무튼 그들만큼은 확실하게 망자로 만들어 줬으면 해."

"이유를 물어도 될까?"

"키로 장군은 너무나도 많은 죄를 거듭했어. 그게 이유야."

"……인근 마을들을 불태운 것 말인가."

"알고 있었어?"

키로 장군의 보고서에는 인근 마을에서 약탈한 것에 관해 상세히 적혀 있었는데, 거기에는 포상을 손에 넣으려고 그랬는지 부대 이름까지 기재되어 있었다. 그래서 재빨리 그들을 처분하고자 히로는 약탈을 자행한 부대로 선봉대를 구성했다.

"이래 봬도 노예 해방군을 지휘하고 있었으니까. 그런 정보는 금방 귀에 들어와."

"그럼 길게 말할 필요 없네. 나는 말이지—"

미소 지으면서도 눈은 결코 웃지 않았다. 등골이 얼어붙는 형상으로 히로는 중얼거렸다.

"무고한 백성을 상처 입히는 자는 용서하지 않는 주의야."

잠깐의 정적이 찾아왔다. 눈을 내리뜬 가더가 술병을 집어 들고 한숨을 흘렸다.

"다른 사람한테 맡기기보다 직접 처리하는 편이 확실하다고 생각한다만."

"그러고 싶은 마음은 굴뚝같지만 내 손으로 죽이면 나중에 일이 성가셔져."

키로 장군의 니클 가문은 남방 귀족 중에서도 상위에 드는 명가였다. 그 현 가주를 죽이게 되면 남방 귀족이 적으로 돌아설 우려가 있었다. 지금은 괜한 자극을 주고 싶지 않았다.

"벌을 주고 살려 두든, 자기 손으로 죽이든 방해되는 존재인가. 그럼 전장에서 망자로 만든 후에— 하! 그렇군…… 네놈은 키로 장군에게 모든 책임을 떠넘길 셈인가?"

"뭐…… 대강 맞아."

가더의 말은 틀리지 않았다. 그러나 그게 전부인 것도 아니었다.

우선은 전쟁에서 저지른 실수를 키로 장군이 전부 떠맡도록 한다. 그런 그를 죽임으로써, 가주를 잃은 니클 가문의 남방에서의 지위를 위태롭게 만든다. 그 뒤에는 완전히 약해진 니클 가문에게 구원의 손길을 내밀고 꼭두각시로 만들어서 남방을 손에 넣는 수단으로 삼는 것이다.

"그럼 협력해 주겠어?"

"……좋아. 내가 확실히 그 녀석들의 목을 따 주지."

가더는 각오를 입에 담고 술병을 히로에게 던졌다.

"다음에는 질 좋은 술을 가져와."

팔베개를 하고서 가더가 드러누웠다. 이걸로 이야기는 끝이라는 뜻이었다. 히로가 천막을 나가려고 하자 가더는 무언가 떠올렸는지 몸을 틀어 얼굴을 돌렸다.

"무심코 자려고 했다만, 나는 이대로 있어도 되는 건가?"

"그대로 기운을 회복하도록 해. 내일은 열심히 일해 줘야 하니까."

"사양 않고 그러기로 하지."

히로는 밖으로 나와 파수병에게 말을 걸었다.

"내일 아침에 제가 올 때까지 안에는 들어가지 말아 주세요."

"존명!"

그리고서 히로는 자신의 천막으로 발걸음을 옮겼다. 그때 경장보병이 달려왔다.

경례한 그는 무릎을 꿇은 후에 숨을 헐떡이며 빠르게 말했다.

"적의 간첩을 붙잡았습니다!"

"알겠습니다. 제 천막으로 데려와 주세요."

"예!"

떠나가는 병사를 지켜보고서 문득 발을 멈춘 히로는 머리 위를 올려다보았다.

밤하늘에는 보석을 여기저기 박아 넣은 것처럼 별들이 반짝이고 있었다.

지상을 비추는 부드러운 달빛은 차가운 하늘 아래에 있는데도 따뜻한 느낌을 주었다.

"아름답네."

하얀 숨을 토한 히로는 온화하게 웃었다.

"이것만큼은 1000년이 지나도 변함없어."

예전에 밤하늘에 관해 열변했던 한 여성이 뇌리를 스쳤다.

—미혹 속에 꿈이 생기며, 현실을 물들여 가는 거예요.

총명한 여성이었다. 늘 백성을 생각하던 여신 같은 사람이었다.

—세계는 거짓으로 가득 차고, 인족^{휴먼}은 진실을 모른 채 살아가겠지요.

그렇게 한탄했던 그녀가 사랑한 인족은 지금 가장 번영한 종족이 되어 있었다.

인족, 이장족, 소인족, 마족, 수족으로 구분되는 5대계 종족.

거기에 3이족(夷族)이라고 불리는 이적(夷狄) 종족이 존재하며, 알레테이아는 지금도 계속 팽창하고 있었다. 그러나 그녀가 한탄했던 전란의 조짐은 사라질 기미가 없었다.

"세상에 어리석은 왕이 많아서 하늘은 여전히 정해지지 않았으니……."

그렇기에 지금은 작은 빛이지만— 광명이 된 그 날에는 『염희』를 하늘로 밀어 올려 만민을 비추는 태양으로 만들 것이다. 히로가 하늘로 손을 뻗자, 밤하늘을 채색하던 달이 어느새 두꺼운 구름에 덮여 있었다.

"그때까지는 누구에게도 발각되지 않도록 내가 지켜 내겠어."

하지만 그러기에는 힘이 부족했다. 자신 한 사람의 군략으로는 할 수 없는 일이었다.

1000년 전에는 『흑천오장』과 『아군(鴉軍)』이 있었다.

주변에 우수한 사람들이 갖추어져 있었다. 어떤 어려움이든 타파할 수 있었다.

하늘을 먹어 치울 기세로 거대한 턱이 지상을 집어삼켜 갔었다.

"다시 손에 넣어야 해."

천시(天時), 지리(地利), 인화(人和). 모든 것이 부족했다.

그것들을 전부 손에 넣었을 때, 그녀는 더욱 눈부시게 반짝일 것이다.

어둠이 걷힌 밤하늘에서 찬연하게 빛나는 만월이 별들을 이끌며 하늘을 지배하고 있는 것처럼 그녀가 사람들을 이끌고 땅을 지배하리라. 히로는 리즈의 천막에 눈길을 보냈다.

"그리 머지않은 미래야. 하지만…… 지금은 아직 괜한 굴레에 얽매일 필요는 없어."

몸을 돌리니 흑의 자락이 밤공기를 때리며 큰 소리를 연주했다.

차가운 바람에 흔들리는 천막으로 돌아가자 짐승이 울부짖듯이 바깥에서 강풍이 윙윙댔다.

기온이 내려가는 것을 피부로 느끼고, 조금은 냉기가 나아지려나 싶어서 히로는 『흑춘희』의 옷깃을 잡아 올렸다. 그때 남자 한 명이 끌려왔다. 제4황군의 갑옷과 닮았지만 완전히 별개의 물건인, 정교하게 흉내 낸 갑옷을 입고 있었다. 낮이었다면 이상한 점을 알아챘겠지만 해가 진 지금은 분간할 수 없었다.

"리히타인 공국의 간첩이구나?"

히로의 질문에 남자는 대답하지 않았으나 그 옆에 있던 병사가 대신 고개를 끄덕였다.

의자에 팔꿈치를 세우고 손에 턱을 얹었다. 히로는 지그시 남자를 관찰했다. 태도를 보고 읽어 낸 것은 죽음을 각오했다는 것─ 달관한 표정이었다.

"그 모습을 보니 당신은 리히타인 공국에 충성을 맹세했겠지."

책상 위에 준비해 두었던 주머니 더미. 그중 하나를 집어서 보여 주었다.

"여기에는 그란츠 금화가 들어 있어. 2년은 일하지 않아도 괜찮으려나."

"……무슨 속셈이지?"

"안심해. 매수할 생각은 없어. 당신의 충성심에 대한 상을 주고 싶을 뿐이야."

히로가 주머니를 던지자 남자의 가슴에 맞았다. 요란한 소리를 울리며 내용물이 지면에 흩어졌다.

"그걸 가지고 보고하러 돌아가도록 해. 그리고 저쪽 장군에게 잘 전해 줬으면 좋겠네."

짙게 웃은 히로는 의자에서 일어나 간첩에게 다가가서 그의 어깨에 손을 올렸다.

"그렇다고 예, 그렇습니까, 하지는 않을 테니 정보도 줄게. 일부러 제4황군의 진지를 조사할 필요도 없어. 당신이 알고 싶은 걸 가르쳐 줄게."

"……무슨 생각을 하는 거지?"

"믿든 안 믿든 당신 자유야. 마음대로 해."

히로는 그 자리에 주저앉아 목소리를 낮췄다.

"지금부터 그쪽에 야습을 가할 거야. 밖에 있는 낙타기병 1천5백은 그걸 위한 거지. 그리고 생각보다 제4황군은 훨씬 더 피로한 상태라 야습을 당한다면 싸우지 못할 거야. 그래서 엄중히 경비하는 것처럼 보이게 해 놓고 쉬게 하고 있어."

멍하니 입을 벌린 간첩 앞에서 히로는 그란츠 금화를 하나 하나 주워 다시 주머니에 담았다.

"보고할 때 나한테 들었다는 말은 안 하는 게 좋을 거야. 의심받을 테니…… 아아, 뭣하면 시간이 허락하는 한 이쪽 진영을 조사해도 돼. 내가 사실을 말했다는 걸 믿을 수 있을 테니까."

히로는 간첩의 품에 금화주머니를 밀어 넣고 다시 의자에 앉았다.

"그를 풀어 주세요."

그렇게 지시를 날리자 병사가 깜짝 놀란 표정으로 말을 더듬거렸다.

"그, 그래도 되는 겁니까? 여기서 죽여 두면……."

"상관없어요. 내가 안 본다고 그에게 해코지하는 건 불허합니다. 진지 밖까지 데려다주세요."

"……알겠습니다."

고개 숙인 병사가 「따라와」라고 말하며 간첩을 밖으로 데려 갔다.

히로는 의자에 깊이 몸을 묻고 다음 간첩이 끌려오기를 기다렸다.

"무슨 생각을 하고 계신 겁니까?"

소리도 없이 나타난 것은 키로 장군에게 미움받던 참모— 도리쿠스 2급 무관이었다.

곁눈질로 그를 힐끗 본 히로의 눈동자에는 의심의 색이 짙게 드러나 있었다. 이렇게 기척을 지우고 천막의 네 귀퉁이에 서린 어둠 속에 섞이는 재주를 참모의 기술이라고 하기에는 무리가 있었다.

무엇보다 그는 너무 충실했다. 히로의 말에 아무런 의심도 품지 않고 행동했다.

제2대 황제의 후손이라서 그렇다고 하기에는 비정상적이라고 할 수 있을 정도였다.

그러나 그렇게 의심하고 있다는 것을 들키지 않도록 히로는 대답했다.

"저 간첩을 매수하는 건 어려웠고, 그렇다고 죽이기엔 아깝죠."

"딱히 죽이더라도 문제는 없지 않습니까. 아직 세 명이나 더 잡혀 있습니다."

"그럼 인원수가 줄어드니까요. 저쪽의 란킬 후작이란 사람이 그들의 보고를 믿게 하려면 수가 많을수록 좋아요."

"흠…… 하지만 믿게 만든 뒤에는 어떻게 하실 겁니까? 좋은 기회라고 여긴 란킬 후작이 공격해 올지도 모릅니다."

"그에 대비한 준비도 해 뒀으니 공격해 와 줘야죠. 이제 남은 간첩에게도 똑같은 말을 불어넣으면 돼요. 아아, 그래도─ 딱 한 명 희생되겠지만…… 뭐, 최종적으로는 전원 똑같은 최후를 맞이할 테니 마찬가지려나."

잠시 생각에 잠겼던 도리쿠스가 확신을 얻은 모양이었다.

"즉…… 란킬 후작이 의구심을 품게 만드는 겁니까?"

"신중한 인물은 보고가 서로 다를 시 위화감을 느끼고 확인하려 하니까요."

히로는 안대를 쓰다듬고 도리쿠스에게 시선을 주었다.

"만약 세 명이 똑같은 말을 하는데 한 명만 다른 말을 한다면 어떻게 생각할까요?"

"……적에게 붙었다고 의심하겠지요."

"그때 이게 중요해지는 거예요."

히로는 책상에 놓인 작은 주머니 세 개를 가리켰다.

"만약 간첩의 품에서 금화가 나온다면?"

"저라면 목을 칠 겁니다. 하지만 숨기는 경우도 있지 않을까요? 무엇보다 결백한 성격이면 어떻게 하실 겁니까? 진지로 돌아가는 길에 버릴 가능성도 있습니다만."

"그래서 『생』에 집착할 수 있도록 만들었어요. 죽음을 각오했던 자는 살아나게 되면 안심하게 되죠. 그것은 견딜 수 없을 만큼 이 세상에 대한 미련을 만들어 내요. 금화를 건네면 더욱 효과적이죠. 어딘가에 숨기기에도 버리기에도 아까운 금액이니 몸에서 떼지 않고 가지고 있을 거예요."

"반대의 경우도 마찬가지인 겁니까……."

"맞아요. 어느 쪽이든 결과는 바뀌지 않아요. 그리고 리히타인 공국은 현재 풍전등화 상태. 설령 우리에게 이기더라도 앞날은 불안하기만 해요. 그런 점에서도 금화를 버리지는 않겠죠."

"그렇군요……."

질문하기는 해도 부정하지는 않는다. 히로에게 이것저것 캐물어서 머릿속에 주입하고 있었다. 열심히 일한다고도 볼 수 있지만, 그저 그뿐이라고는 도저히 생각할 수 없었다.

고개 숙인 채 생각에 잠긴 도리쿠스를 보며 히로는 수상쩍다는 얼굴로 중얼거렸다.

"도리쿠스 2급 무관."

"왜 그러십니까?"

"—다음 사람을 데려와 주시겠어요?"

여기서 추궁하기에는 시간도 부족했으며 증거도 없었다. 때가 올 때까지 내버려 둘 수밖에 없을 것이다.

"알겠습니다."

"그리고 『질룡』을 데려오라고 누군가한테 부탁해 주세요."

"존명."

도리쿠스가 경례하고 밖으로 나갔다.

'그의 배후에 누가 있을지 대강 예상은 가. 현재로썬 방치해도 문제없겠지.'

히로는 크게 탄식하고서 의자 등받이에 몸을 기댔다.

낮에 있었던 싸움으로 상대의 사기는 바닥났다. 지금쯤 탈주병이 나오고 있을 것이다. 이제 망설이고 있는 적병이 행동을 결단하도록 만들어서 수를 줄이기만 하면 됐다.

내일 전투에서 키로 장군과 그 측근들을 없애면 이 전쟁은 끝난다.

"아아, 그들에게도 전령을 보내야지."

슬슬 도착했을 터였다.

여기 오면서 준비해 두었던 책략. 마침내 빛을 볼 때가 왔다.

"종막은 가까워."

안대를 쓰다듬은 히로는 천막 입구를 응시했다.

＊

리히타인 공국의 진지— 본영에는 음울한 분위기가 흐르고 있었다. 란킬 후작과 참모들의 표정은 어둡게 가라앉아 있었고, 냉기 탓인지 몇 명은 입술까지 새파랬다.

온기가 없지는 않았다. 천막 안에는 난방 기구가 여러 개 놓여 있었다.

하지만 이번 싸움의 형세가 불리하고, 밝은 조짐도 없어서 추위가 한층 더 괴로웠다. 그런 상황 속에서 몸을 떨고 있던 참모가 란킬에게 시선을 보냈다.

"란킬 후작님. 주로 노예들입니다만, 탈주하고 있는 모양입니다. 이대로 가면 정규병에게까지 영향이 미칠지도 모릅니다."

"……엄벌에 처한다고 알렸을 텐데."

검은 옷을 입은 남자의 영향이라는 것은 명백했다. 그렇다고 어떻게 할 수도 없었다.

할 수 있는 일이라고는 공포를 누그러뜨리는 것 정도지만, 그것도 이런 전장에서는 선택지가 한정되어 있어서 술을 주는 방법밖에 없었다. 그러나 적이 언제 야습해 올지도 모르는 상황에서는 그것도 불가능했다.

"내가 생각하는 건 상대도 생각하고 있을 거야."

무엇보다 야습은 전쟁에서 정석이다. 얼마 안 되는 군사로 대군을 쳐부수기에는 딱 좋은 책략이었다.

그 반대도 마찬가지. 그토록 훌륭한 책략을 선보였던 자가 모를 리 없었다. 그래서 병사들을 쉬게는 해도 갑옷을 벗지는 못하게 했다. 언제 적이 야습해 올지 알 수 없었기 때문이다.

"짜증스러운 일이지만……."

스스로 생각하기에도 너무 신중해져 있었다. 하지만 조금이라도 길을 잘못 들면 나라가 멸망하고 만다. 간단하게 대담한 행동을 할 수는 없었다. 탈주병 문제도 그랬다. 엄벌에 처한다고는 했지만 본보기로 죽여 버리면 군대에 불화가 생긴다. 붙잡아도 방해가 될 테니 묵인할 수밖에 없었다. 그것이 병사들의 불안을 더욱 조장하고 있는 것이 현재 상황이었다.

"……어쨌든 간첩이 돌아오길 기다릴 수밖에 없어."

야습을 할지 말지는 간첩의 보고에 달렸다. 척후의 보고로 적의 진지가 어디 있는지는 알아냈다. 그러나 예상과 달리 적진의 경비는 엄중해서 야습을 가하더라도 큰 성과는 올릴 수 없을 듯했다. 오히려 이쪽이 피해를 볼 우려가 있었다.

"답답하군."

몇 시간 전에 간첩 몇 명을 보내며 적진의 모습을 살피고 오도록 지시했다. 단시간에 얻을 수 있는 정보는 한정되어 있겠지만 광명을 발견할 수 있을지도 모른다.

"기선을 제압할 수 있을까."

진지 밖에서는 낙타기병 2천이 대기하며 분부를 기다리고 있었다.

남은 것은 간첩의 귀환으로 기회를 판별하는 일뿐이었다.

문득 어떤 생각이 떠올라서 사고를 중단한 란킬은 참모에게 말했다.

"카를 님은 뭘 하고 계시지?"

"생각보다 힘들어하셔서 쉬시도록 했습니다."

공작가의 후계자가 잇따라 사망하여 추대된 차남. 몸이 약하기도 해서 밖에 나올 기회도 별로 없었고, 갑작스러운 출병에 마침내 한계를 맞이한 모양이었다.

"긴급 사태에 대비해 경비를 늘려 둬. 카를 님께 무슨 일이 생기면 정말로 이 나라는 끝이야."

"예!"

병사의 사기를 높여 주셨으면 했지만 무리시킬 수는 없었다.

그까지 잃으면 이 나라는 타국과 합병되고 만다.

"인간이란 존재는 궁지에 몰리면 왜 이리도 사고가 안 돌아가는지……."

이웃 나라 슈타이센이 쳐들어왔을 때보다 더한 위기감을 느끼고 있었다. 그때는 자신이 죽더라도, 역량이 부족하긴 하지만 대귀족들이 있었다. 뒷일이 걱정되지 않았다. 그런 녀석들도 잃고 보니 처음으로 중요하다는 걸 깨달았다.

"이래선 안 돼. 지휘관이 이 모양이어서야 병사도 탈주하고 싶겠지."

자조한 란킬은 그렇게 매듭짓고 생각의 방향을 바꾸었다.

"제4황군의 병참 위치는 찾았나?"

"아뇨, 아마 이 근처겠지만…… 아직 발견하지 못했습니다."

지도로 시선을 떨어뜨린 참모가 가리킨 곳은 제4황군이 함락한 성채 주변— 병참만 없앤다면 장기전을 피할 수 있었다. 적의 사기도 내려가서 흐름을 이쪽으로 끌어올 수 있을 것이다. 반대로 걱정되는 일도 있었다. 오히려 적의 단결을 강화할 가능성이 있었다.

"……어려운 일이지만 조금이라도 유리하게 진행할 수 있다면 병참은 없애는 편이 좋아."

지금은 지푸라기라도 잡고 싶었다. 이쪽의 사기를 높이기 위해서도 필요했다.

"예, 더불어 그들이 반란군을 군에 편입시켜 준다면 좋겠습니다만."

"그러지는 않겠지. 훈련도 받지 않은 노예 집단과 연계 따위는 불가능해. 오히려 방해될 뿐. 나라면 냉큼 죽여 버릴 거다."

"그러나 제4황군은 그러지 않았습니다. 뭔가 꿍꿍이가 있다고 생각하는 편이 좋을 겁니다."

"그건 나도 몇 번 생각했어. 반란군을 이용해 싸움을 유리하게 진행할 방법을 말이지. 하지만 상대 쪽이 우리보다 수가 많으니 녀석들을 편입시킬 필요는 없어. 벽으로 사용하려고 해도, 도중에 도망친다면 대열을 흐트러뜨릴 수도 있어."

란킬은 팔짱을 끼고 끙 소리를 냈다.

"어떻게 굴려도 방해만 되는 녀석들을 붙잡아 둘 필요성, 그게 도저히 떠오르지 않아."

"의외로 아무 생각도 없을지 모릅니다."

분위기를 누그러뜨릴 생각이었는지 참모가 농담 같이 말했다.

원래대로라면 퇴출을 명해야겠지만, 음울한 공기를 몰아내려고 해 주었다. 그 의기에 감사해야 했다. 그래서 란킬은 웃으며 용서하고 진지하게 대답했다.

"그렇지는 않을 거다. 이쪽을 혼란에 빠뜨리는 게 목적이라면 낮에 있었던 싸움으로 충분해. 반란군 같은 위험 분자를 스스로 거두어들일 필요는 없어."

란킬은 어깨를 으쓱여 보였다.

"신경 써도 별수 없지. 생각하면 할수록 상대의 술책에 빠지게 된다. 이 이야기는 여기서 그만하도록 하지. 지금은 야습을 가할지 말지, 간첩이 돌아오길 기다려야 해."

자신들이 나서서 난제를 떠안을 필요는 없었다.

잠시 후, 간첩이 돌아왔다는 보고가 들어왔다. 란킬이 들여보내라고 하자 남자 한 명이 입구에 나타나 무릎 꿇었다. 란킬은 수고했다고 치하한 뒤 보고를 재촉했다.

"그럼 보고드리겠습니다."

머리를 숙인 간첩은 막힘없이 술술 말했다.

"적진에 잠입하여 보니 사기 향상을 위해 병사들에게 술을 주었고, 갑옷을 벗은 채 야습을 전혀 걱정하지 않는 모습으로 휴식하고 있었습니다. 적군은 상상 이상으로 지쳐 있어서 싸울 수 있는 상황이 아닌 듯했습니다. 한편 야습도 준비하고 있는데, 진지 밖에 낙타기병 1천5백을 대기시켜 두었습니다."

"역시 저쪽도 준비하고 있었나…… 이쪽이 야습을 가해도 문제없을 것 같나?"

"경비는 엄중해 보이지만 위장일 뿐, 야습은 반드시 성공하리라고 생각합니다."

"흠. 알겠다. 식사와 물을 준비시키지. 이만 물러가도 좋다."

"예! 실례하겠습니다!"

간첩이 떠남과 동시에 참모가 환희를 드러내며 란킬에게 다가왔다.

"상대도 준비하고 있는 모양이니 기선을 제압하기 위해서라도 이쪽이 먼저 공격하는 편이 좋을 것 같습니다."

"그렇게 서두를 것 없다. 판단을 내리려면 다른 자의 보고도 듣는 편이 좋아."

남은 자들에게서도 보고를 들어야 했다. 무언가를 간과하기라도 하면 즉각 패전과 연결되었다. 지금은 신중하게 가야 한다고 이성이 말했다.

"다음 자를 데려와라."

"예!"

참모는 납득할 수 없다는 얼굴이었지만 순순히 수긍했다. 조급해지는 것도 이해 못 하는 바는 아니었다. 낮에는 남자 한 명에게 농락당했고, 병사 수는 이쪽이 적고, 탈주병이 끊이질 않는 상황을 생각하면 간첩의 보고는 너무나도 매력적이었다. 그러나 거기에 함정이 있다면 단순한 실수로 끝나지 않는다. 국가의 명운이 걸려 있었다.

"……아직 시간은 있어. 모든 보고를 들은 뒤에 결정해도 늦진 않을 거다."

자신 안에 망설임이 생겼음을 깨달았지만 떨쳐 버리듯이 고개를 좌우로 흔들었다.

"데려왔습니다."

"그래, 보고를 듣지."

"예!"

또다시 남자 한 명이 무릎을 꿇고 보고를 입에 담았다.

"적진에 잠입해 보니 병사는 야습에 대비해 창과 횃불을 들고 대기 중이었습니다. 약간의 피로는 보이고 있으나 사기는 높았고, 지휘관인 제6황녀가 병사들을 고무시키고 있어서 공격하기는 쉽지 않습니다."

참모들의 표정이 새파래졌다. 보고가 다르지 않냐고 작은 목소리로 중얼거리는 자도 있었다.

란킬은 이마를 짚고서 작게 숨을 내쉬었다.

"밖에 낙타기병이 있던가?"

"있었지만 기수는 없었습니다. 아마 정예를 선별하고 있지 않을까 합니다."

"알겠다, 물러가라."

"예!"

간첩이 나가는 것을 지켜본 란킬은 지친 얼굴로 의자에 앉았다.

　참모가 물을 건넸다.

　"고맙군."

　"일이 성가셔졌습니다. 사소한 차이라면 넘어갈 수도 있겠지만 이렇게나 양쪽의 보고가 달라서야 간단히 판단을 내릴 수는 없습니다."

　"음…… 그래. 남은 자들한테서도 보고를 듣기로 하지. 그 후에 다 같이 얘기를 나눠야겠어."

　그렇게 말하고 세 명째, 네 명째를 들여보냈지만 보고 내용이 달랐던 것은 두 번째 간첩뿐이었다.

　란킬은 다시 두 번째 간첩을 불러 추궁했다.

　"왜 불렸는지 아나?"

　"아. 아뇨. 모르겠습니다."

　"다른 자와 보고가 크게 달랐다."

　간첩은 경악한 표정을 지었으나, 란킬은 연기도 잘한다며 속으로 욕을 퍼부었다.

　"이 남자의 몸을 조사해라. 매수되었을 것이다."

　입구에 대기하고 있던 병사가 뒤에서 그를 제압했고 참모가 일제히 그의 몸을 조사하기 시작했다.

　"이. 있습니다! 작은 주머니에 슈타이센 은화가 대량으로 들어 있습니다!"

　"결정 났군."

"아, 아니야!"

핏기가 가신 간첩이 소리쳤다. 란킬은 싸늘한 눈으로 물었다.

"뭐가 아니라는 거지?"

"매수 따위 당하지 않았습니다! 정말로 상대는 엄중히 경비하고 있습니다!"

"그럼 이건 뭔가? 왜 네놈의 품에서 돈주머니— 슈타이센 은화가 나오지?"

"그, 그건……."

우물거리는 간첩을 보며 란킬은 모멸을 담아 고했다.

"이놈의 목을 쳐라."

"기, 기다려 주십시오! 정말로 아닙니다! 용서를, 란킬 후작님, 용서를—!"

땅에 내쳐진 간첩의 목에 칼이 떨어졌다. 눈 깜짝할 사이에 피가 천막을 빨갛게 물들였다. 란킬은 식어 가는 피 웅덩이를 밟고서 짜증스럽게 내뱉었다.

"국가가 위기인데 이딴 것에 현혹되어서!"

주머니를 시체에 내던지자 내용물이 요란하게 흩어졌다.

거칠게 씩씩대던 란킬은 지시를 날렸다.

"야습을 가해라. 적은 쉬고 있다!"

"하오나 상대도 야습할 준비가 되어 있는 듯한데……."

"상관없다. 그래서 병사들에게 갑옷 착용을 의무화한 거다. 경계를 게을리하지 말고 야습에 대비하라고 각 부대에 통달하라."

지도로 시선을 떨어뜨린 란킬은 적의 진행 경로를 추측했다.

"배후에서 야습을 가한다면 크게 우회해야 해. 무엇보다 1천5백이나 되는 수야. 소리 때문에 들키면 의미가 없어. 그러니 배후에서 오는 일은 없겠지만, 일단 배후에 화톳불을 대량으로 놓아서 견제한다. 좌우 방책은 삼중으로 하라. 정면으로 유도하는 거다. 활과 창을 준비시켜 둬."

"예!"

참모들이 분주히 천막에서 뛰쳐나갔다. 승부처였다.

그때 문득 란킬은 검은 옷을 입은 남자의 존재를 떠올렸다.

"잠깐."

란킬이 참모 한 명을 불러 세우고 말했다.

"검은 옷을 입은 남자의 대비책으로 준비해 두었던 특수 부대를 카를 님의 경비로 돌려라."

"알겠습니다!"

그토록 대단한 무용이라면 혼자서 중앙까지 오는 것은 간단할 것이다. 카를을 지키면서 낙타기병 1천5백을 때려잡는다면 병사의 사기도 오를 것이 틀림없다.

야습도 성공한다면 녀석은 고립무원이 되어 마음대로 요리할 수 있을 것이다.

"여기서 숨통을 끊어 주겠어."

이리하여 리히타인 공국군은 만전의 태세를 갖추었다─ 고 생각했다.

　　　　　　　　　　　　　*

　"슬슬 이쪽의 야습이 성공했을 무렵이려나."

　두꺼운 구름에 별들이 덮인 차가운 하늘 아래에서 히로가 중얼거렸다. 배후에는 경장보병 2백이 소리도 내지 않은 채 대기 중이었다. 그들은 모두 입을 다물고 있었기에 주변은 어둡고 고요하게 가라앉아 있었다. 그런 숨죽인 집단 속— 히로 옆에서 몸을 웅크리고 있던 도리쿠스 2급 무관이 질문해 왔다.

　"정말 이쪽 길로 적의 군단이 오는 겁니까?"

　"그렇게 만들기 위해 이쪽의 야습도 내비친 거예요. 상대도 야습을 성공시키고 싶을 테니 중간에 맞닥뜨리게 되는 어리석은 짓은 하지 않을 거고, 궁지에 몰린 인간일수록 사고는 단순해지거든요. 성급하게 결과를 얻고 싶어지니까 단거리로 덮칠 수 있는 길을 고르게 돼요. 그러니 여기밖에 없죠."

　히로가 말을 마치자 도리쿠스는 감탄의 한숨을 토해 냈다.

　"전하는 몇 살이십니까?"

　"지금은 열여섯이지만 곧 열일곱이네요."

　"그렇게 젊으신데 거기까지 사려 깊어질 수 있는 건가요······ 장래가 두렵군요."

　"이런저런 책을 읽었을 뿐이에요."

　"아니요, 그뿐만이 아닙니다. 역시 『군신』의 피는 1000년이 지나도 옅어지지 않은 모양입니다. 이토록 우수한 자손을 남긴 제2대 황제 폐하는 필시 기쁘실 겁니다."

본인입니다만……. 그런 말을 할 수 있을 리도 없어서 고개를 끄덕이는 데 그친 히로는 희미한 소리를 눈치채고 엎드렸다. 도리쿠스도 알아차렸는지 몸을 낮췄다.

"저희 쪽에서 보낸 간첩의 보고에 의하면 적의 낙타기병은 2천. 그에 반해 이쪽은 어둠 속에 숨어 있다고는 하지만 경장보병 5백. 정면으로 싸우면 이길 수 없겠군요."

"정면으로 싸울 필요는 없어요. 저와 낙타기병의 싸움이 시작되면 북을 울려 주세요. 그것만으로도 상대는 혼란에 빠질 거예요. 그 후엔 일제히 화살을 쏴 주세요."

"알겠습니다. 조심하십시오."

"뒤를 부탁드려요."

히로는 『질룡』의 고삐를 당겨 일으켜 세웠다.

그러자 도리쿠스가 깜짝 놀라 말했다.

"데, 데려가시는 겁니까? 화살에 맞을 가능성이……."

"괜찮습니다. 분명 『흑춘희』가 지켜 줄 테니까요."

자랑스럽게 가슴을 두드린 히로는 어둠 속으로 사라졌다.

도리쿠스는 잠시 멍하니 있다가 이내 병사들에게 지시를 내리기 시작했다.

그러자 깜깜한 밤에 칼이 부딪치는 소리가 났고, 거기에 노호가 겹쳐지며 보이지 않는 싸움이 시작되었다.

"요란하게 북을 울려라. 소리 지르는 것도 잊지 마라!"

밤공기를 가르는 소리가 야단스럽게 울렸다. 그러자 그에 맞춰 사방에서 북소리가 울려 퍼졌다. 이곳 외의 세 방향에는 미리 병사를 100명씩 숨겨 뒀다.

화살을 쏘기에는 아직 일렀다. 도리쿠스는 어둠 속을 응시했다.

백은색 반짝임이 어두운 밤에 선을 그리고서 사라져 갔다. 유성이 쏟아지는 듯한 환상적인 광경에 도리쿠스는 넋을 잃고 말았다. 병사가 어깨를 두드려 제정신으로 돌아온 도리쿠스는 황급히 목소리를 짜냈다.

"조, 좋아. 북을 울리는 걸 멈춰라. 우는살[5]을 하늘로 쏴라!"

그러자 바람을 가르는 소리를 내며 우는살이 어둠 속으로 사라졌다. 간격을 두고 다시 하나 더— 그것이 신호가 되어 병사들의 활에서 잇따라 화살이 발사됐다. 커다란 비명이 여럿 울렸다.

"좋아, 명중하고 있어. 끊임없이 화살을 쏴라!"

거리감 따위 알 수 없었다. 궁병은 그저 계속 손을 움직였다. 화살이 바닥나기 시작했을 무렵, 적에게서 「도망쳐라!」 하는 목소리가 솟아올랐다. 태양이 나와 있었다면 허둥지둥 도망치는 적병의 모습이 보였을 텐데, 통쾌한 장면을 볼 수 없는 것이 아쉬웠다.

그리고서 얼마 지나지 않아 『질룡』을 탄 히로가 돌아왔다. 원래 온몸이 까맣기도 해서, 어둠 속에 섞여 있으니 다쳤는지 안 다쳤는지 알 수가 없었다.

#5 우는살 과거 전쟁에서 쓰던 화살의 한 종류. 끝에 속이 빈 깍지를 달아 붙인 것으로, 쏘면 공기에 부딪혀 소리가 난다.

도리쿠스가 달려가 곧장 말을 걸었다.

"전하. 다치신 곳은 없습니까?"

"괜찮아요."

"다행입니다. 적의 수는 얼마나 줄이셨습니까?"

"정확한 수는 모르겠지만…… 같은 편끼리 공격하기도 했으니 생각한 것 이상의 전과를 올렸을 거예요. 이대로 진지로 돌아가지 않고 도망쳐 준다면 좋겠는데 말이죠."

"상황이 그랬으니 돌아가고 싶어도 못 돌아가는 녀석도 있을 겁니다."

어둠 속에서 목적지도 없이 도망치는 것은 바다에 빠진 것과 같았다. 오른쪽인지 왼쪽인지 알 수 있을 리도 없다. 안 그래도 기습을 받아 혼란 상태일 테니 사고가 정상적으로 돌아가지 않을 것이다. 방향 감각을 잃고 동사하는 자도 적잖이 나오리라. 만약 상처를 입었다면 생존 확률은 현저하게 낮아진다. 과연 2천 중에 얼마나 살아남을지, 도리쿠스는 생각하려다가 그만두었다. 해가 뜨면 저절로 알게 될 일이기 때문이다.

"병사들에게는 후일 포상하기로 하고 진지로 돌아가시죠."

도리쿠스의 말에 히로가 고개를 끄덕이며 대답했다.

"그러네요. 내일에 대비해 쉬도록 하죠. 그리고 이번 싸움에 참가한 병사 여러분에게는 내일 지장이 가지 않을 정도의 술을 허락합니다."

오오! 하고 기뻐하는 소리가 퍼졌다. 피로가 날아갔는지 병사들의 발걸음이 가벼워졌다.

히로의 입가에 살며시 미소가 번졌다. 도리쿠스가 다가와 곧장 사라졌지만 말이다.

"슬슬 적도 속았다는 걸 눈치챘겠지요."

"그렇겠죠. 다시 한 번 야습하기에는 병사도 부족하거니와 시간도 없어요. 무엇보다 그런 생각을 할 겨를이 없을 거예요."

거기서 어떤 사실을 떠올렸는지 도리쿠스가 질문을 던졌다.

"이건 다른 얘기입니다만, 왜 적의 간첩 한 명에게만 슈타이센 은화를 주신 겁니까?"

"……도리쿠스 2급 무관은 의문점이 계속해서 제시되면 어떻게 할 건가요?"

이야기가 다른 방향으로 돌려진 것을 의아하게 여기며 도리쿠스는 순순히 대답했다.

"넌더리가 나겠죠. 그래도 답을 찾아내려고는 할 겁니다."

"그것과 마찬가지예요. 여러 가지 문제를 제시해서 상대를 혼란에 빠뜨린다. 생각할 시간을 주지 않는다. 슈타이센 은화는 그걸 위한 거예요. 지금쯤 골머리를 썩이고 있지 않을까요."

"그리고 답을 찾아내기 전에 다음 문제가 일어나고?"

"그런 거죠."

"실패할 것은 생각하지 않으시는 겁니까?"

"생각하지만, 실패를 두려워해서는 아무것도 할 수 없어요. 게다가 지금까지 책략은 문제없이 성공하고 있죠. 남은 건 도망치지 않도록 희망을 주고서 절망을 알게 하는 것뿐이에요."

히로가 아무렇지도 않게 말하자 도리쿠스는 한기를 느끼고 멈춰 섰다.

―모든 것은 손바닥 위. 이 전장에 있는 모든 인간이 소년의 손바닥 위에서 놀아나고 있었다.

"하하하, 이거야말로 『왕좌지재(王佐之才)』. 아니, 과연 그 칭호만으로 끝날지······."

이런 능력을 가지고서 아직 열여섯이라니, 무서운 재능이었다. 게다가 상대는 『회천의 독수리』― 일찍이 슈타이센군 3만을 물리친 리히타인 공국의 영웅이었다. 그를 상대로 신중해지기는커녕 대담한 책략만을 쓰며 성공시키고 있었다.

그래서 영웅은 어린애나 다름없었고, 노련한 장수의 전술조차 유치한 장난에 불과했다.

이 소년은 대체 어디까지 **보고** 있는 걸까. 과연 그의 먼 선조인 『군신』도 이처럼 깊은 계략을 가지고 있었을까. 자신 같은 범부는 그들 같은 비범한 자들의 계략을 알 수 없었다.

무엇을 바라보고, 무엇이 목적인지, 그 깊은 곳에 도달할 수는 없었다.

그렇기에······ 흥미롭다고― 소년이 다다를 곳을 지켜보고 싶다고 생각했다.

*

"상황을 보고하라."

란킬은 불타는 낙타 사체를 바라보며 말했다. 진지 여기저기에 낙타 사체가 굴러다니고 있었다. 어느 것이나 기수는 없었고, 화살을 맞아 절명한 상태였다.

"피해는 경미합니다. 부상자가 몇 명 나왔지만 사망자는 없습니다. 낙타가 날뛴 탓에 막사 몇 개가 불탔으나 번지기 전에 소화했습니다."

정규병과 노예들은 피로 탓인지 그 자리에 앉아 거칠게 숨을 내쉬고 있었다. 그들이 분투한 덕분에 적의 야습은 실패로 끝났다. 아니— 성공했다고 할 수 있을지도 모른다. 병사들의 체력을 빼앗을 수 있었으니까. 란킬은 시선을 돌려 군의가 열리는 천막으로 발걸음을 옮겼다. 그 뒤를 참모가 따랐다.

"병사들을 쉬게 해라."

"알겠습니다."

"그리고— 또 하나."

란킬이 발을 멈추고 뒤돌았다.

만전의 태세를 갖추고 있었다. 하지만 나타난 것은 기수가 없는 낙타 1500마리. 필사적으로 싸운 상대는 인간이 아니라 밧줄로 연결된 낙타 무리였다. 어처구니없는 것도 정도가 있었다.

"간첩을 추궁해서 전부 알아낸 뒤에 목을 쳐라."

"예!"

"서두르지 말라고 해 놓고서 미끼에 달려든 결과가 이건가."

지금까지의 책략은 전부 유치한 속임수였지만 실로 효과적인 것들뿐이었다.

백술천려(百術千慮)#6. 그 깊은 계략에 탄복할 따름이었다. 그란츠 대제국에서도 유명한 인물— 혹은 새로운 별이 태어났을 가능성도 있었다. 시대의 변화, 세대교체의 시기— 자신이 나이를 먹었음을 꼼짝없이 통감하고 말았다.

"아직 현역이라고 생각했는데……."

이제 자신에게 성장의 여지는 없었다. 이 상황을 타개할 기지를 손에 넣을 수 있을 만큼 젊지도 않았으며 책략을 가지고 있지도 않았다.

오만했던 것일지도 모른다. 『회천의 독수리』라고 불리면서 우쭐해 있었던 건가.

천막 안으로 들어간 란킬은 의자에 깊이 몸을 묻었다. 그 눈에서는 빛이 사라져 있었다.

"퇴각할까."

하지만 수도로 도망쳐 돌아가면 귀족들이 배신하여 자신은 살해당할 것이다. 이길 수 있다며 큰소리쳐 놓고서 뚜껑을 열어 보니 실컷 농락만 당했다. 원래부터 귀족들에게 미움받았으니 결코 용서받을 수 없으리라.

"살해당하지 않더라도—."

적에게 붙으려는 귀족이 반드시 나온다. 수도에 틀어박혀 봤자 얼마 지나지 않아 모반이 일어나 함락될 것이다. 뭘 해도 쓸데없을 것 같아서 생각하기도 귀찮아졌다.

"실례합니다."

#6 백술천려(百術千慮) 여러 가지 방책을 깊이 생각함.

그렇게 말하고 입구에 나타난 이는 참모였다. 빠른 걸음으로 란킬에게 다가오더니 책상 위에 작은 주머니 세 개를 놓았다. 란킬은 무기질적인 눈을 참모에게 보냈다.

　"이건 뭐지?"

　"간첩들이 가지고 있던 물건입니다."

　"녀석들은 자백했나?"

　이제 와서 어찌 돼도 좋은 일이었지만 주머니 세 개를 열어 봤다.

　"아뇨, 전부 사실이라고 말하고 있습니다."

　"그런가."

　내용물을 알고 이해했을 때, 란킬은 실소했다.

　"아직도 더 혼란스럽게 만들 셈인가……. 얼마나 탐욕스러운 거야."

　모든 주머니에 그란츠 금화가 들어 있었다. 거짓을 보고했던 간첩은 슈타이센 은화를 가지고 있었다. 그 의도가 무엇인지 생각하려는 순간—.

　"란킬 후작님!"

　불온을 내포한 목소리와 함께 다른 참모가 들어왔다.

　"야습이 실패했습니다! 귀환한 낙타기병은 5백이 채 안 됩니다!"

　예상은 하고 있었다. 이렇게나 자신의 생각을 앞서 나가고 있으니 당연한 결과라고도 할 수 있었다. 애초에 상대의 꾐에 넘어갔던 것이었다.

"원통합니다."

"즉…… 겨우 3천으로 반란군을 포함한 제4황군 1만3천 이상을 물리쳐야 한다는 건가."

일찍이 슈타이센 공화국을 물리쳤을 때와 똑같은 숫자이기는 했지만, 그때는 전멸해도 아직 리히타인 공국에 여력이 있었다. 뒷걱정 없이 도박에 나설 수 있었다. 그러나 지금은 달랐다. 여기서 전멸해 버리면 리히타인 공국은 제4황군에게서 나라를 지킬 수단을 잃어버린다. 다시 병사를 모을 시간 따위 남아 있지 않았다.

보이지 않는 칼날이 몸에 깊숙이 박혀 왔다.

통증을 주지 않으면서 이쪽의 목숨을 앗아 가려 하고 있었다.

퇴각―.

그 두 글자가 뇌리에 떠올랐을 때였다.

"후작님! 란킬 후작님! 낭보입니다!"

전령이 구르듯이 천막 안으로 들어왔다. 모두의 시선이 일제히 그에게 꽂혔다. 그러나 그런 걸 신경 쓸 때가 아니라는 것처럼 전령은 그저 한 점, 란킬에게 시선을 꽂고 있었다. 란킬이 의아해하며 눈썹을 찡그렸다.

"진정해라, 무슨 일이지? 낭보라니?"

"저, 적군의 병참을 발견했습니다!"

"뭐, 뭐라! 정말인가!"

소리친 것은 참모였다. 란킬이 의자에서 일어났다.

"어디지?"

긴 책상으로 달려온 전령이 지도의 한 점을 가리켰다. 그곳은 처음부터 추측하고 있었던, 제4황군이 함락시킨 성채였다.

"이곳으로 물자가 운반되는 것을 발견했습니다."

"경비는? 수는 아는가?"

"정확한 수는 모릅니다만 8백에서 1천은 될 겁니다."

"성채의 상태는 어땠지?"

"정문은 불타 내려앉았고, 뒷문 역시 파괴되어 있었습니다."

"흠, 농성은 불가능하군."

란킬은 턱에 손을 대고 생각에 잠겼다.

"……진영은 이대로 둔 채 전군이 성채를 급습한다. 동이 틈과 동시에 식량을 깡그리 불태우고, 사기가 떨어진 적의 측면을 친다. 가능할까……?"

이쪽에게 여유가 없음을 상대도 알고 있을 것이다. 그렇기에 병참이 습격받는 것은 틀림없이 예상 밖이리라. 동트기 전에 제압하여 상대가 눈치챘을 무렵에 불태우면 동요를 유발할 수 있을 것이다. 양손으로 책상을 짚은 란킬은 참모들을 천천히 바라보며 말했다.

"의문이 있다면 듣겠다."

"진영은 정말 이대로 둬도 괜찮은 겁니까?"

"그래. 진영을 거두려면 시간이 걸려. 무엇보다 상대의 주의를 끌기 위해서도 정리하면 의미가 없어."

설명에 만족했는지 참모가 고개를 끄덕였다. 란킬은 목소리를 낮추어 말했다.

　"하지만 발설은 금한다. 적의 간첩이 숨어 있을지도 몰라. 표면상으로는 퇴각이라고 병사들에게 전하도록. 만약 간첩이 숨어들어 있다면 그건 그것대로 책략이 될 테니까."

　측면을 찌르기 위해서는 상대에게 들키지 않고, 군대가 여기 있다고 생각하게 둬야 했다. 간첩이 숨어들어 있다면 도망쳤다고 열심히 보고하라지.

　란킬은 표정을 다잡고 힘찬 목소리를 토해 냈다.

　"성채를 공격한다는 건 우리끼리만 아는 얘기다. 이해했으면 행동을 개시하라!"

　"알겠습니다!"

　어둠에 붙잡혀 있던 눈이 빛을 되찾았고, 부옇게 안개 껴 있던 머리가 선명해졌다.

　"마침내 쐐기를 박을 수 있을 것 같군."

＊

　─다음 날 아침.

　진영을 거둔 제4황군은 횡진을 이뤄 북쪽으로 향하고 있었다.

　선봉대 1천은 새벽녘에 출진하여 1셀 떨어진 지점에서 포진을 끝냈다.

　그 배후에는 노예와 용병 3천으로 구성된 노예 해방군이 진형을 갖추고 있었다.

"불길이 솟아올랐나."

히로가 그렇게 중얼거렸을 때, 선봉대보다도 더 앞선 전방
— 파괴된 성채에서 검은 연기가 하늘 높이 뭉게뭉게 피어오
르기 시작했다. 그리고 리히타인 공국군이 우렁찬 외침과 함
께 모습을 드러냈다.

이쪽 병참을 불태워서 사기가 올랐을 것이다. 그러나 제4황
군에 동요는 없었다. 오히려 왜 저런 곳이 불타고 있는지 이
상히 여길 정도였다.

왜냐하면 제4황군의 진짜 병참은 다른 곳에 있기 때문이
다. 불타고 있는 성채에는 히로가 적을 유인하기 위해 운반해
둔 식량과 무기 등이 있을 뿐이었다.

"재미있을 만큼 책략이 들어맞는군요."

도리쿠스의 말을 듣고 히로는 어깨를 으쓱인 뒤, 준비되어
있는 간이 의자에 앉았다.

"궁지에 몰려 있었으니까요. 미끼를 내비치면 달려들죠."

옆에 엎드린 『질룡』의 머리를 쓰다듬고서 다시 도리쿠스를
보니 즐거워하는 시선을 전방에 보내고 있었다. 선봉대와 리
히타인 공국군이 격돌한 것이다.

"히로 전하. 상대는 이쪽의 식량을 불태웠다고 생각하여 병
사들의 사기는 나무랄 데 없이 올라가 있습니다. 아마 선봉대
만으로는 이길 수 없을 겁니다. 무엇보다 수가 다르니까요. 만
약 선봉대가 괴멸하고 그 배후에 있는 노예 해방군까지 격파

되면 상대의 사기는 더욱 올라갈 겁니다. 그 기세를 몰아 이쪽을 공격해 올지도 모릅니다. 그렇게 되면 조금 상황이 좋지 않을 겁니다."

히로가 왼손을 들어 도리쿠스의 말을 막았다.

"그럴 일은 없어요."

"호오⋯⋯그 밖에도 기책을 준비해 두신 겁니까?"

"이길 수 있는 싸움이더라도 방심하면 실패해 버려요. 상황에 따라 이쪽이 우위에 서도록 변화시켜 가야겠죠. 뭐, 그때까지 상대의 사기가 이어질 경우의 얘기지만 말이죠."

리히타인 공국군은 확실하게 피로가 축적되어 있었다. 그렇게 되도록 만들어 왔다.

휴식을 주지 않고 항상 긴장시켜서 체력을 소모하도록 해왔다.

"확실히 리히타인 공국군은 한밤중부터 분발한 모양이니—기대되는군요."

히로는 도리쿠스가 턱을 문지르며 웃는 것을 수상쩍은 시선으로 보면서 왼손을 흔들었다.

기수가 깃발을 들었다. 빨간 바탕에 백합이 그려진 문장기— 제6황녀 리즈의 깃발이었다.

신호를 받은 양쪽 날개의 기마대가 천천히 전진을 개시했고, 제4황군의 진형이 일사불란하게 변모해 갔다. 그것을 확인한 사령관이 히로 곁으로 말을 몰아 다가왔다.

"히로, 시작되는 거야?"

아름다운 소녀였다. 불꽃처럼 붉은 머리카락이 잘 어울렸다.

지저분한 전장에 있으면서도 그 아름다움은 반감되지 않았고 오히려 기품이 풍겼다.

"맞아, 리즈. 슬슬 시간이 됐어."

"그럼—."

"너는 여기 있도록 해. 알았지?"

마지막까지 듣지 않아도 알 수 있었다. 전선에 나서고 싶을 것이다. 그러나 사령관이 섣불리 움직이면 지휘 계통이 흐트러지게 된다. 때로는 전선에 나서야 하는 경우도 있지만 지금은 아니었다. 히로는 토라져서 볼을 부풀린 리즈를 보고 쓰게 웃은 뒤, 그녀 앞에 앉아 있는 시녀 — 변장시킨 미르에 — 를 가리켰다.

"그녀도 전선에 데려갈 셈이야?"

"히로가……."

"안 돼. 나는 미움 받고 있는 것 같거든."

노예 해방군을 전선으로 보낸 것이 히로의 지시임을 안 이후로 무시당하고 있었다.

싫어하는 정도는 아니겠지만 경계심이 강해진 것은 확실했다.

"그래? 제2대 황제의 후손이라고 들어서 긴장한 것뿐이라고 생각하는데."

그렇게 리즈가 두둔해 주었지만 히로는 흘려듣고 팔을 전방으로 내밀었다.

손끝이 가리키는 곳에서는 선봉대와 리히타인 공국군의 전투가 벌어지고 있었다.

"노예 해방군에게서 신호가 오면 우익과 좌익을 전속력으로 보내서 측면을 칠 거야."

"리히타인 공국군의 배후는 어쩌려고? 세 방향에서 공격하면 그쪽으로 도망칠 것 같은데."

"그것도 준비해 뒀어. 도망칠 길은 없어. 무엇보다 원래부터 막혀 있었지."

이 전쟁이 시작되기 전부터— 그란츠 대제국을 공격한 시점에 끝난 것이었다.

국토, 군사력, 자원, 인구, 모든 점에서 그란츠 대제국이 우월했다.

동맹국도 없고, 원군을 요청할 곳도 없이 침공하는 것은 국가 멸망과 똑같은 뜻.

애초에 승산이 있었는지는 알 수 없었다. 판단을 내린 인물들 모두가 전사했기 때문이다. 쓸 만한 인물도 얼마 없게 된 상황에서 지휘관으로 뽑힌 란킬 후작에게는 동정했다.

'나였다면 어떻게 했을까……'

생각할 것도 없이 란킬 후작과 마찬가지로 저항하는 길을 택했으리라.

실제로 1000년 전에 그 길을 택했다. 정확하게는 선택조차 할 수 없었던 거지만. 아무튼 이와 같은 상황에서 물러나면 멸망을 맞이할 뿐이었고, 앉아서 기다릴 뿐이라면 앞으로 나아가 활로를 펴야 했다.

'나와 완전히 똑같은 상황이 되지는 않은 것 같지만.'

어리석은 공작은 노예 해방군의 손에 죽었고 대귀족도 일제히 거꾸러졌다. 남은 것은 기생하는 능력밖에 없는 귀족뿐. 그런데도 내던지지 않고 맞서는 자세는 호감이 갔다.

무엇보다 제4황군을 영지 깊숙이 유도하여 노예 해방군과 충돌하도록 해서 소모시킨 뒤에 치는 책략— 실패하고 말았지만 훌륭했다.

만약 성공했다면 지금쯤 수도로 개선하여 또다시 영웅으로 떠받들렸을 것이다. 그란츠 대제국에 승리한 자로서 세계에 이름을 떨쳤을 것이 틀림없다.

그렇기에 죽여 버리기에는 아까웠다. 그 두뇌가 사라지는 것은 참기 어려웠다.

'이용 가치가 있어. 그렇지만 『살아 있다면』이 전제— 고집하지는 않아.'

전장에서 산 채로 붙잡는 것은 어려웠다. 고집하다가는 이쪽에 피해가 생기고 만다. 이 싸움에서 죽어 버린다면 그것뿐인 인간이라는 뜻이었다. 그때는 포기할 수밖에 없을 것이다. 그래서 붙잡고 싶다는 말은 리즈에게도, 다른 자에게도 하지 않았다.

'하늘은 그를 살릴 것인가, 죽일 것인가…… 아니면—.'

히로는 일어나 오른팔을 옆으로 휘둘렀다.

문장기 하나가 전장에 모습을 나타내더니 모래 먼지를 털어내듯이 크게 펄럭였다.

검은 바탕에 백은빛 검을 움켜쥔 용의 모습이 그려진 그것은 왕자(王者)의 깃발이었다.

병사들에게서 환성이 터져 나왔다. 무리도 아니었다. 1000년이라는 긴 세월 동안 한 번도 사용되지 않았던 문장기. 지금은 역사 속에 묻혀서 책으로만 볼 수 있었다. 그것이 현실에, 눈앞에 나타나면 어떻게 될까. 신앙심 깊은 병사들의 마음도 두근거릴 것이다. 히로는 웃음을 흘리고서『천제』의 칼자루를 움켜잡고 힘차게 뽑았다.

하늘로 향한 백은빛 검을 보고 병사들의 환성이 그쳤다. 칼끝이 태양빛을 받아 일곱 색깔로 변화했다.

"전군, 진격하라."

미사여구를 쓰지 않고 그저 목적만을 고했다.

무미건조했다. 목소리도 작았다— 도저히 전역에 울려 퍼질 만한 것이 아니었다.

그러나 그 목소리는 확실하게 들렸을 것이다.

1진, 2진, 본진의 병사들이 창으로 방패를 치며 소리치기 시작했으니까.

일찍이 초대 황제 알티우스는 소년에 대해 이렇게 말한 적이 있다.

전쟁을 위해 태어난 자.

권략(權略)의 초월자.

그렇기에— 군신은 말없이 그 존재만으로도 다른 이의 마음을 뒤흔드는 것이라고.

"후우……."

히로는 옷깃 사이로 손가락을 넣고 잡아당겨 답답함에서 벗어났다. 호흡도 살짝 거칠었다. 오랜만에 하는 호령에 긴장했던 모양이었다. 이상하지는 않았을까 하는 생각에 리즈를 보니 살포시 미소 짓고서 『염제』를 들어 병사들에게 지시를 보내고 있었다.

'괜찮았나 보네.'

히로는 가슴을 쓸어내렸다. 그녀의 모습을 보니 만족한 것 같았다.

그렇게 안도했을 때, 뿔피리가 울렸다.

물결치듯이 소리가 각 부대로 퍼져 가는 가운데, 병사들의 우렁찬 함성이 중후한 선율이 되어 흡사 용의 포효처럼 공간을 진동시켰고 전군이 일사불란하게 전진을 개시했다.

원래대로라면 사령관인 리즈가 해야 할 일이었지만—

「히로의 첫 출진이니까 맡길게. 그리고 주목받을 테니까 머리 뻗친 것 정도는 다듬어 둬. 자, 이리 와.」

—하고 리즈가 엄마처럼 잔소리한 것이 날도 밝기 전에 열린 군의 때였다.

"히로, 이대로 적진을 공격할 거야?"

리즈의 질문에 히로는 사고를 중단했다.

"아니, 거리를 좁히면 대기. 그 뒤에는……."

말하려다가 그만두었다. 전선에서 모래 먼지가 크게 일어나고 있음을 깨달았기 때문이다.

"시작된 모양이네."

"응. 끝이 다가오고 있어."

히로는 안대를 쓰다듬으며 즐거운 표정으로 짙게 웃었다.

"희망은 줬어— 다음은 절망을 알도록 해."

히로는 손을 앞으로 내밀고 전선을 감싸듯이 움켜쥐었다.

＊

최전선— 제4황군의 선봉대는 혼미를 빚고 있었다.

모래 먼지가 시야를 차단하여 주위 상황을 파악할 수 없게 된 것이다.

"젠장! 어떻게 된 거야?!"

"으악!"

키로 장군이 검을 내려치자 적병의 가슴에서 피가 하늘 높이 솟구쳤다.

적병이 피를 토하며 맥없이 땅에 쓰러졌다. 키로 장군은 검을 들고 크게 외쳤다.

"아군끼리 공격하지 않게 조심하라! 조금 있으면 시야도 좋아질 것이다!"

이렇게나 적이 깊숙이 침입해 있다면 군을 재정비하기 위해 일단 물러나야 하지만, 뒤를 돌아본 키로 장군은 이를 갈았다. 물러나려고 해도 물러날 수 없었다. 노예 해방군이 전투에 참가해 있었기 때문이다.

　"녀석들이 얌전히 있었다면 이렇게 되지 않았을 것을!"

　중앙으로 진출하기 위해서는 실태가 있어서는 안 되고 전과를 올려야만 하는데, 끝까지 방해되는 녀석들이었다. 키로 장군은 화를 토해내듯이 검을 내리쳤다. 비명이 터지며 피가 튀었다. 칼끝이 적의 갑옷 틈을 찔렀다. 급소를 공격당한 적병이 차례차례 도륙되어 갔다.

　"얕보지 마!"

　이래 봬도 장군까지 올라갔다는 자부가 있었다. 수많은 전장과 수라장을 거쳐 왔다. 생사의 경계를 헤맨 적도 있다. 전사로서 부족한 것은 없었다.

　"각하! 적의 수가 늘고 있습니다! 물러나는 편이 좋다고 생각합니다!"

　"……크으, 하지만……!"

　"여기서 죽어서야 아무 소용도 없습니다!"

　"말하지 않아도 알고 있어. 하지만 노예 놈들이 방해해서 그럴 수도 없다."

　"녀석들은 어차피 노예입니다. 죽였다고 해서 뭐라고 할 사람은 없습니다. 방해되는 녀석들은 베어 버리고 길을 만들면 되지 않겠습니까."

"그러나 부하를 버리고 노예들을 죽여서 도망친다면 히로 전하는 용서하시지 않을 거야."

"이 모래 먼지 속에서는 적과 아군 따위 구별할 수 없습니다. 전하께는 그렇게 말씀드리면 될 겁니다."

"흠, 그 수밖에 없나."

"그럼⋯⋯?"

"유감스럽지만 이 모래 먼지 속에서는 지시도 전달되지 않겠군⋯⋯ 어쩔 수 없지. 본대는 지금부터 이탈한다."

키로 장군은 전혀 유감스럽지 않아 보이는 얼굴로 말을 마쳤다.

"알겠습니다. 그럼 당장— 윽?!"

그때, 지시에 맞춰 행동하려던 참모의 몸이 날아갔다.

"괘, 괜찮은가?!"

키로 장군은 땅에 쓰러진 참모에게 황급히 다가갔지만 그는 화살이 머리를 관통해서 절명한 상태였다. 화살촉에 맺힌 핏방울이 아래로 떨어져 모래에 흡수되어 갔다.

"젠장! ⋯⋯이건 위험하군."

그때— 모래 먼지를 꿰뚫고 대량의 화살이 쏟아졌다. 얼굴을 굳힌 키로 장군은 순간적으로 방패를 주워 몸을 웅크렸으나, 주변 병사와 참모들은 반응하지 못하고 차례차례 쓰러져 갔다. 적의 공격이라고 생각했지만 기묘하게도 뒤쪽에서 날아오고 있었다. 적이 배후까지 돌아들었다고는 생각하기 힘들었다. 후방에는 노예 해방군이 자리 잡고 있기 때문이다. 그렇다면 이 화살의 정체는 저절로 알 수 있었다. 노예 해방군이 쏜 것이었다.

"노예는 화살 쓰는 법도 모르는 건가!"

키로 장군은 화살 비가 그친 무렵을 가늠하고 일어나서 방패를 버리고 팔에 박힌 화살을 뽑았다.

"윽— 누, 누구 없나?!"

한 발자국 내디뎠다가 키로 장군은 발을 멈췄다. 눈앞에 거구가 나타났기 때문이다. 낯익은 연보라색 피부를 가진 거한. 오른손에는 피에 젖은 검이 들려 있고 왼손에는 리히타인 공국군의 창이 쥐어져 있었다.

"왜 네놈이 여기 있지?"

말없이 거한— 마족이 다가왔다.

"뭐라고 말 좀 해 봐라! 애초에 네놈은 후방에 있었을 텐데—"

왜 검에 피가 묻어 있냐고 끝까지 말할 수는 없었다. 가슴에 충격이 퍼졌기 때문이다. 목구멍에서 뜨거운 것이 울컥 올라왔다. 키로 장군은 입을 막으며 참은 뒤, 턱을 당겨 시선을 아래로 내렸다. 창이 몸을 꿰뚫고 있었다.

"쿨럭…… 뭐, 야……."

손가락 사이로 선혈이 튀었다. 다리에서 힘이 빠져 무릎을 꿇은 키로 장군은 땅에 손을 짚었다. 커다란 그림자가 키로 장군의 머리 위에 드리워졌다.

시선을 든 키로 장군의 충혈된 눈을 차지한 감정은 동요가 태반이었지만 초조도 드러나 있었다.

"괴로워 보이는군. 숨을 못 쉬겠나?"

마족의 표정에서는 아무것도 헤아릴 수 없었다.

희로애락 어느 것도 아닌, 그저 무기질적인 눈으로 키로 장군을 내려다보고 있었다.

"자업자득이야. 좀 더 겸허했어야지."

키로 장군의 목에 검을 들이댄 마족이 입을 열었다.

"『독안룡』의 전언을 전달하마."

"……."

"공적을 원한 나머지, 연계도 안 되는 노예를 무모하게 부대에 편입시켜서 군에 쓸데없는 혼란을 초래한 책임은 무겁다. 덧붙여 지금껏 저지른 거듭된 군율 위반은 구제할 길이 없다. 따라서 강등한다— 라는 것 같군."

"아……."

이 전쟁의 오점 전부를 떠맡은 키로 장군은 뻐끔뻐끔 입을 벌렸지만, 원망의 말 한마디도 나오지 않는지 거품 섞인 피가 흘러나올 뿐이었다.

"잘 가라. 키로 장군— 아니, 2급 무관이었지."

목숨도 구걸하지 못하고, 저주를 퍼붓지도 못하고, 키로 장군의 목은 하늘 높이 선혈을 그리며 날았다. 검을 버린 마족— 가더는 시체에서 등을 돌리고, 떨어진 장소에 대기시켰던 용병단과 합류했다. 준비되어 있던 낙타의 고삐를 당기며 날듯이 그 등에 올라타 입을 열었다.

"도망친다. 우리의 역할은 끝났으니까."

"도망치기만 하면 됩니까?"

"그래, 그 대신 요란하게 도망쳐야 해."

"맡겨 주십쇼!"

"그럼…… 네게 맡기지. 알았으면 북을 울려라."

"예입! 다들 도망친다, 대장을 따르라!"

가더가 탄 낙타가 전속력으로 달려 나갔다. 용병단도 멀어지지 않도록 뒤를 쫓았다.

북소리를 알아차린 노예보병들도 앞다투어 흩어지기 시작했다.

"리히타인 공국군한테 너무 엉덩이를 흔들지 마! 저 녀석들은 남자고 여자고 안 가리니까!"

긴장감이라고는 찾아볼 수 없는 천박한 웃음에 휩싸이면서 용병이 가더와 함께 달렸다.

"어떻습니까? 꽤 하죠?"

"……용병단답기는 하군."

가더는 어쩔 수 없다는 듯이 탄식했다. 그리고서 제4황군의 본진이 있는 곳을 보았다.

해야 할 일은 전부 했다. 남은 것은 마지막 마무리를 기다릴 뿐이다.

리히타인 공국의 영웅 란킬도 지금쯤 눈치챘을지도 모른다.

"『독안룡』이라고 이름 붙여 봤지만…… 흠, 『영웅 사냥꾼』도 괜찮을 것 같아."

이번 전투의 전모를 알게 되면 여러 이웃 나라가 충격에 떨

것은 틀림없었다.

"아무튼, 지금은 도망치는 데 전념할까."

모래 먼지가 걷히기 전에 도망치지 못하면 이쪽의 목숨이 위태로웠다.

이번 모래 먼지는 가더가 만들어 낸 것이지만—.

"마황검이 있었다면…… 마력 고갈을 걱정하지 않아도 됐을 텐데."

버려진 지금, 지속시키는 것은 어려웠다.

마력이 고갈되면 죽지는 않지만 정신을 잃게 된다.

이런 전장 한복판에서 잠드는 것은 죽음과 직결되는 일이었다.

"뭐, 일은 완수했어. 이제 느긋하게 쉬도록 할까."

가더는 소년의 얄미운 얼굴을 떠올리고 콧방귀를 뀌었다.

✳

제4황군의 선봉대조차 기세를 멈출 수 없을 만큼 리히타인 병사의 사기는 크게 높아져 있었다. 그런데도 이 가슴속에 도사린 불안은 무엇일까. 오랜 경험이 경종을 울리고 있었다. 모래 먼지가 일어났을 때, 란킬은 이변을 알아차렸다.

"이것 또한 함정일 가능성이 큰가……."

"장군, 왜 그러나?"

란킬의 말에 카를이 반응을 보였다.

그런 그를 안심시키고자 미소를 보인 란킬은 참모를 불렀다.

"무슨 일이십니까?"

"카를 님에게 낙타기병을 1백 정도 붙여서 후퇴하라."

"무슨 소리를 하는 건가? 도망칠 필요는 없어. 이쪽이 압도하고 있네."

란킬은 불만을 표하는 카를의 어깨에 손을 올렸다.

"아직 정세는 확정되지 않았습니다. 제4황군의 선봉대를 괴멸시켰어도 여전히 8천이 넘는 적이 남아 있습니다."

"하지만 지금 이 기세라면 이길 수 있지 않겠나?"

"그럴지도 모릅니다만, 질 가능성이 크겠지요."

"흠……."

"여차하면 호위 1백과 함께 수도로 도망쳐 주십시오. 조금은 시간이 벌릴 겁니다."

"그대는?"

"저는 여기서 적을 붙잡고 있겠습니다. 카를 님은—."

"후방에서 적이 나타났습니다! 수는 약 3천에서 5천! 주로 기병으로 구성되어 있는 것 같습니다."

전령의 보고를 듣고 본대에 충격이 퍼졌다. 모두가 숨을 멈추고 뒤쪽을 돌아보았다.

커다란 모래 먼지가 이쪽을 향해 오고 있었다. 확실히 수많은 깃발이 흩어져 있는 것이 보였다.

"제4황군의 복병인가?"

란킬이 전령에게 물었다.

"그란츠 대제국, 동방 귀족의 문장기가 난립해 있었습니다."

"동방 귀족이라고……?"

"켈하이트 가문의 깃발도 있습니다. 틀림없이 동방 귀족이 보낸 원군일 겁니다."

"그곳은 가주가 부재 상태일 텐데, 새로운 남편이라도 들인 건가……."

동방 귀족의 구심점인 켈하이트 가문의 당주가 죽었다고 들었을 때, 그란츠 대제국도 마침내 후계 싸움으로 내부 분열이 일어나겠다고 기대했으나 아무 일도 없어서 맥이 빠졌던 것이 기억났다.

"그리고, 뭐라고 말씀드리면 좋을지……."

"뭐지? 분명하게 말하라."

"검은 바탕에 백은빛 검을 움켜쥔 용…… 제2대 황제의 문장기도 확인했습니다."

"뭣……."

이 세계에 사는 자라면 누구나 알고 있었다.

지금은 그란츠 열두 대신 중 하나―『군신』으로 받들리고 있으며, 일찍이 그란츠 대제국의 초석을 쌓은 남자의 신기였다.

"……그게 확실하다면 위험한데―."

체내에 흐르는 혈액이 얼어붙어 갔다. 손끝의 감각이 없어지고 사고가 멈추려 했다.

정체 모를 오한이 엄습하여 목소리를 떤 란킬이 재차 물었다.

"제대로 확인한 거겠지?"

"역사서가 진실이라면……."

"……제2대 황제의 피는 끊어지지 않았던 건가."

『쌍흑의 영웅왕』이라고 칭송받은 남자는 아내를 두지 않았고 아이도 만들지 않은 채 이 세상을 떠났다. 그 이후로 제2대 황제의 문장기는 단 한 번도 쓰이지 않았다. 함부로 쓰는 것도 금지되어서 무단으로 사용하려는 자는 귀천을 막론하고 처형이었다. 왜 그렇게까지 철저히 금하는지는 모른다. 정령왕의 노여움을 사는 것이 두려웠는지, 아니면 신이 된 영웅왕을 공경해서 그랬는지— 어느 쪽이든 세상 밖으로 나온 것은 사실이었다. 영웅왕의 핏줄이 발견되었을 가능성이 컸다.

"뒤쪽으로 도망치는 건 피하는 편이 좋은가."

체력이 남아도는 원군보다는 다소 피로가 남아 있는 제4황군을 상대하는 편이 좋았다. 무엇보다 정체 모를 자가 나타났다면 더더욱 피하는 것이 무난했다. 적의 양쪽 날개인 기병 사이에 끼기 전에 선수를 쳐야 했다.

"이 자리에 머물러 있어 봤자 소용없다. 전군 돌격한다!"

사기가 높고 기세도 있는 지금이라면 중앙을 돌파할 수는 없어도 카를이 도망칠 길을 만들 수는 있을 것이다. 배후에 적이 나타난 시점에서 이 싸움은 끝났다. 아무리 사기가 높아도 사방에서 공격받으면 결국 전멸이 기다리고 있을 뿐이다.

"내 지모(智謀)가 높은 경지에 이르지 못했기 때문이야. 책임은 전부 내게 있어."

그렇다면 오명을 씻기 위해서라도 화려하게 사라져 줘야 하지 않겠는가. 이래 봬도 무인 나부랭이다. 첫 출진 이후 한동

안 검 하나로 전장을 전전하기도 했다. 원점으로 돌아가는 것도 나쁘지 않았다.

"카를 님, 길을 열겠습니다! 호위를 방패 삼아 그리로 도망쳐 주십시오!"

대답은 없어도 됐다. 무엇보다 들을 필요가 없었다.

"카를 님, 잘 들어 주십시오! 마지막 책략을 가르쳐 드리겠습니다!"

뒤는 카를에게 전부 맡기겠다.

"식량을 불태워서 상대는 장기전을 펼칠 수 없게 됐습니다. 이후 제4황군이 마을을 약탈한다면 배후에서 기습을 가하고, 분산된다면 각개 격파하는 겁니다. 이쪽이 농성할 거라면 상대를 계속 도발하여 피폐하게 만드는 겁니다! 그러면 스스로 자멸의 길을 택할 겁니다!"

"갑자기 왜 그러는가…… 무, 무슨 소리를 하는 건가……?"

"뒤를 맡기겠습니다!"

허리에 차고 있던 검을 뽑아 들고 병사들을 독려했다.

"두려워하지 마라! 소리를 질러라! 적에게 패배를 선사하라!"

란킬은 크게 외치고서 모래 먼지를 꿰뚫고 나갔다.

그리고— 절망을 알게 되었다.

"……말도 안 돼."

앞서 모래 먼지를 빠져나간 병사들이 모조리 모래에 파묻혀 있었다. 몸에 무수한 화살이 박혀 있었고, 숨을 쉬고 있는 자는 란킬의 시야 내에 없었다. 열이 올랐던 몸이 급속도로 식어 갔다. 심상치 않은 상황에 낙타의 발이 멈췄다. 그것은 군대의 정지를 의미했다. 나란히 달리던 카를이 새파래진 얼굴로 미간에 주름을 모으고서 입을 막았다.

"……검은 바탕에 백은빛 검을 움켜쥔 용인가."

제4황군의 본진— 미풍을 받아 하늘을 헤엄치고 있는 문장기에서 눈을 돌려 좌우로 시선을 주니 낙타 부대가 맹렬하게 돌진해 오고 있었다. 고개를 돌려 뒤를 보자 적의 증원군이 입을 쩍 벌리고서 사냥감을 잡아먹고자 육박하는 중이었다.

"하하! 이거 훌륭한 포위망이 완성됐군. 카를 님이 도망치실 수 있게 하는 것조차 불가능해졌나."

전방에는 제4황군의 궁병 및 중장·경장 혼성 부대가 정연하게 정렬해 있었다. 적이지만 반할 것 같은 통솔력이었다. 잘 단련된 병사를 이끄는 전투는 필시 즐거울 것이라고 란킬은 생각했다. 그에 비해 이쪽은 지치고 피폐한 병사들로 이루어져 있어서 늙고 여윈 개나 마찬가지였다.

"……그렇다면 지금부터 내가 할 일도 알고 있겠지."

여기서 카를을 잃을 수는 없었다. 패전의 책임을 지는 것은 자신 혼자만으로 충분했다.

"……무기를 버리고 백기를 흔들어라."

『회천의 독수리』라고 불렸던 남자의 손에서 검이 떨어져 먼지를 흩으며 모래에 묻혔다.

병사들이 힘없이 그 자리에 주저앉아 갔다. 패배자임을 통렬히 알리는 것처럼, 내던져진 무기들이 햇빛을 받아 무디게

빛을 반사했다.

"하지만 목적을 모르겠군. 이렇게까지 나를 궁지에 몰아넣어서 뭘 하고 싶은 거지?"

란킬은 자신의 뺨에 난 상처를 쓰다듬으며 제4황군 본진에서 여유롭게 펄럭이고 있는 『군신』의 문장기를 바라보았다.

＊

창천에서 쏟아지는 햇빛을 막는 것은 아무것도 없었다. 태양은 지상에 사는 생물의 기력을 송두리째 빼앗고자 열기를 계속 보내왔다. 대지를 돌아보면 모래가 끝없이 펼쳐져 있어서 서늘함이라고는 찾아볼 수 없는 장소임을 알게 했다.

이곳은 리히타인 공국— 작열하는 사막이 지배하는 나라. 후세에 어떻게 이야기될지는 아직 알 수 없으나 지금은 이름도 없는 전장에서, 전쟁 하나가 끝을 맞이하려 하고 있었다.

장인의 기교로 단련된 갑옷을 몸에 걸치고, 죽이는 것만을 목적으로 손질된 검이나 창을 들고서, 용맹한 얼굴의 병사들이 정연하게 늘어서 있었다. 그들은 싸움을 위해 태어난 전사이자 그란츠 대제국의 남방을 수호하는 제4황군이었다. 그 중앙— 엄중하게 경비된 본진에 사령관 리즈와 참모 히로가 있었다.

눈부신 햇살을 가리고자 한 손으로 차양을 만든 리즈의 시선 끝에는 문장기가 난립해 있었다.

"켈하이트 가문의 문장기…… 혹시 언니? 하지만 왜 이런 곳에 있는 거야?"

그녀가 이상하게 여기는 것도 무리는 아니었다. 동방 귀족이 남방 귀족의 영지를 통과해 이곳까지 오려면 상당한 시간이 걸렸다. 병사를 갖추고 있다면 더더욱 힘들었다. 히로는 당황하는 그녀에게 답을 가르쳐 주기 위해 다가갔지만 기적을 알아차린 리즈가 먼저 입을 열었다.

"히로. 언니가 와 있는데?"

"리즈한테도 그렇게 보여?"

"응, 그야 동방 귀족의 깃발이 저렇게나……."

"후후, 그러네. 확실히 동방 귀족의 깃발이 잔뜩 있어."

리즈는 히로에게 눈을 돌렸다.

"……그 얼굴은 뭐야?"

의미심장하게 웃는 소년을 보고서 예쁜 눈썹을 찡그리고 의아한 표정을 만들었다.

히로는 손으로 입가를 가리며 웃음을 참았다. 그 동작이 리즈의 짜증을 부추겼는지 그녀의 뺨이 작게 부풀었다. 히로는 사과를 입에 담고 그녀에게 말을 던졌다.

"수는 어느 정도 있는지 알겠어?"

"……으음, 3천쯤이려나."

불만스러워 보였지만 성실하게 대답해 준 그녀를 사랑스럽다고 생각하며 히로는 답을 가르쳐 주었다.

"실은 5백이야."

"무슨 말이야?"

"대군으로 보이도록 위장했을 뿐이거든. 그리고 증원군은 동방 귀족이 아니야. 미리 잠복시켜 두었던 키오르크 씨의 사병이지."

"외숙부님의 사병인 거야?"

"그래."

"하지만 저건 동방 귀족들의 문장기야."

"사전에 깃발만 보내 달라고 부탁해 뒀어."

"즉, 문장기는 동방 귀족의 것이지만 저기 있는 건 외숙부님의 사병이라는 거야?"

"응, 즉석에서 생각한 것치고는 괜찮은 책략이라고 생각효—?!"

히로는 갑자기 리즈에게 뺨을 꼬집혀서 말끝이 이상해져 버렸다.

"그래서 내가 당황하는 걸 보고 히죽거렸던 거구나."

"예에."

"만족했어?"

히로가 어떻게 대답할지 망설이고 있으니 리즈가 빠르게 말했다.

"저는 매우 상처받았습니다. 사죄를 요구합니다."

"잘모테슴미다."

"좋아. 사죄의 뜻으로 뭔가 사 줘."

히로의 뺨을 쿡쿡 찌르고서 리즈의 손이 떨어졌다.

"너무 비싸지만 않으면……."

"응? 돈은 잔뜩 갖고 있잖아."

"그건…… 나중을 대비해 남겨 둬야지."

켈하이트 가문의 미망인에게 받은 금전은 향후를 위해 간직해 둬야 했다.

우선은 사병을 손에 넣어야 하고, 그들에게 급여도 줘야 하니 낭비할 수는 없었다. 이번 작전으로 상당한 금화를 버리고 말았지만 그만큼 리히타인 공국에게 요구할 생각이었고, 쓸데없는 지출은 막아야 했다.

"걱정하지 않아도 돼. 그렇게 비싼 건 안 사니까."

귀족의 「그렇게 비싼 것」이 어느 정도 가치를 나타내는지 알 수 없었다. 보험을 들어 두는 것만큼 좋은 일은 없었기에 히로는 무능력한 남편 같은 심경으로 중얼거렸다.

"보석 종류가 아니라면……."

"에이, 아냐. 난 보석 같은 거 안 어울리는걸~."

리즈는 웃으며 손사래를 쳤다. 히로는 「그런가?」 하고 고개를 갸우뚱하고서 리즈를 관찰했다.

약간 앳된 모습이 남아 있기는 해도 쾌활하게 웃는 얼굴은 활짝 핀 꽃을 연상시켰고, 균형 잡힌 체형은 누구나 감탄하며 한숨을 흘릴 만했다. 군인의 길을 택하지 않았다면 세상 모든 남자들이 그녀의 관심을 끌려고 했을 것이 틀림없었다.

'생각해 보면…… 그녀에게 어울리는 보석은 한정되어 있나.'

꾸밀 필요가 없다는 점은 누구나 동의할 것이다.

그녀가 몸에 달면 길가의 돌멩이조차 보석으로 일변할지도 모른다.

"그럼 상황이 좀 안정되면 링크스에 갈까?"

"약속했다? 거짓말하면 『염제』로 한 방 먹여 줄 거야."

"하하…… 바로 죽어 버릴걸."

"괜찮아. 속이 타는 듯이 쓰린 정도로 끝날 거야."

사이좋게 그런 대화를 펼치는 두 사람을— 도리쿠스 2급 무관이 바라보고 있었다.

"이렇게 멀리서 보면 나이에 걸맞은 소년 소녀로 보이는데 말이죠."

한 사람은 정령검 5제 중 한 자루에게 선택받은 소녀였고, 다른 한 사람은 제2대 황제의 후손이었다.

두 사람은 그것이 어떤 의미를 지녔는지 알고 있을까.

"적어도 세간은 『쌍정왕(雙精王)』의 재래라고 떠들어 대겠죠."

—쌍정왕.

초대 황제 알티우스와 제2대 황제 슈바르츠, 두 사람을 칭송하는 이명이었다.

1000년이라는 긴 세월이 지나 다시 두 핏줄이 교차하려 하고 있었다.

초대 황제 알티우스는 슈바르츠라는 지자(智者)를 얻어 패권자가 되기에 이르렀다.

제6황녀인 리즈 역시, 유례를 찾기 힘든 지모를 가졌을 뿐만 아니라 『군신』의 후손이라는 귀한 혈통을 아래에 들였다.
재미있어졌다고 도리쿠스는 생각했다.

제1황자가 삼고초려 끝에 이장족을 맞아들인 것은 그리 오래된 일이 아니었고, 제3황자는 군신소녀라는 재녀를 얻어 공적을 쌓기 시작했다.

"번영으로 이어질지 쇠퇴하게 될지…… 황제 폐하의 지휘에 달렸다는 걸까요."

앞으로는 후계자 싸움이 활발해질 것이다.

어설프게 다루면 대란의 불씨가 될 수도 있었다. 그것은 대제국의 분열을 의미했다.

"도리쿠스 님."

뒤를 돌아보자 전령이 한쪽 무릎을 꿇고 있었다.

"무슨 일이지?"

"리히타인 공국군의 지휘관인 카를 백작과 란킬 후작, 두 사람을 붙잡았습니다."

"잘했다. 아무쪼록 정중히 대하도록."

"예!"

전령이 달려가기를 기다리고서 도리쿠스는 히로에게 다가가 무릎 꿇었다.

"히로 전하. 리히타인 공국군의 지휘관을 붙잡았다는 모양입니다."

"곧장 교섭에 들어가기로 하죠. 천막을 준비해 주세요."

"알겠습니다. 당장 준비하겠습니다."

"부탁드려요."

재차 고개를 숙인 도리쿠스는 발길을 돌려 준비에 착수했다.

＊

의자에 앉았을 때, 란킬은 혼란의 극치 상태였다. 옆에 앉은 카를도 똑같은 기분일 것이다. 그는 자리가 불편하다는 듯, 형언할 수 없는 표정을 짓고 있었다.

무리도 아니었다. 포로의 취급은 동서고금 비참한 것이 당연했다.

그런데— 욕을 듣지도 않았고 맞는 일도 없었다. 무기를 빼앗겼다고는 하지만 밧줄에 묶여 있지도 않았다. 귀한 손님처럼 대접받으며 끌려온 곳은 한여름 사막인데도 서늘함이 느껴지는 천막이었다.

"이건 대체 어떻게 된 일이지?"

"무언가 꿍꿍이가 있다고 생각하는 편이 좋겠지요."

그렇게 말은 했지만 란킬은 턱을 문지르며 끙 소리를 냈다.

그의 머리로도 이 이해할 수 없는 수수께끼는 풀 수가 없을 것 같았다.

애초에 상대는 일을 꾸밀 필요가 없었다. 두 사람을 말살하면 리히타인 공국은 붕괴할 것이기 때문이다.

많은 귀족들이 적에게 붙어 나라에 혼란을 초래할 테고, 각지에서는 도적과 산적이 날뛰며, 흐름을 따르는 형태로 괴물^{몬스터}

이 날뛰는 나라가 될 것이다.

"영토를 원하는 걸까?"

"요구는 하겠지만 이유로는 약합니다."

영토를 원한다면 란킬과 카를을 죽인 뒤에 마음에 드는 곳을 가져가면 그만이었다. 한심한 이야기지만, 란킬이 죽은 후 남은 귀족 중에는 빼앗긴 영토를 탈환할 만큼 기개 있는 자가 없었다. 저항 따위 일절 하지 않고 항복하는 길을 택하리라.

"패자라고 해서 비굴해질 필요는 없습니다. 억지를 부린다면 거절해도 상관없습니다."

"그러다간……."

얼굴을 숙인 카를의 표정은 고뇌로 일그러져 있었다. 상대의 기분을 상하게 했다가 처단되는 것을 두려워하고 있을 것이다. 란킬은 눈치챘지만 굳이 지적하지는 않았다.

패전의 책임을 느끼고 있기도 했으나, 앞으로의 일을 생각하면 카를이 다양한 경험을 해서 크게 되기를 원했다. 앞으로도 국내외는 계속 험악할 테니, 중요한 선택을 강요받았을 때 란킬은 그 자리에 없을지도 몰랐다.

주위 귀족의 감언에 현혹되지 않기 위해서도, 경험을 쌓기에 좋다고 할 수 있을지는 미묘하지만 이번 일은 딱 좋은 기회였다.

"전부 맡기겠습니다. 저는 카를 님의 결단에 따르겠습니다."

란킬이 눈동자에 강한 빛을 밝히자 카를은 망설이며 고개를 끄덕였다.

침묵이 내려앉고 얼마나 시간이 흘렀을까. 눈앞에 준비된 물이 미지근해졌다. 독을 탔는지 확인할 겸 입에 머금어 보았지만 냄새도 나지 않았고 자극도 없었다.

애초에 독이 들어 있다고 생각하지도 않았으나, 오랜 세월 독살 등의 위협에 노출되어 지낸 탓인지 몸에 밴 버릇은 없어지지 않아서 여러 가지로 의심하게 되었다.

란킬이 쓰게 웃었을 때— 경쾌한 발소리가 고막을 진동시켰다.

천막에 들어온 이는 그란츠 대제국의 군복 위에 의례용 겉옷을 입은 소녀였다.

"그란츠 대제국, 제4황군 사령관인 세리아 에스트레야 엘리자베스 폰 그란츠. 제6황녀다."

그녀를 보는 것은 처음이었지만 풍문과 다르지 않은 아름다운 용모였기에 제4황군의 새로운 사령관인 제6황녀라는 것을 알 수 있었다. 그러나 란킬이 눈썹을 찌푸린 것은 그 때문이 아니었다. 그녀의 허리에 매달린 붉은 검을 보았기 때문이었다.

'정령검 5제인가…… 실물을 보는 건 처음이지만, 과연 범상치 않은 기운이 느껴져.'

황녀와 붉은 검을 번갈아 보며 『염희』라고 떠들어 대는 무리의 기분을 이해했다. 무엇보다 정령검에게 거저 선택된 것은 아닌지 나이와 어울리지 않는 패기를 몸에 휘감고 있었다. 이런 자는 갑자기 바뀌기 시작하기도 해서 무서웠다. 그러나 그녀의 불은 아직 약했고 재능이 개화된 모습은 없었다. 그래서 란킬은 자신을 궁지에 몰아넣은 자는 그녀가 아니라는 결론을 내렸다.

"……!"

이어서 천막에 들어온 소년을 보고 란킬은 말문이 막혔다.

그란츠 대제국의 옛 군복 위로, 어깨에 용 의장이 들어간 흑의를 걸치고 있었다.

얼굴 절반을 덮을 만큼 큰 안대를 찬 소년. 한쪽 눈은 가려져 있지만…….

'─천정안인가?!'

우라노스

세계 3대 비안 중 하나이며 『이채안(異彩眼)』이라고도 불리는, 전설상의 인물들이 갖추었던 영웅의 자질이라고도 할 수 있는 신체적 특징이었다.

바르딕

란킬은 물론이고, 전 세계에서 모르는 자는 한 명도 없었다.

쌍흑을 가진 자는 세계에 한 명밖에 없다. 정확히는 세계에 한 명밖에 없었다.

그란츠 대제국의 황제 이름은 모르더라도 『군신』의 이름은 알고 있었다.

'깜짝 놀라는 일뿐이군…… 정말로 후손이 실재했을 줄이야.'

전승으로만 남아 있는 『이채안』을 보는 것은 처음이었다.

"그란츠 대제국, 제4황군의 참모를 맡고 있는 히로 슈바르츠 폰 그란츠입니다. 제4황자입니다."

파악할 여지를 주지 않았다. 얼굴은 웃고 있지만 눈 안쪽으로 관찰하는 듯한 섬뜩한 기색이 날아왔다. 마음 구석구석까지 침식해 오는 어두운 눈동자는 모든 속셈이 소용없다고 생각하게 만드는 심연을 품고 있었다.

"실례합니다."

도리쿠스 2급 무관이라고 밝힌 인물이 양피지 두 장을 두 사람에게 나누어 주었다.

"이걸 보시고 서명해 주시기 바랍니다."

양피지에 적혀 있던 것은—.

리히타인 공국은 그란츠 대제국에 북부 일대를 양도하고, 제국이 소비한 군수품 및 군비를 배상한다.

또한 양국은 향후 2년간 불가침 조약을 맺으나, 그란츠 대제국의 안전을 위협하는 일이 일어난 경우는 예외로 하며, 리히타인 공국의 어떠한 영토라도 점령할 권리를 갖는다.

'나쁘지 않아…… 북부 일대는 소득이 적고, 오아시스 도시를 하나 잃게 되지만 심한 손해는 아니야. 치안 악화를 명목으로 그란츠 대제국이 개입해 오는 건 성가시겠지만 반대로 이용할 수도 있어. 배상금은…… 선대 공작이 모아 둔 사재를 팔면 마련할 수 있겠지.'

생각을 정리한 란킬은 카를에게 눈짓하려다가 실패했다.

검은 머리 소년이 책상에 손을 올리고서 두드렸기 때문이다.

"향후 슈타이센 공화국이 리히타인 공국을 침공할 시, 구두 약속 형태이긴 합니다만 군사비를 부담해 주신다면 원군을 보내드릴 수도 있습니다."

"……그게 정말입니까?"

카를이 의자에서 엉거주춤 일어나 되물었다.

말은 쉽지만 행동하기는 어렵다— 간단한 일은 아니었다.

실제로 슈타이센 공화국이 쳐들어와서 그란츠 대제국이 원군을 보낸다면 슈타이센 공화국과 전쟁을 시작하게 될 수도 있기 때문이다. 페르젠이 안정을 되찾기 전까지 귀찮은 일은 피하고 싶은 것이 본심일 텐데—.

"예, 바라신다면 말이죠."

"하지만 그쪽은 페르젠을 신경 쓰기만도 벅차지 않습니까? 구두라고는 해도, 멋대로 그런 걸 약속해도 괜찮은 겁니까?"

"괜찮습니다. 그란츠 대제국은 그런 사소한 일로는 흔들리지 않으니까요."

히로가 카를에게 미소를 지어 보이자, 그 모습을 본 란킬의 등골을 타고 한기가 올라왔다.

무언가를 꾸미고 있다는 것을 알 수 있었다. 그러나 그 의도는 어둠 속에 있어서 살피기가 쉽지 않았다.

"납득했다면 서명해 주시겠습니까?"

히로가 내민 양손이 양피지를 가리켰다.

이 남자의 속셈을 살피기에는 시간이 부족했다. 시간을 벌려고 한다면 이 남자는 곧장 터무니없는 억지를 부릴 것이 틀림없다. 카를이 펜을 잡는 것이 시야 끝에 잡혀서 란킬은 작게 탄식하고 서명했다. 기입을 끝낸 양피지를 내밀자 히로가 받아서 적혀 있는 서명을 확인. 제6황녀와 두세 마디 나눈 뒤에 옆에 대기 중이던 참모에게 넘겼다.

잠시 찾아온 정적을 깬 것은 란킬의 목소리였다.

"묻고 싶은 것이 있습니다만, 괜찮겠습니까?"

히로의 눈이 란킬에게 향했다.

"상관없습니다. 뭔가 신경 쓰이는 점이라도 있으신가요?"

"저희를 완패시킨 포위전은 정말 훌륭했습니다. 제 착각이 아니라면 그건 제가 제4황군에게 쓰려고 했던 책략과 같은 종류였습니다."

란킬이 제4황군을 물리치려 했던 책략은, 상대가 쾌조라고 생각하게 만들어서 방비를 약하게 한 성채를 미끼로 영지 깊숙이 군대를 유도하고, 노예 해방군과 싸우게 해 피폐해졌을 때 포위해서 치는 흐름이었다.

이에 비해 히로는 병참을 미끼로 내보내서 유리해졌다고 생각하게 하여 물러나고 싶어도 물러날 수 없는 상황을 만들었고, 피폐한 리히타인 공국군을 포위한다는 책략이었다.

곰곰이 생각해 보면, 조건 차이는 있지만 란킬이 고안한 것과 동질의 책략이었다.

"거기서 의문이 생겼습니다. 미리 짜 두었던 책략인지…… 아니면 역량 차이를 깨닫게 하고자 똑같은 책략을 쓴 것인지. 향후 참고하기 위해서라도 가르쳐 주셨으면 합니다."

"기분을 상하게 했다면 죄송합니다만 리히타인 공국의 움직임을 보고받았을 때, 어떤 책략을 사용해 올지 알았습니다. 응용할 생각을 한 건— 제4황군에 합류한 뒤일까요."

"합류라면…… 키로 장군이 아직 사령관이었을 때 말입니까?"

"예, 맞습니다. 제4황군의 상태도 모르는 상황이었기에 어떤 책략이 필요한지 알 수 없었거든요."

"그렇군요……."

소년은 명확한 답을 피했지만 양쪽 다 해당한다는 말일 것이다. 미리 준비해 두었던 책략 중 하나이고, 란킬을 굴복시키기 위해 똑같은 책략을 쓴 것이 틀림없었다.

"그럼, 나중에 군무부에서 사자를 파견할 겁니다. 의문이 있다면 그때 질문해 주시길."

히로와 제6황녀가 자리에서 일어났다. 제6황녀가 먼저 밖으로 나가고 히로도 따라서 나가려고 했다.

란킬은 그 등을 향해 황급히 입을 열었다.

"저를 살려 둔 이유를 물어도 되겠습니까. 스스로 말하기도 뭐하지만……이래 봬도 『회천의 독수리』라고 불리며 주변 나라들이 두려워하는 존재입니다."

영웅이라고 칭송받던 남자— 란킬이 복수를 맹세하고 나라를 다시 일으켜서 그란츠 대제국을 침공할지도 몰랐다. 지혜로운 소년이 그 가능성에 생각이 미치지 않았을 리가 없었다.

"이번에는 졌지만, 긍지를 되찾기 위해서라도 다시 싸우고 싶다는 마음이 제 안에 있습니다. 그런 점을 고려하면…… 후환을 잘라 내기 위해서라도 죽여 둬야 한다고 생각합니다만."

란킬은 총명한 남자였으나 간단히 무릎 굽힐 만큼 쉽게 인정하는 남자는 아니었다. 이제 와 이런 말을 해 봤자 패배자의 발악이나 다름없겠지만, 비웃음을 받더라도 묻지 않을 수 없었다. 욱신거리는 뺨의 상처를 누르며 소년의 등을 노려보았다.

"대답해 주시겠습니까?"

"란킬 후작……!"

얼굴이 창백해진 카를이 작은 목소리로 타박했다.

소년의 기분을 상하게 하면 두 사람의 목은 당장에라도 날아갈 수 있었다. 모처럼 건진 목숨을 쓸데없이 버리지 말라고 하고 싶을 것이다. 실제로 도리쿠스 2급 무관이 확실하게 불만을 담은 시선을 던지고 있었다. 그가 히로였다면 란킬에게 죽음을 선고했을지도 모르지만, 쌍흑의 황자는 그릇이 작은 남자가 아니었던 모양이다.

"당신은 머리가 좋아. 어떻게 하면 좋을지 알고 있을 터."

히로가 란킬의 뺨을 가리키고서 떠나갔다. 도리쿠스 2급 무관이 말없이 뒤를 따랐다.

카를이 안도하여 가슴을 쓸어내린 뒤 란킬을 보았다.

"란킬 후작. 갑자기 그런 말을— 왜 그러나? 굉장한 땀이야."

말하지 않아도 알고 있었다. 대량의 땀이 온몸에서 뿜어져 나오고 있었다.

히로가 뒤돌아본 한순간, 죽음을 각오했다. 그 정도로 강렬한 살기였다.

걱정스럽게 얼굴을 들여다보는 카를을 보고 생각했다.

'……리히타인 공국이 살아남는 길은 하나뿐인가.'

카를은 히로의 상대가 되지 못했다.

그 패기를 견딜 수 있는 인물은 세계에서도 한정되어 있을 것이다.

'이용 가치가 없다고 판단된다면…….'

소년의 눈동자 안쪽에서 엿보였던 광기를 잊을 수 없었다.

'저 소년은 우리를 죽이러 올지도 몰라.'

란킬은 떨리는 손으로 뺨의 상처를 덧그렸다.

이것은 충고— 언제든 죽일 수 있다는 의사 표시.

현재가 아닌 미래를 향한 경고이자 저주였다.

에필로그

푸르디푸른 하늘 아래, 인마(人馬) 대열이 열기가 감도는 사막을 행진 중이었다.

그들의 얼굴은 한결같이 밝았고, 마음은 멀리 떨어진 고향에 가 있는 상태였다.

제국력 1023년 9월 4일— 제4황군은 귀로에 올라 있었다.

다양한 군기가 여기저기에 들려 있었다. 가장 눈에 띄는 것은 제6황녀와 제4황자의 문장기이리라. 그란츠 대제국의 황족 일행은 그 군기 밑에 있었다.

"……서버러스는 잘 지내고 있으려나."

말을 타고 있는 붉은 머리의 황녀 리즈가 그렇게 중얼거렸다.

"토라지지 않았으면 좋겠는데. 뭔가 사 가는 편이 좋을까?"

나란히 달리는 것은 제4황자 히로였다.

"한 달 이상 떨어져 있는 건 처음이라 잘 모르겠어."

리즈가 곤혹의 색을 비친 것은 한순간이었고 이내 아름다운 웃음을 보였다.

"하지만 괜찮으려나? 일단 서버러스가 질리지 않도록 해 두고 왔으니까."

"……뭘 한 거야?"

"내가 귀환할 때까지 베르크 요새의 사령관으로 임명해 뒀어."

"……뭐? 임시 사령관이 서버러스?"

"응. 생각보다 기뻐하더라고."

"아니, 사령관은 장식이 아니라 해야 할 업무가 있는데……."

"그 부분은 외숙부님에게 편지를 보내 뒀어. 서류 작업은 그쪽에서 해 줄 거야."

"그렇다면 안심이려나……. 안심해도 될 일이 아니겠지만."

키오르크에게는 동정을 금할 수 없으나, 조카를 딸처럼 소중히 여기는 그라면 고생이 아닐지도 모른다. 그건 그렇고 문제는 트리스였다. 리즈의 폭주를 말리는 것이 측근의 역할이다. 뭘 하고 있었냐고 비난의 시선을 보냈지만—.

"서버러스 공은 훌륭히 사령관 역할을 다할 수 있네. 나는 그분만큼 기개 넘치는 동물을 알지 못해."

"……그렇습니까."

확실히 기개 넘치기는 했다. 본능이라고도 할 수 있겠지만.

트리스는 서버러스에게 다소 관대한 것이 난점이었다.

"하하, 고생하고 계시는 모양입니다."

도리쿠스 2급 무관이 웃으며 대화에 참여했다.

"안심하십시오. 이제부터 제가 있으니까요. 사무 업무는 잘합니다."

히로가 입을 열려던 때에 트리스가 기뻐하며 도리쿠스 곁으로 말을 몰았다.

"그거 든든하군요! 잘 부탁드리오!"

"으헉?!"

트리스의 손바닥이 도리쿠스의 등을 강타했다.

"이야~ 부끄럽지만 서류 작업은 서툴러서 말이지요. 대부분 히로 전하께서 하셨기에 마음 아프게 생각하고 있었습니다."

대부분이 아니라 전부야.

히로는 소리치고 싶은 기분에 사로잡혔으나 간신히 말을 삼켰다.

"저, 저기, 저는 당신보다 계급이 높습니다. 왜 그렇게 허물없이……."

"그보다 술은 꽤 마시는 편입니까?"

"그보다라니—."

"어떻습니까?"

우락부락한 얼굴이 가까이 다가와서 도리쿠스는 몸을 뒤로 젖혔다.

"아, 뭐, 못 마시지는 않습니다만."

"그럼 베르크 요새로 돌아가면 환영회를 겸해서 밤새도록 마십시다!"

트리스의 웃음소리가 바람에 실려 갔다.

리즈는 그것을 즐겁게 바라보았고, 히로는 두통을 느꼈는지 이마에 손을 댔다.

"문관이 필요하다고……."

고개 숙이는 히로 위로 커다란 그림자가 드리워졌다.

"『독안룡』, 미르에 건은 어떻게 되고 있지?"

얼굴을 드니 가더가 있었다.

"그거라면 문제없어. 돌아가는 길에 있는 마을이니까, 그 근처까지 가면 호위를 붙여서 보낼 거야."

그래도 걱정스러운 표정을 짓는 가더를 보고 히로는 말을 덧붙였다.

"아아, 신원이 발각되는 게 우려된다면 그것도 걱정할 필요 없어. 믿을 수 있는 자를 리즈한테 골라 달라고 할 테니까 안심해."

"정말로 괜찮은 거겠지?"

"물론이야. 이제 그녀의 마을— 스레스 마을도 대제국의 영토가 돼. 도적이나 괴물^{몬스터}의 수도 줄어들 테고, 베르크 요새도 가까우니 무슨 일이 있으면 당장 달려갈 수 있어."

미르에가 스레스 마을 출신임을 듣고 히로는 그녀를 봤을 때 느꼈던 위화감의 정체를 깨달았다.

스레스 마을은 히로가 제4황군과 합류하기 전에 도적으로부터 구했던 마을이었다. 도적을 토벌했다고는 하지만 정체 모를 남자에게 물자를 원조해 주었던 선량한 사람— 그가 미르에의 아빠인 쿠쿠리 촌장이었다.

"그건 그렇고, 당신은 생각보다 걱정이 많네."

"많은 위험에 노출시킨 내가 할 말은 아니지만, 미르에는 무사히 부모의 품으로 돌려보내 주고 싶어. 누구에게도 정체를 들키지 않고 평온하게 지냈으면 좋겠어."

가더가 후방으로 시선을 보냈다. 그곳에는 미르에가 탄 마차가 있었다.

"그녀에게 마차를 제공해 줘서 고맙다."

어린아이에게 이 더위는 가혹했다. 장시간 말을 타고 있는 것은 고문일 뿐이었다.

"신경 쓰지 않아도 돼. 내게는 빚이 있으니까."

히로는 쓰게 웃었다. 미르에는 은인의 딸이었다. 거칠게 다룰 리가 없었다.

"그래서, 나는 앞으로 어떻게 하면 되지?"

가더가 의문을 던졌다. 그에게는 돌아갈 곳이 없었다.

그는 남쪽 섬나라— 남열도에서 흘러온 마족^{조로스터}이었다.

현재 남열도는 만성적인 분쟁 상태가 계속되고 있는 모양이라 수십 명의 군주가 패권을 다투는 전국 시대에 돌입해 있다고 한다. 그 중에서도 가더는 몇몇 분국을 다스리는 군주였는데, 강대한 군주와의 전투에서 패하고 한창 재기를 노리는 중에 부하에게 배신당해 절명했다.

그렇게 본인은 생각했으나 깨어났을 때는 리히타인 공국에 흘러들어 있었다. 그곳에서 노예의 현 상황을 보고 미르에를 내세워 새로운 야망을 품었지만 여기서도 패배하게 되어 지금에 이르게 된 것이었다.

"여러 가지로 생각은 하고 있는데……."

군주로서 길러 왔던 지식도 있고, 마황검을 잃었다고는 해도 무인으로서 지닌 전투 능력은 나무랄 데가 없었다. 리히타인 공국의 공작군을 쳐부쉈으니 부대 지휘도 문제는 없을 것이다.

"뭐, 나쁘게 대하진 않을 테니 안심해."

"네놈의 얼굴을 보고 있으면 그렇게 생각할 수가 없어⋯⋯."

질렸다는 얼굴로 가더가 후방 마차까지 물러갔다.

쓴웃음을 보인 히로는 앞으로 눈을 돌렸다. 아득한 저편에 있는 대도시를 떠올렸다.

'조만간 초빙되겠지. 다음은 어떤 일을 시키려나⋯⋯.'

그렇게 생각하자 우울해졌다. 떠맡게 된 문제를 해결하지 못하면 히로를 꺼림칙하게 여기는 무리가 이때다 싶어 몰아세울 것이 틀림없다.

하지만 그것을 어떻게 헤쳐 나갈지 이것저것 모책을 꾀하는 것이 기대되기도 했다.

'너무 기 쓰지 않도록 조심해야겠지. 내 나쁜 버릇이야.'

서두르지 말고 찬찬히 공적을 쌓아서 출세할 수밖에 없다. 군인으로서의 계급은 3급 무관.

일단 제4황자라는 직함도 가지고 있지만 불안정한 것이었다.

최종 목적까지 갈 길이 멀었다. 아직 시작점에 선 것에 불과했다.

'그러고 보니⋯⋯.'

히로는 문득 떠오른 생각에 품에서 카드 한 장을 꺼냈다.

『지구』로 돌아가기 전에 초대 황제 알티우스에게 받은 물건이었다.

그것은 처음에는 하얀 민무늬였지만— 지금은 3분의 1 정도 검게 물들어 있었다.

『신화 전설이 된 영웅의 이세계담 2권』를 구입해 주셔서 감사합니다. 1권부터 읽어 주신 분은 오랜만입니다. 2권부터 읽어 주신 분은 처음 뵙겠습니다.

1권은 주인공이 무쌍하며 통쾌함을 느낄 수 있도록 한다는 콘셉트였고, 2권은 주인공이 군략으로 활약하는 것을 보여주겠다는 얕은꾀를 부려 보았습니다. 여러분께 제대로 전달되었을까요? 즐겁게 읽으실 수 있었을까요?

만약 즐겁게 읽어 주셨다면 저는 너무 기쁜 나머지 미처 날뛸 겁니다.

이번 권은 전기(戰記) 요소를 전면에 내세우면서 엑스트라도 포함하여 등장인물이 많아졌습니다.

제 글은 여성이 아니라 남성이 늘어납니다만, 이 점에 관해서는 담당 편집자 S님도 고언을 해 주셨습니다. 정말로 죄송합니다. 저도 모르는 사이에 어째선지 남성이 늘어나 버립니다.

하지만 비슷한 수준으로 남성이 줄어드니까— 라고 변명하고, 앞으로는 매력적인 여성이 늘어날 예정이니 독자 여러분께서 즐겁게 기다리셨으면 좋겠습니다.

아…… 그리고 오버랩 문고 공식 홈페이지에 「후기의 추신」이라는 것이 존재한다는 걸 여러분은 알고 계신가요? 그쪽에서는 알티우스 형님이 활약하고 있습니다. 신경 쓰이는 분은 지금 바로 접속!

　마음대로 쓰다 보니 후기 분량도 얼마 남지 않게 되었습니다.

　이쯤에서 영 익숙해지지 않는 후기라는 이름의 작가 혼잣말을 마치겠습니다.

　그럼 감사 인사를 올리도록 하겠습니다.

　이번 권도 미려한 일러스트를 통해 캐릭터를 매력적으로 그려 주신 미유키 루리아님, 언제나 막바지에 문장을 수정하는 제게 문제없다고 말씀해 주시는 마음 착한 담당 편집자 S님, 편집부 여러분, 교정자분, 디자이너분, 본 작품과 연관된 관계자 여러분, 정말로 고맙습니다.

　그리고 1권부터 읽어 주고 계신 독자님, 『소설가가 되자』에서부터 읽어 주고 계신 독자님, 여러분 덕분에 무사히 2권을 낼 수 있었습니다. 진심으로 감사드립니다. 앞으로도 더욱 중2병을 흩뿌려 갈 테니 잘 부탁드립니다.

　또 만날 기회가 오기를 기원합니다.

타테마츠리

신화 전설이 된 영웅의 이세계담 2

1판 1쇄 발행 2017년 5월 10일
1판 4쇄 발행 2019년 7월 30일

지은이_ TATEMATSURI
일러스트_ Ruria Miyuki
옮긴이_ 송재희

발행인_ 신현호
편집국장_ 김은주
편집진행_ 최은진 · 김기준 · 김승신 · 원현선 · 권세라
편집디자인_ 양우연
국제업무_ 정아라 · 전은지
관리 · 영업_ 김민원 · 조인희

펴낸곳_ (주)디앤씨미디어
등록_ 2002년 4월 25일 제20-260호
주소_ 서울시 구로구 디지털로 26길 111 JnK디지털타워 503호
전화_ 02-333-2513(대표)
팩시밀리_ 02-333-2514
이메일_ lnovelpiya@naver.com
ㄴ노벨 공식 카페_ http://cafe.naver.com/lnovel11

SHINWA DENSETSU NO EIYU NO ISEKAITAN 2
ⓒ2015 by TATEMATSURI
First published in Japan in 2015 by OVERLAP, Inc.
Korean translation rights reserved by D&C MEDIA Co., Ltd.
Under the license from OVERLAP, Inc., Tokyo JAPAN

ISBN 979-11-278-4118-8 04830
ISBN 979-11-278-4025-9 (세트)

값 6,800원